KB233616

대통령은 아무나 하나

대통령은 아무나 하나

대통령은 아무나 하나

강병태 글

세창미디어

대통령은 아무나 하나

지은이 강병태

펴낸이 이방원

펴낸곳 세창미디어

서울특별시 종로구 교남동 47-2

전화 723-8660   팩스 720-4579

e-mail sc1992@empal.com

http://www.scpc.co.kr

등록 1998. 1. 12. 제1-2272호(윤)

값 12,000원

잘못 만들어진 책은 바꾸어 드립니다.

초판인쇄   2005년 9월 5일

초판발행   2005년 9월 10일

ISBN 89-5586-047-1 03800

* 이 책은 관훈클럽 信永 연구기금의 도움으로 출판되었습니다.

정직한 글쓰기

언론계 생활 25년 만에 책을 낸다. 힘껏 쓴 글이 독자의 눈을 스쳐 그냥 잊혀지는 게 허망하다는 생각에서 쑥스러움을 무릅쓴다. 4년 가까운 방송 외도에서 돌아온 1999년부터 한국일보에 쓴 '월드 워치'와 '강병태 칼럼', 그리고 '지평선' 글을 추렸다. 국제, 안보, 국방, 통일, 법조, 사회 분야가 중심이고 정치의 영역을 넘나든 글도 많다. 나라 안팎 이슈가 흔히 정치와 얽히고, 그때마다 이 땅의 정치는 온갖 비평거리를 쏟아내기 때문이다.

어쭙잖지만 글쓰기에 바탕이 된 생각을 말하고 싶다. 우리 사회 평균적 지식인들이 편하게 중도보수를 자처하던 권위주의 시절, 이념과 정치에 억눌린 곡필(曲筆)에서 자유로울 수 있는 국제보도가 좋았다. 또 냉전의 틀을 허무는 역사적 변화를 바로 보기 위해 전통적 이념 경계와 미국 편향에서 벗어나려 했다. 영국 연수를 택해 그들의 이념 지평을 살핀 것도 그런 노력이었다.

베를린 특파원으로 독일과 유럽 사회를 가까이 관찰하면서, 우리 사회가 외치는 사회 통합과 민족 통일을 이루려면 좌우의 균형이 절실하다고 보았다. 이런 생각으로 글을 쓰면서 자연스레 진보적이란 말을 들었다. DJ 집권 뒤 본격적 글쓰기를 하면서는 호남 출신 언론계 지인이 '이상한 TK'라고 소개하는 말을 듣기도 했다. 그런 평가를 언론인으로서 명예롭게 여긴다.

그러나 우리 사회 보수와 진보가 모두 뿌리 깊은 위선과 아집을 벗어나지 못하는 것을 지켜보면서 갈수록 낙심한다. 특히 개혁을 표방한 집권세력이 이상과 정의보다 이기와 탐욕에 이끌리는 행태를 용인하기 어렵다. YS와 DJ까지는 과도적 현상으로 이해한다. 그러나 지금 정부가 역사와 사회를 더 깊이 헤집어 갈등을 키울 뿐, 진정한 과거 청산이나 사회 통합과는 동떨어진 행보를 거듭하는 것은 국민의식까지 퇴행하게 하는 시대착오적 과오다. 나는 그것이 진보적 개혁을 빙자한 이기적 모색에 불과하거나, 스스로 신봉하지 않는 소명에 도취한 무모한 집착이라고 본다. 이런 설명이 글을 읽으며 이념적 성향 등을 이리저리 헤아릴 독자에게 도움 됐으면 한다.

대학에서 어설프게나마 법을 배운 것은 기자가 된 1980년 봄 이래 되풀이된 정치?사회적 격동을 대세나 시류보다 원칙과 정도(正道)를 좇아 비평하는 데 도움 됐다. 또 법 공부보다 흥미로웠던 국제관계 지식과, 해군 장교로 복무한 군 경험은 분쟁뉴스를 중심으로 국제문제를 다루는 데 값진 자산이 됐다.

사회부 사건 법조 담당을 거쳐 1980년대 중반 고르바초프의 등장과 비슷한 시기에 국제부 생활을 시작, 소련 동구권 붕괴와 독일 통일 등 세기적 변혁을 지켜본 것은 기자로서 행운이었다. 언론계 안팎에서 더러 좋은 평판을 얻은 것도 그 덕분이다. 그 재미에 매달려 세상을 돌아다니느라 삶과 이력에 굴곡이 많았으나, 주위의 배려로 지금껏 제법 번듯한 글을 쓸 수 있었던 것을 고맙게 생각한다.

책을 내도록 도와준 관훈클럽 信永연구기금에 감사한다. 그리고 모든 게 부족하고 옹색한 사람을 너그럽게 대해주고, 변변하지 못한 글을 읽고 격려까지 해준 고마운 분들에게 머리를 조아린다. 이 책을 그 분들에게 드린다.

2005년 8월
중학동 한국일보 논설위원실에서

본질에 대한 끈질긴 천착

부시 미국 대통령이 2002년을 '전쟁의 해'로 선언한 이래, 평화는 이 시대를 관통하는 새삼스러운 화두이다. 오랜 반 평화 체제에서 살아온 우리에게 '전쟁의 해' 선언이 던지는 위협은 훨씬 두렵고 구체적인 현실감의 영역이다.

우리 언론에 있어서는 9·11 테러와 그에 이어진 대 테러 전쟁은 그 보도에 대한 매우 중요한 성찰, 또는 자기비판의 단초를 열었다는 점에서 의미가 작지 않다. 언론인들 자신과 언론 주변 학자들에 의해 제기된 담론은 대체로 미국 발 징고이즘에 생각 없이 뒤따르는 우리 언론의 보도 태도에 관한 것들이다. 전쟁의 경우만이 아니라 국제 보도 전반에 걸쳐 우리는 회의가 없고, 역사적 문맥이 없고, 한국적 시각이 없고, 따라서 주체성도 균형도 잃은 채, 주로 미국의 거대언론을 추수하는 무기력한 모습을 보인다는 것이다.

9·11 테러와 대 테러전쟁 과정에서 사태의 본질에 대해 끈질긴 천착과 뒤집어보기를 보여준 한 중견 언론인의 노력을 이쯤에서 기

억하지 않을 수 없다. 한국일보에 월드 워치 칼럼과 지평선, 그리고 국제문제 전반과 법조, 국방 등 사회 분야 사설을 쓰는 강병태 논설위원의 글들이다.

그는 9월 이후 자신의 기명으로 쓰는 모든 칼럼을 9·11과 아프가니스탄에서 벌어지는 대 테러 전쟁을 주제로 삼았다. 같은 주제인 한에서 무기명인 사설도 그의 몫임은 물론이다. 기명 칼럼으로 월드 워치가 10편 가깝고 지평선은 10여 편에 이른다. 많이 썼다는 양의 문제가 아니다. 그들 칼럼 하나하나는 이제까지 우리 눈에 익숙한 미국편향의 시각과는 크게 다르거나 뒤집는 내용을 담았다.

독특한 그만의 시각과 유럽 지식인 사회의 현실인식이 그 글들에는 배어 있다. 매사를 당연하게 받아들이지 못하는 기자로서의 체질적인 회의와 질문이 그 바탕을 이룬다. 유럽의 권위지를 포함한 주류 오피니언들에 대한 일상적인 접속이 한국 언론의 미국 편향 흐름 속에서 그의 외로운 사태 인식과 판단을 구출해내는 것으로 보인다. 실제로 그는 영국과 독일의 권위지와 그 곳 의견들에 매우 친숙하다. 연수 기회를 얻어 영국 카디프 대학에서 공부한 이력, 독일 봉일을 전후한 무렵 베를린 특파원으로서 고달팠던 경험은 그의 중요한 자산이기도 하다.

9·11 테러에 대한 첫 논평이 이미 신중한 자세였다. 미국 안에서 이런 규모로 정교한 테러를 준비할 수 있는 것은 자생적 세력뿐이라는 지적을 소개하면서, 객관적 사태분석이 절실하다는 주장을 첫날부터 제기하고 나섰다. 미국이 응징의 표적을 외부의 적으로 돌릴 것이며, 대량 공습과 보복테러의 악순환이 우려되고, 그럴 경우 한반도 긴장완화도 힘들어진다는 고민에 이르는 분석은 거의 완벽하다.

다음 날 사설은 미국 정부가 전쟁수준의 보복을 선언한 데 대해 "테러위협에 대한 최선의 방책은 전쟁수준의 보복이 아니라, 문명수준에 걸맞은 정의를 국제사회에서 구현하려는 노력"이라고 면박을 준다. 미국이 보복을 위한 무력행사를 정의를 위한 전쟁이라고 강변하는 데 대해서는 정의로운 전쟁은 없다고 일갈하면서 "미국의 분노와 전쟁 명분에 누구보다 쉽게 공감하는 우리 사회도 좀더 냉철한 시각으로 사태의 본질과 국익을 가늠해야 할 것"이라고 충고한다.

아프간 전쟁에 대한 독보적인 뒤집어보기 시각이 피력되는 월드워치 칼럼 시리즈는 '왜 아프가니스탄인가'로 시작된다. 미국이 대규모 전쟁에 나선 명분을 테러응징 차원에서만 이해하기는 석연치 않다고 보면서, 테러범 색출보다 아프간 장악에 목적을 둔 미국의 속내를 지정학적인 관점과 역사적 경험을 들어 조목조목 폭로한다. 한 마디로 미국이 아프간이라는 요충을 디딤돌로 중앙아시아 지역에 대한 본격 경략에 나섰다는 것이다. 그리고 그 무대 뒤의 진실은 카스피 해 연안의 막대한 석유자원과, 그를 둘러싼 열강과 주변국의 이권 다툼이다.('전쟁의 가면')

그는 특히 탄저균 소동을 보도한 우리 언론을 혹세무민이라고 질타한다. 합리적 근거가 없는 것을 믿음은 미신이고 그를 조장하는 것은 혹세무민인데, 우리 언론 보도는 탄저균 테러 협박이 미국사회의 오랜 병리현상이란 공개된 사실을 무시하거나 은폐한 채, 탄저균 발원지를 북한과 이라크와 러시아로 종잡을 수 없이 몰아가는 데만 열중했다는 것이다.('테러와 미신')

그는 '아프간 전쟁은 정당한가'를 다시 묻고, '아시아의 투계장'인 아프간을 둘러싼 열강들의 큰 다툼(Great Game)의 역사를 분석하고, 미국에 협력한 대가로 엄청난 소득을 올린 '아프간의 러시아 서커스'를 통해 힘을 앞세운 신제국주의가 21세기 새로운 국제질서의 중심 논리가 되고 있음을 간파한다. 그리고 마침내 '전쟁과 크리스마스'에 이르러 감동적인 평화의 화두를 이렇게 꺼내고 있다.

"역사상 모든 전쟁이 평화를 명분 삼지만, 인류에 축복을 안긴 전쟁은 없다. 이를 잊은 채 전쟁논리에 귀 기울인디면, 테러와의 전쟁도 크리스마스를 수십 번 지나도 끝나지 않을 것이다. 거리의 캐럴송에 들뜨기에 앞서, 축복에서 소외된 아프간과 이라크와 북한 민중을 위한 진정한 사랑과 평화의 선택이 무엇인가를 고민하는 마음이 아쉽다."

그의 논리는 더러 튀고 불온하게 보일지라도, 고민하고 늘 회의하며 역사의 문맥에 충실하려고 부단히 노력하는, 그런 기자 상(像)이 있어서 우리 언론은 그나마 희망이 남아 있는 게 아니냐는 말을 하고 싶다.

〈전 한국일보 주필: 신문과 방송 2002년 2월호〉

1. 대통령의 큰 게임

2. 여인 천하

6. 이라크 해방인가, 정복인가

7. 평화는 대가를 치러야 한다

9. 개 공화국

1

대통령의 큰 게임

국민은 어리석은 백성인가

국민은 결코
어리석지 않다는 것을 확인하는 것이
우리 사회의 절실한 과제이다.

역사학자 골로 만(Golo Mann)은 역사 속 개인과 국가가 직면하는 삶의 이슈는 늘 구체적인 데 반해, 정치의 이슈는 너무나 흔히 추상적이고 허황되거나 심지어 미친(mad) 것이라고 지적했다. 직가 토마스 만의 아들인 이 빼어난 역사가는 민족과 나라의 운명이 때로 무지와 오산에 좌우되는 연유도 이런 정치의 속성 탓으로 보았다. 역사를 흔한 선악의 잣대로 재단하지 않고, 정치가 지혜로웠는지를 기준 삼은 안목이 돋보인다.

서론이 거창하지만, 그의 역사를 보는 눈은 우리 사회의 현실을 진단하는 데도 쓸모 있을 듯 하다. 민생 문제가 급하니 정치 이슈는 그만 떠들라는 상투적 불평을 하려는 게 아니다. 정치와 사회가 떠드는 이슈들이 너무 추상적이고 허황되다는 사실을 깨달아야 한다고 보는 것이다. 그래야 나라의 장래가 무지와 오산에 좌우되는 일은 없을 터이다.

민족 운명의 변전을 상징하는 광복절에 우리는 삶과 생존의 이슈를 논하지 않았다. 대신 과거 청산과 과거사 정리를 새삼 이슈로 삼았다. 그게 허황된 것일 수는 없지만, 구체적 삶의 이슈이기에는 역시 추상적이다. 불과 얼마 전까지 21세기를 개척하는 전략적 선택, 이를테면 동북아 균형자론을 뜨겁게 논란하던 것과는 대조적이다. 그 장엄한 결의는 어디로 갔나 싶다.

이어진 정치 이슈는 지역구도 해소를 위한 대연정 제안이다. 경술국치의 역사적 실패도 사회 분열 때문이란 자못 대견한 역사 해석과 함께, 그 오랜 분열을 극복하는 데 동참하지 않는 것은 역사에 죄를 짓는 것이란 경고가 엄중했다. 대연정이나 선거제도 개편, 나아가 그 제안 뒤에 숨어 있다는 내각제 구상 등이 뿌리깊은 분열을 치유할 비책이라는 데 선뜻 공감하지 않는 국민에게는 곧장 어리석은 백성이란 낙인을 찍었다.

백성이 옳은 방향으로 가는 데는 몇백년 걸리기에 역사 속에 구현되는 민심을 좇겠다는 대통령의 선언은 21세기 훈민정음, 백성을 가르치려는 바른 소리로 들린다. 한술 더 떠, 대통령은 21세기에 가 계시고 국민은 아직 독재시대 문화에 머물러 있다고 한탄한 홍보수석의 말은 21세기 용비어천가로 들린다. 국민은 대통령을 비방할 자유와 권리가 있지만, 대통령이 국민을 폄하하는 것은 큰 잘못이다. 하물며 그 수하가 국민을 모욕하는 것은 민주주의에 대한 반역이라 할 만하다.

대통령과 주변의 부덕이 문제의 핵심은 아니다. 혼란스러운 동북아 균형자론 등의 외교안보 이슈에서 국내정치 이슈로 화두를 옮긴 것은 정치적 판단으로 보더라도, 그 동북아 전략과 밀접하게 관련된

산동반도의 중·러 합동군사훈련에 신경 쓰지 않는 듯한 태도부터 기이하다. 복잡한 외교적 고려를 한다고 하겠지만, 추상적 구호를 외치는 데는 용감할 뿐 구체적 현실대응에는 애매모호한 면모가 새삼 두드러진다. 중국과 러시아의 첫 합동상륙훈련이 북한의 변란을 가상한 것이라는 분석은 편향되고 성급하다. 그러나 국민이 어찌 생각하든 괘념치 않는 정부의 모습은 역사를 국민에게 가르치려는 오만한 사명감에 비해 너무 왜소하게 비친다.

문제는 역시 정치와 사회의 이슈가 늘 현실 아닌 과거를 맴도는 데 있다. 특히 그 과거를 반추하는 데도 정직하지 않은 것이 분열과 갈등을 지속하는 근본 원인이다. 이를테면 그토록 논란하던 한일협정 체결과 베트남 파병에 대한 객관적 평가가 나오자, 당시의 나라 형편과 전략적 여건 등을 외면한 잘못은 반성하지 않은 채 다시 사소한 시비에 매달리는 태도다. 이런 인식과 자세로는 아무리 고상한 명분을 내세워도 과거에서 배울 게 없고, 현실의 과제를 해결할 수도 없다. 현실의 실패를 숨기는 정치의 이기적 목적에 이바지할 뿐, 미래로 향한 국가적 행보를 스스로 얽매기 십상이다. 국민은 결코 어리석지 않다는 것을 확인하는 것이 우리 사회의 절실한 과제라고 본다.

〈2005년 8월 30일〉

대통령은 아무나 하나

사랑은 누구나 할 수 있다.
그러나 완고한 지역의 벽을 허물고
국민 통합을 이루는 대통령 노릇은
아무나 할 수 있는 게 아니다.

국민이 싫증나지 않게 하는 것이 정치의 요체다. 책략가로 이름난 리처드 닉슨은 일찍이 이런 경구(警句)를 남겼다. 대통령이 된 그는 중국과의 수교 등 뛰어난 외교책략으로 세상을 놀라게 했다. 그러나 워터게이트 도청 스캔들에서 위선적 정치책략과 거짓된 교언(巧言)으로 국민을 싫증나게 했고, 끝내 탄핵 위기에 몰려 사임했다.

도청 태풍 속에 노무현 대통령이 던진 대연정 제안을 둘러싼 논란에서 닉슨의 역설적 교훈을 떠올렸다. 지역구도 극복을 앞세운 깜짝 제안을 여론은 한갓 정권 재창출을 노린 책략으로 쉽게 분별하는 세상 이치가 오묘하다. 누군가 "사랑은 아무나 하나"라고 비웃었지만, 국민의 안목을 가리지도 못하는 책략을 구사해야 하는 대통령도 아무나 할 수 있는 게 아니다 싶다.

대통령은 제안의 핵심은 선거제도 개혁이라고 이내 말을 바꿨다.

그러나 국민의 관심이 못내 아쉬운지 연정 제안은 유효하다고 다시 핵심을 흐렸다. 이쯤 되면 짜증스럽지만, 대통령이 직접 썼다고 보기에는 너무 조잡해 그냥 지나친 연정 제안편지를 다시 살핀다. 사명감에 겨운 것인지 이기심이 넘친 탓인지, 진정성을 판단하려면 달리 방법이 없다.

대통령은 세계 어느 나라도 여소야대로 국정을 운영하지 않는다고 말한다. 이 전제부터 궤변이다. 내각책임제에서는 애초 여소야대를 얘기할 게 없고, 대통령제에서는 의회가 언제든 여소야대가 될 수 있지만 연정을 도모하는 경우는 드물다. 그런데도 대통령제의 원조 미국은 본보기가 될 수 없다며 프랑스를 모델 삼는 것은 상식 밖이다. 프랑스는 헌법의 권력구조 자체가 2원집정부제이고, 대통령당과 의회 다수당이 다르면 불가피하게 동거정부가 된다. 이걸 굳이 본받겠다니 위헌 지적이 나오는 것이다.

사실과 논리가 뒤틀린 글을 일일이 시비하는 것은 부질없다. 다만 대연정 성공사례로 내세운 외국의 경험이나마 제대로 살피는 게 좋겠다. 역사적 사실마저 바꿀 수는 없기 때문이다.

오스트리아가 2차 대전 패전 뒤 60년대까지 좌우 대연정을 택한 것은 과거 내전까지 겪은 이념대립과 외세점령의 국가위기를 극복하기 위한 임시방편이었다. 이 것으로 안정을 이뤘으나 정치사회적 변화를 막아 지금껏 이념 갈등에 시달린다는 것이 그들 자신의 반성이다.

서독의 1960년대 대연정 경험도 비슷하다. 성장이 둔화하고 베를린장벽이 생긴 위기상황에서, 전후 줄곧 집권한 보수 연정마저 노선 갈등으로 붕괴했다. 에르하르트에 이어 보수 기민당을 이끈 키징어가 브란트의 좌파 사민당과 대연정을 모색한 것은 이런 국가위기를 벗어나려는 고육책이었다. 대연정은 적대정치 완화와 경제회복에 도움 됐으나, 바이마르 공화국의 실패를 재현했다. 토론 없는 정치적 타협과 반대세력 부재가 의회정치를 훼손하고 사회 갈등을 은폐, 국민통합과 사회안정을 해쳤다는 역사학자들의 결론이다.

선거구 개편론은 흔한 이기적 주장으로 들을 수 있다. 그러나 선거구 확대가 소지역주의 완화는 몰라도 지역구도 해소와는 거리 멀다는 상식을 비웃으며 역사적 소명을 말하는 것은 듣기 민망하다. 이기적 책략을 위해 왜곡과 궤변을 일삼은 대통령의 글을 읽어야 하는 현실은 참담하기까지 하다.

대통령이 진정 고상한 뜻으로 연정에 집착한다면, 키징어의 덕목부터 본받았으면 한다. 그는 나치 전력에도 불구하고 합리적 지성과 절제와 설득력으로 대연정을 일궜다. 또 사심 없는 자세로 이념과 지역과 계층 갈등을 조정, '걸어 다니는 중재위원회'로 존경 받았다. 그만한 미덕과 경륜이 있어야 정치세력과 국민이 진정성과 리더십을 인정하는 것이다.

사랑은 누구나 할 수 있다. 그러나 완고한 지역의 벽을 허물고 국민 통합을 이루는 대통령 노릇은 아무나 할 수 있는 게 아니다. 노 대통령을 비롯해 나라와 역사를 이끌겠다는 이들은 자신부터 되돌아봐야 한다.

〈2005년 8월 16일〉

盧 대통령의 도덕 외교

진보정치의 도덕적 힘에 의존하는 정권일수록
국민의 도덕적 신뢰가 소진될 때마다
실용보다 도덕을 치켜들게 마련이다.

독일 방문을 앞둔 노무현 대통령을 인터뷰한 독일신문 프랑크푸르터 알게마이네 차이퉁(FAZ)의 언론인들은 내심 적잖이 어리둥절하고 놀란 듯하다. 논평 기사 첫머리에 지적한 대로 독일을 찾는 한국 대통령의 관심사는 당연히 경제협력과 독일의 통일 경험일 터인데, 노 대통령은 일본과의 외교전쟁에 초점을 맞추었기 때문이다. 특히 "침략전쟁을 미화하는 무리와 함께 사는 것은 세계의 불행"이라고 일본을 비난하면서, 같은 전범국가 독일의 과거청산을 격찬한 것이 오히려 듣기 어색했던 모양이다.

노 대통령이 과거청산과 맞물린 한일 외교위기를 소상하게 설명한 것은 우리 시각에서는 언뜻 자연스럽다. 그러나 FAZ가 '즉석 역사강의'라고 표현한 데서 본질적으로 한독 관계와 무관하고 대꾸하기도 난처한 사안을 지루하게 말했다는 시각이 엿보인다. 독일이 모범적 과거청산을 통해 유럽 통합을 이끈 것을 격찬한 것도 기껍지만은 않았을 것이다. 독일은 도덕적 처신으로 거듭났지만, 독일인의 내면에는 가해와 피해자 의식이 늘 엇갈린다. 이런 고통스런 과거사를 길게 언급하는 것조차 관행과 예의에 어긋날 수 있다.

노 대통령은 정작 일본과의 역사전쟁을 어디까지 끌고 갈 것이냐는 질문에는 말머리를 돌렸다. 일본과 독일의 유엔 안보리 상임이사국 승격에 대한 입장도 추측에 맡겼다. 그리고 FAZ의 표현으로는 놀랍게도, 미국의 북한 정책을 긍정적으로 평가했다. 이 모든 게 혼란스러웠을 법하다.

묵은 회견 내용을 되짚은 것은 노 대통령의 외교안보 행보가 갈피를 잡을 수 없기 때문이다. 일본의 부도덕성을 만방에 폭로하고 비난하는 것만 일관될 뿐, 갈수록 모호하고 모순된 모습이 두드러지는 것이다. 독일 언론이 놀란 북한과 한미 동맹 관련 발언부터 그렇고, 스스로 야심차게 선언한 동북아 균형자 역할론도 비슷하다.

물론 그야말로 거수(巨獸) 같은 강대국들이 21세기 힘의 질서를 놓고 각축하는 틈바구니에서 활로를 찾는 고뇌의 몸짓으로 볼 수 있다. 대통령이 과장한 것처럼 세력 균형을 좌우하지는 못하더라도, 더 이상 고래 싸움에 등 터지는 새우일 수는 없다는 의지가 앞선 데서 비롯된 혼란일 수 있다. 자주적 행보로 국익을 지켜야 한다는 위기의식은 절박하지만, 어느 전문가의 지적처럼 아직은 돌고래 정도에 불과한 탓에 이 눈치 저 눈치 보며 오락가락하는 측면도 있을 것이다.

그러나 역시 문제는 국가 전략을 가늠하기 어려운 점이다. 이를테면 전통의 한미일 3각 틀을 벗어나 한중미 3각의 균형자 노릇을 할 것처럼 떠들다가, 슬며시 한중일 3각 쪽으로 초점을 바꾼 것이 그렇다. 객관적으로 동북아 세력경쟁의 중심은 미중일 3각 관계이고, 우리는 대만이나 북한에 비해 운신의 여지가 있을 뿐이다. 그만큼 냉철한 전략적 선택을 해야 하는 것이다.

대통령이 일본의 부도덕성 공격에 열중하는 것은 그의 말대로 우리의 도덕성을 무기로 동아시아의 정치경제 세력권 재편경쟁에서 일본을 제치려는 의도로 여길 수 있다. 그러나 이런 도덕 외교는 의도가 진실하더라도 유치한 시도에 그치기 쉽다. 당장 해외 파병 등과 관련한 우리의 국가 행보가 남달리 도덕적인 게 없고, 국제 사회가 도덕에 집착할 만큼 순진하지도 않다.

한층 경계할 문제는 정치든 외교든 도덕성을 앞세우는 것은 흔히 국민의 소속감과 연대의식을 부추겨 정치적 자산으로 삼으려는 이기심에서 비롯된다는 사실이다. 특히 진보정치의 도덕적 힘에 의존하는 정권일수록 국민의 도덕적 신뢰가 소진될 때마다 실용보다 도덕을 치켜들게 마련이다. 그러나 도덕 정치든 도덕 외교든 모두 말랑말랑한 선택이 아니다. 확고한 행동계획과 뚜렷한 성과가 없으면 이내 파국에 이른다는 역사의 교훈을 정부와 사회 모두 되새길 때라고 본다.

〈2005년 4월 12일〉

대통령의 큰 게임

대통령의 승부수가
냉철한 전략적 판단과 견고한 의지에서 나온 것이고,
절묘한 외교력으로 뒷받침될 것인지가
의문인 것이다.

한국과 중국 주재 대사를 역임한 미국의 외교 원로 제임스 릴리는 최근 중국이 대만 문제에 강경 입장을 거듭 천명한 것을 '호언장담'이라고 평가했다. 호언장담은 원래 분수에 맞지 않는 말을 희떱게 지껄인다는 의미다. 그러나 릴리의 말뜻은 그게 아니다. 중국인들은 현실보다 과장되게 말하는 습관이 있고, 대만 독립 기도에 무력사용을 경고하는 강경 발언은 미국을 상대한 전략적 '큰 게임'(Great Game)의 일부라는 것이다. 대만에 관한 중국의 우려를 가볍게 여길 건 아니지만, 외교 안보정책의 기조가 바뀐 것으로 오해하고 민감하게 대응해선 안 된다는 지적이다.

노무현 대통령이 독도 문제와 관련해 외교전쟁도 각오한다고 선언한 데 이어 '동북아 균형자' 역할론으로 파문을 일으킨 것에 릴리의 논평이 생각났다. 대일 강경발언은 독도의 상징성을 고려하더라도 지나치게 거친 장바닥 외교라고 경계하는 글을 썼지만, 미국을 향해 동북아 균형자론까지 꺼낸 데는 그만한 전략적 판단과 의지가 있을 것으로 보고 싶었다. 언뜻 호언장담으로 들리지만, 릴리가 말한 것과 같은 큰 게임으로 보고 싶은 것이다.

이런 전제에서 보면, 노 대통령은 독도와 일본을 전면에 부각시켰지만 주목적은 중국처럼 미국과 전략적 게임을 하려는 것으로 읽힌다. 정부 관계자들은 일본과 미국에 대한 국민정서가 다른 탓에 이를테면 미국과 계급장 떼고 맞장 뜨는 발언이란 사실을 숨긴다. 그러나 "한국의 선택에 따라 동북아 세력판도가 바뀔 것"이란 말은, 좋든 싫든 유일한 전략적 동맹인 미국과 결별하거나 독자 선택을 할 수 있다는 말이다. 그런 다음 중국과 동맹할 것인지를 따지지 않더라도, 일찍이 없던 대미 자주 선언이다.

왜 이런 대담한 말을 했을까. 독도 발언에 환호하는 국민도 어리둥절하다. "한미일 남방 삼각동맹에 언제까지 갇혀 있을 수 없다"는 어설픈 설명이 나왔지만, 어지간한 전략지식과 상상력으로는 이해하기 어렵다. 일본의 행태가 괘씸하고 재무장 등 우경화를 미국이 부추긴다고 해서, 아예 미국과 결별한다는 것은 웬만한 반미주의자도 쉽게 상상하지 않을 것이다.

물론 미국을 향해 이런 경고를 할 만한 사정은 있다. 미국이 북핵 문제를 고리로 우리의 현실적 국익과 진로까지 좌우하려는 것을 어떤 식으로든 견제해야 할 절박한 필요를 느낄 수 있는 것이다. 미국이 북핵 문제를 갈수록 어렵게 몰고 가는 것은 중국과의 큰 게임을 위해 일본을 거점으로 동아시아 주둔 군사력을 강화하려는 전략이란 분석은 엉뚱한 게 아니다. 미국은 나아가 한반도 통일 과정과 방식을 통제하기 위해 북한 문제를 이용하고 있다는 지적도 많다. "미국에 할 말은 하겠다"고 운을 떼던 노 대통령은 미국과 일본이 북한의 핵물질 수출과 가짜 유골 송환 등 근거 모호한 주장까지 내세워 압박을 강화하고, 여기에 맞선 북한의 핵 보유 선언으로 6자 회담마저 파국에 이르자 스스로 큰 게임에 나선 것으로 볼 측면도 있다.

그러나 문제는 역시 이런 시도가 건곤일척의 승부이기보다는 애초 헛된 호언장담이거나, 결국 그렇게 귀결되는 것이다. 한미 동맹은 여전히 유일한 선택이고, 아직 자주적 역량은 없다는 보수적 시각이 그저 옳다는 것이 아니다. 큰 게임은 힘 센 나라만 할 수 있는 건 아니다. 열강의 틈바구니에서 작은 나라가 절묘한 세력균형 외교로 국력을 넘어서는 국익을 도모한 사례는 많다. 다만 노 대통령의 승부수가 냉철한 전략적 판단과 견고한 의지에서 나온 것이고, 절묘한 외교력으로 뒷받침될 것인지가 의문인 것이다.

이런 회의는 무엇보다 일대 국가전략 변경을 논하는 한쪽에서 한미 연합군사훈련이 열리는 현실에서 비롯된다. 독도를 둘러싼 애국적 열기를 틈타 국민 정서를 고양시키는 발언만 내놓고 실제 이렇다 할 자주적 선택을 실천하지 않을 경우, 맥없는 불평이거나 일과성 여론 몰이로 끝나기 십상이다.

〈2005년 3월 29일〉

장바닥 외교

'시장 외교'(market place diplomacy)라는 말이 있다. 시장 경제와 비슷한 맥락 같지만, 시장바닥에서 외치는 거친 언사를 서슴지 않는 외교 행태를 뜻한다. 장바닥 또는 장터 외교가 정확한 표현일 듯하다. 전통적 비밀외교 관행이 20세기 들어 공개 외교로 바뀌면서, 냉철한 외교전략적 판단보다 여론을 먼저 의식하거나 이용하는 데서 나타나는 부정적 현상이다. 특히 정치 지도자들이 힘들고 지루한 외교협상보다 즉각 여론의 반향을 낳는 연설과 성명을 통한 외교를 선호하면서 두드러진다.

외교사 연구가들은 19세기라면 당장 무력충돌로 치달을 직설적 언사를 삼가지 않는 장바닥 외교의 바탕을 대중사회의 특성인 대중 정치에서 찾는다. 정치 지도자들이 냉정하게 국익을 좇는 분별과 절제를 지키지 않고, 대중의 애국적 지지를 유인하기 위해 선동적 언사를 즐겨 쓴다는 것이다. 그 결과 국가 간 갈등을 실제 국익에 유리한 외교로 풀지 못하고, 과장된 적개심과 그릇된 자신감을 부추기다 끝내 국익과 국민을 모두 희생하기 십상이라는 것이다.

세계대전을 비롯한 여러 전쟁이 정치 엘리트와 대중이 각기 왜곡된 의도와 정서로 내몰고 휘둘려 합작한 비극이란 평가는 결코 한갓진 것이 아니다. 국가 역량을 넘어선 대중의 지지를 동원하는 데 탁월했던 전체주의 국가의 무모함이나 오늘날 강대국의 부도덕성을 시비하는 변방의 논리인 것만도 아니다. 어느 시대 어떤 지도자와 대중도 쉽게 유혹되고 휘말리기 쉬운 장바닥 외교를 늘 경계하라는 충고다. 외교사의 권위 알브레히트-카리에가 사회와 외교의 천민(賤民)화를 논한 것도 이런 맥락인 듯싶다.

여기까지 읽은 독자는 일본의 독도 도발에 국민과 정부가 함께 분노하는 것을 감히 시비하느냐고 화낼 것이다. 사악 무도한 일본의 영토 침탈에 맞서는데 무슨 분별이고 절제냐고 외칠 것이다. 그러나 일개 자치단체인 시마네현의 조례 제정이 우리의 실효적 지배에 아무런 법적 영향이 없다면서, 국가안보회의 성명으로 주권 침탈을 외치고 국가 독트린을 천명하는 것이 국제사회에 어떻게 비칠 것인지 생각해야 한다. 더욱 경계할 것은 북한 문제와 동북아 정세 변화 등 난제를 헤쳐나가야 할 정부가 밖으로 헛되이 목청 높이면서 안으로 여론의 지지만 노리는 것이다. 일본과의 우호보다 우리 자신을 위해 냉정해야 한다.

〈2005년 3월 19일〉

함마슐드의 추억

유력 언론사주를 주미대사로 발탁한 배경이
유엔 사무총장 도전을 돕기 위해서라는 얘기는
도무지 수긍하기 어렵다.

다그 함마르셸드(Dag Hammarskjold). 예전에 함마 슐드로 부르던 스웨덴 출신의 2대 유엔 사무총장이다. 한국전이 엄혹한 동서 냉전을 예고한 1953년 사무총장에 올라 5년 임기를 연임하던 61년 가을, 콩고 내전을 중재하러 갔다가 비행기 추락사고로 숨진 인물이다. 동서 진영이 얽힌 분쟁지역에서 중립적 평화역할을 적극 모색한 것과 관련, 암살설이 떠돌기도 했다. 함마르셸드의 기억이 신화처럼 살아 있는 것은 언뜻 극적인 죽음에 연유한다. 그러나 그는 전후 질서가 냉전 체제로 재편되는 격동기에 유엔이 독립된 도덕적 권위를 갖는 데 결정적으로 기여한 인물로 추앙된다.

그가 유엔 사무총장에 추대된 것은 중립국 유엔 대표로 활동한 것이 계기지만, 바탕은 30년 동안 관료로 일하면서 유럽경제공동체와 북대서양조약기구 가입협상 등에서 이념을 넘어선 열린 안목과 협상자세를 널리 평가받은 것이다. 함마르셸드는 웁살라 대학에서 영어, 독어, 불어, 역사, 문학을 공부한 뒤 법학과 경제학을 전공, 모교 교수로 있다가 관료로 입문했다. 재무·복지부 차관, 중앙은행장으로 일하면서 스웨덴 특유의 계획경제와 복지제도의 기틀을 마련했고, 발군의 대외교섭 경험을 바탕으로 외무차관을 거쳐 유엔대표로 발탁됐다. 인류의 평화 희망을 상징한 초창기 유엔 무대에 스웨덴이 자랑스레 내세운 인물이었다. 그는 아버지가 총리와 노벨위원회 의장을 지낸 국제적 명문가의 배경도 가졌다.

그러나 후세가 그를 기리는 것은 신생국의 방황과 강대국의 탐욕이 어울린 혼돈 속에서 성직자 같은 자세로 평화를 위해 헌신한 면모 때문이다. 그는 아버지에게서 이타적 봉사가 인생의 가장 값진 덕목이라는 믿음을 얻었다고 말했다. 또 성직자 가문인 어머니에게서 인류가 평등한 하느님의 자손이라는 신앙을 배웠다고 했다. 일생을 어느 정파에 기울지 않은 채, 나라 안팎에서 평화와 복지에 헌신한 행적은 이런 토로의 진실성을 입증한다.

함마르셸드 이후 역대 총장의 면모를 그와 비교하는 것은 애초 무리다. 냉전시대를 거치면서 인류가 유엔에 갖는 기대와 사무총장의 도덕적 권위부터 함께 추락했다. 회원국 수는 60개국에서 200개국 가까이로 늘었지만, 사무총장의 권위는 강대국이 좌우하는 안보리에 비해 초라하다.

물론 그런대로 유엔 사무총장은 국제사회에서 상징적 위상을 누린다. 강대국 틈바구니에서도 인류의 평화 의지를 대변하는 책무를 맡은 때문이다. 이에 따라 강대국의 영향력에서 벗어난 중립적 약소국 출신 외교관으로 타협하는 것이 관례다. 역대 총장이 모두 노르웨이, 스웨덴, 미얀마, 오스트리아, 페루, 이집트 등 중립국가 출신이고, 모두가 유엔 대표 등 외교관 출신이다. 유엔 개혁요구에 앞장 선 미국의 지지로 사무총장에 오른 지금의 코피 아난이 예외지만, 수십년간 유엔산하기구를 거쳐 사무차장을 지낸 전문성을 가졌다.

이렇게 볼 때, 분쟁 역사로 얼룩진 한국이 유엔 사무총장을 배출한다면 국가적 체모와 국민적 자부심을 높일 만하다. 그러나 유력 언론사주를 주미대사로 발탁한 배경이 유엔 사무총장 도전을 돕기 위해서라는 얘기는 도무지 수긍하기 어렵다. 그의 이력부터 역대 총장의 외교 경륜에 견줄 수 없지만, 미국과 특별한 동맹관계에 북핵 문제까지 안은 한국 출신을 다수 회원국이 수용할지 의문이다. 미국이 선호하더라도 실현 가능성은 낮아 보인다.

무엇보다 문제는 유엔대사도 아닌 주미대사 자리를 징검다리로 이용할 만큼 대미외교가 한가로운 과제인가 하는 것이다. 북핵 문제 등과 관련해 미국에 할 말은 하면서도 긴밀히 협력해야 할 임무를 수행하기도 빅찰 처지에, 사무총장직을 위한 사전 로비까지 하는 것이 국익에 도움될 것으로 볼 수 없디. 공연한 핑계라면 국민을 우롱하는 것이고, 진정한 뜻이라면 국제사회가 비웃을 듯하다.

〈2004년 12월 21일〉

완장 언론

사회 모든 계층을 폭 넓게 배려해야 할 정부가
유독 기득권 신문을 질시하고 혐오하는 것은
오히려 반민주적이다.

노무현 대통령이 일부 언론의 완장문화, 군림문화에 꿋꿋하게 맞서라고 국무회의에서 지시했다고 한다. 그 동안 거듭 피력한 언론관에 비춰 부당하다고 여기는 보도에 적극 대응하라는 주문인 것은 쉽게 짐작한다. 그러나 특히 언론의 귀와 눈을 끄는 것은, 뜻을 알 듯 말 듯한 완장문화라는 용어다. 완장이란 말이 흔히 별 것 아닌 권력을 갖고 한껏 으스대는 꼴을 비하할 때 쓰는 것을 생각하면, 정부 정책을 논의하는 자리에서 대통령이 입에 담은 것은 그리 적절치 않아 보인다. 다만 새삼스레 대통령의 말솜씨를 논란하기보다는, 언론 현실부터 되돌아보는 것이 도리일 듯하다.

대통령이 지칭했을 몇몇 보수 신문의 보도태도는 선입견 없이 보아도 문제가 있다. 정부와 권력에 대한 건전한 비판, 냉철한 감시 역할을 벗어나 다분히 적대적이고 편향된 시각을 드러낼 때가 많은 것이다. 이념노선과 정책판단에 따라 달리 선택할 수 있는 국가 현안에 대한 정부정책을 사실과 논리에 충실하게 보도 논평하지 않고, 대뜸 나라를 흔들고 국민을 도탄에 빠뜨리려고 작정했냐고 욕하는 행태다. 나라 돼 가는 꼴이 한심하다든가, 국민을 어디로 끌고 가려는가라고 개탄을 일삼는 짓이다. 국민의 이성적 분별을 돕기보다, 감성적 반발을 자극하려는 악의를 느낄 만한 것이다.

그렇다고 이길 완장문화라고 매도하는 것이 옳은지는 의문이다. 대통령과 언론 개혁론자들은 보수 신문들이 권위주의 권력에 굴종하고 영합해 권세를 얻었기에 그리 규정해 마땅하다고 할 것이다. 그러나 보수신문이 지금껏 지닌 영향력이 기득권에만 바탕 한다고 보기는 어렵다. 정부 비판을 온통 악의적 편향보도로 치부할 수는 없는 것이다. 그 논조가 기득권 계층의 기호와 이익에 영합하고 이바지한다고 해서, 신문의 본질 또는 본분과 어긋난다고 할 것도 아니다. 따라서 사회 모든 계층을 폭넓게 배려해야 할 정부가 유독 기득권 신문을 질시하고 혐오하는 것은 오히려 반민주적이다.

완장을 사회적 상징어로 만든 소설 '완장'은 정치권력의 폭력성과 오염력을 고발했다. 거기서 완장 찬 권력은 보이지 않는 거대권력의 심부름꾼이다. 권력의 부스러기를 얻어먹고 돌팔매를 대신 맞아주는 앞잡이다. 이런 설정에 맞춰보면, 지금 우리 사회의 완장 찬 언론은 보수보다 진보 쪽에 있다. 무슨 망발이냐고 화낼 것이다. 그러나 완고한 보수에 맞선다는 명분에 도취한 탓인지, 사실과 논리에 충성해야 할 본연의 자세에서 갈수록 멀어진다. 권력이 무엇보다 경계할 것은 이 지지세력 속의 완장문화다. 맹목적 편가르기에 매달리다가 명분마저 잃고 스스로 주저앉는 어리석음을 피해야 한다.

〈2004년 8월 11일〉

천박한 정체성 논란

정권의 역사 바로 세우기, 정체성 확립 시도도
자의적 잣대로 재단한 벽돌로
새로 역사를 쌓으려는 무모한 시도다.

미국 프린스턴 대의 역사학자 해럴드 제임스는 국가의 정체성을 오랜 역사에 걸쳐 다양한 벽돌로 쌓은 건축물에 비유했다. 따라서 어느 시점에 배타적 사회·정치·경제 이념을 토대로 정체성을 규정하는 시도는 역사의 건축물에 정치적 폭약을 설치하는 것이라고 했다. 편협한 이데올로기에 집착한 정체성 규정은 역사 속에 이어져 온 국가 통합 자체를 무너뜨린다는 지적이다. 18세기 이래 형성된 독일 민족의 정체성을 탐구한 그는 저서 '독일의 정체성'(A German Identity) 제목에 정관사 The 아닌 부정관사 A를 썼다. 200년에 걸친 정체성 추구 및 형성 과정을 정치·경제·사회·문화·국제환경 등 다각적 틀로 분석하면서도, 유일한 정답은 없다는 전제를 스스로 따른 것이다. 정체성 탐구는 먼저 역사의 필연성을 이해하고, 그 역사의 굴곡과 오류에서 교훈을 얻는 작업이어야 한다는 설명이다.

그의 말은 우리 사회 정체성 논란의 본질을 꿰뚫은 경고로 들린다. 이 땅의 정치·사회세력은 저마다 받드는 이념을 기준으로 우리의 정체성은 바로 이것이라고 못 박는다. 그 틀에 맞지 않는 상대방 이념과 행적은 정체성을 훼손하는 악덕, 척결대상으로 매도한다. 솔직히 이런 천박한 정체성 논란은 도무지 돼먹지 못했다. 다만 정당한 참견조차 편들기로 여기는 야만적 세태를 고려, 연고 없는 미국 학자의 역사관을 앞세웠을 뿐이다.

국가 정체성의 교과서적 풀이도 다르지 않다. 국가 존속에 필요한 기본적 요소, 국민적 단합의 밑거름, 국가에 대한 소속감과 충성심, 집단과 개인의 심정적 유대 등이 그 개념이자 본질적 요소다. 이런 풀이는 우리 사회는 역사적·문화적 일체감이 정체성 형성에 유리한 바탕인 동시에 전통적 연고주의와 지역이기주의, 일제 통치와 미군정에 따른 자치역량 부족, 권위주의적 정치문화, 1980년대까지의 성장위주 경제정책과 분배와 복지 소홀 등이 다원적 자유민주주의 발전을 저해한다고 지적한다.

이렇게 보면 지금의 정체성 논란은 역사에 대한 깊은 이해, 역사에서 교훈을 얻으려는 겸허함은 찾아볼 수 없다. 보수와 진보를 가림 없이 현실적 이해에 따라 역사를 독단적으로 해석하고 정체성 추구를 독점하려는 무모한 아집만 두드러진다. 한나라당과 보수세력이 극단적 반공 이데올로기 등 낡고 편협한 정치·경제·사회 이념에 집착, 정부 정책이 국가 정체성을 위협한다고 비난하는 것은 과장된 퇴행이다. 헌법의 자유민주주의와 시장경제 원리를 비판근거로 삼지만, 교과서적 안목에도 미치지 못한다. 다원적 민주발전을 위한 정책의 현실 적합성은 따져야 하지만, 정부의 본질적 정체성을 시비하는 것은 굴곡 많은 역사의 질곡을 짊어지고 가려는 것과 다름없다.

그러나 정권의 역사 바로 세우기, 정체성 확립 시도도 역사의 필연성은 아랑곳없이 자의적 잣대로 재단한 벽돌로 새로 역사를 쌓으려는 무모한 시도다. 2차 대전 뒤 모든 신생국이 경제발전을 민족국가건설과 정체성 확립의 최고 덕목으로 삼은 사실을 외면한 채, 민주발전을 저해한 오류만 비난하는 것이 단적인 예다. 시대와 국제 여건 등을 무시한 강파른 역사 인식이 민족 암흑기의 친일 행적을 온통 파헤치겠다고 외치는 바탕이 되고 있는 것이다.

그나마 스스로 일관되지 못한 과거사 뒤지기는 역사의 벽에 부딪쳐 부메랑이 되기 십상이다. 박근혜 대표를 압박한 정수장학회 논란에서 쿠데타 정부가 강제헌납 받은 김지태 씨 재산의 기반은 일제 수탈기관 동양척식회사의 토지를 불하 받은 것이었다고 한다. 여기에 악연으로 얽힌 박정희와 김지태 두 사람의 행적을 뒤쫓다 보면, 땅 주인 찾아주기에 열심인 듯한 권력 주변과 진보 언론조차 자가당착과 정체성 혼란에 빠질 수 있다. 해럴드 제임스는 사회적 공생의 틀 안에서 다양한 이념과 국가발전 비전의 타협과 조화를 추구하는 것이 국가와 민족의 정체성을 추구하는 올바른 자세라고 말했다.

〈2004년 8월 10일〉

장군과 대통령

서해 경고포격 논란이 혼돈 속을 헤맨 지난 주, 쿠바 미사일 위기를 다룬 할리우드 영화 'D-13'을 새삼 흥미롭게 보았다. 위기의 전말을 사실석으로 그린 영화는 '앞마당을 어지럽히는 붉은 개' 소련을 응징하려는 군부아, 외교직 해결을 모색하는 케네디 대통령 참모진의 갈등에 초점을 맞췄다. 곧장 비교하긴 어렵지만, 영화가 담아 낸 군과 문민정부의 고유한 속성과 책무에 비춰보면 우리가 직면한 혼돈의 정체를 가늠하기도 한결 쉬울 듯하다.

1962년 10월 쿠바의 소련 핵미사일을 확인한 미국 군부와 CIA는 공중폭격과 전면침공을 주장한다. 핵 위협을 용인할 수 없다는 것이지만, 1961년 피그(Pig)만 침공 실패의 치욕을 만회하려는 의지가 앞섰다. 그러나 취임 직후 국정을 장악하지 못한 상태에서 지난 정부가 기획한 피그만 침공을 승인했다가 참담한 실패를 겪은 케네디와 참모진은 군부의 강경책을 진보적이고 경험 없는 젊은 대통령을 시험하는 또 다른 함정으로 인식한다.

케네디는 "장군들에겐 국익수호가 우선이고 최선이지만, 핵전쟁으로 모두 죽은 뒤 잘못을 깨달을 수는 없다"며 미사일 추가반입을 막기 위한 해상봉쇄(Blockade)를 결정한다. 이마저 소련과 여론을 자극하지 않기 위해 검역·검색(Quarantine)이란 완화된 표현으로 발표한다. 이때까지 국민은 위기상황을 몰랐다. 케네디는 낌새를 챈 언론을 "숱한 생명이 걸렸다"고 설득, 공식발표 때까지 보도를 보류하게 한다.

유화책에 반발한 군부는 임의로 전쟁대비태세(Defcon)를 높이고, 피격위험이 높은 공중정찰을 감행한다. 케네디는 장군들이 전쟁을 바라고 위기를 고조시킨다고 판단, 맥나마라 국방장관에게 봉쇄작전을 지휘하는 해군 상황실에 상주하며 군을 견제하도록 한다. 동시에 군 수뇌부 교체를 주장하는 동생 로버트 케네디 법무장관의 혈기를 쿠데타 가능성까지 거론하며 억누른다.

케네디는 봉쇄 라인의 해군이 소련 잠수함과 대치하자, 구축함장을 직접 호출해 무력사용을 자제하라고 당부하는 등 충돌 회피를 위해 고심을 거듭한다. 맥나마라도 해군 수뇌부가 봉쇄 라인을 넘은 소련 미사일 수송선에 교전수칙을 앞세워 경고포격을 한 뒤 해상봉쇄는 독립전쟁 이래 해군 소관이라고 맞서자, 전쟁은 대통령의 전권이라고 질타하며 문민 통제를 관철한다. 우여곡절 끝에 결국 소련 함선이 봉쇄 라인에서 물러서고, 흐루시초프가 물밑 협상을 제의해 사태는 타협적으로 해결된다. 흐루시초프는 국위 실추가 빌미가 돼 실각하지만, 단호하면서도 절제된 리더십으로 핵전쟁을 막은 케네디는 명실상부한 자유진영의 지도자로 부각됐다.

이 역사 속 에피소드에서 교훈을 얻는다면, 군과 대통령의 소임과 책무가 다르다는 사실부터 인식해야 한다. 서해 사태에서 해군이 북측의 뒤늦은 교신시도를 무시하고 정해진 지침만을 좇아 경고포격을 한 바탕은 남북화해와 신뢰구축이란 차원 높은 정책 목표보다는 북방한계선(NLL) 침범과 도발 저지라는 기본임무에 충실하려는 의지가 앞선 탓이라고 본다. 2년 전 서해 교전의 악몽을 떨치지 못하는 강박의식도 크게 작용했을 것이다. 북측이 우발충돌방지 합의도 잘 지키지 않는 상황에서, 위험한 대치 현장의 우리 군에 고도의 자제력을 기대하는 것은 애초 무리한 측면이 있다.

물론 북측 의도 판단에 중요한 교신 정보를 숨긴 것은 큰 잘못이다. 그러나 대통령과 참모들이 군의 특성과 적대관계 변화에 적응하기 어려운 체질 등을 고려하지 않은 채, 통수권 무시를 떠들며 흥분한 것은 장군들보다 근시안적이다. 조용히 사태를 처리한 뒤, 남북 합의 정신을 대치현장에서 실현하는 길을 고민하는 지혜가 무엇보다 아쉬웠다. 장군들에 비할 수 없이 막중한 책무에 걸맞게 사려 깊은 안목 없이, 사태의 본질이 북측의 NLL 침범에 있다는 강파른 보수 논리에 맞서는 것은 헛된 일이라고 본다.

〈2004년 7월 27일〉

대통령의 철학

국민의 70%가 탄핵에 반대했다고 해서
그에 못지않게 많은 국민이 그의 현실호응,
곧 국정수행에 실망한 사실을 지울 수 없다.

영국 신문에서 읽은 대통령의 철학에 관한 얘기다. 닉슨 대통령 시절, 백악관 비서실장이 대통령이 읽을 정책 브리핑 자료를 작성한 보좌관에게 여러 정책안 가운데 특정 선택을 부각시킨 이유를 물었다. 보좌관은 그게 대통령의 철학에 부합하는 것으로 생각했다고 답했다. 그러자 비서실장은 "대통령은 철학이 없네"라고 일깨웠다. 대통령은 아무 생각이 없다는 불경한 말이 아니라, 특정한 이념이나 노선에 집착하지 않는 것을 뜻한다는 풀이다. 이 얘기를 소개한 이는 대통령이 철학을 갖지 않는 것은 이를테면 전염병에 걸리지 않은 것과 같다고 비유했다.

알듯 모를 듯한 얘기지만, 복잡다단한 국정을 수행하는 대통령은 개인적 신념보다 현실의 요구에 호응해야 한다는 말로 이해한다. 아주 당연한 얘기 같기도 하고, 다른 한편 석연치 않은 면도 있다. 그만큼 대통령하기가 어렵다면 간단하겠으나, 그것으로 대통령의 책임을 한치도 회피할 수 없는 노릇인 것이 딱하다. 노무현 대통령이 대통령 하기가 힘겹다고 토로할 때마다, 애초 호의적이던 국민까지 대통령과 자신의 기대에 함께 실망한 이유도 그 때문이다. 국민의 70%가 탄핵에 반대했다고 해서 그에 못지않게 많은 국민이 그의 현실호응, 곧 국정수행에 실망한 사실을 지울 수 없다.

자신의 철학 때문이든 부당한 현실 탓이든 간에, 탄핵으로 직무 정지된 노 대통령이 내일이면 제자리로 되돌아 올 것으로 보인다. 당장 관심은 헌법재판소가 대통령의 옳고 그름에 대한 판단을 얼마나 세세하게 밝힐 것인가에 쏠린 듯하다. 그러나 소수의견 공개여부는 어찌 보면 공연한 논란이다. 소수의견이 총선 승리로 한껏 고양된 대통령의 명분과 권위를 다시 훼손할 것을 걱정하는 쪽의 자가발전 기미마저 있다. 정작 국민의 진정한 관심은 돌아온 대통령이 국민 앞에 어떤 자세로 서서, 어떤 귀임사를 내놓을지에 있으리라고 본다.

지난 기억에 비춰, 노 내동령은 철학적 자세를 보일 가능성이 높다. 극기(克己)적이거나 냉소적인 태도를 말한다. 둘은 상반된 듯하지만 개인적 신념에 집착하는 점은 같다. 국민적 지지에 헌법적 정당성까지 확인했으니, 한층 굳건한 소신을 피력하고 싶을 것이다. 그러나 글머리 얘기처럼 그런 철학은 현실과 동떨어져 공허하기 십상이다. 부당한 현실을 타파했다고 여길지 모르나, 그는 여전히 개인적 신념보다 훨씬 중대한 현실의 요구에 호응해야 하는 대통령이다. 그 요구가 뭐냐고 묻는다면, 그에 실망했던 국민 70%의 여론과 헌재 결정문을 거듭 되새길 것을 권한다.

〈2004년 5월 13일〉

탄핵과 공영방송

보수언론의 수구반동적 선동을 비난하던 공영방송이
의회타도를 선동이라도 하듯 흥분하는 것은
욕하면서 배운 꼴이다.

2차 세계대전 이전, 영국의 공영방송 BBC는 보수당의 거물 의원 윈스턴 처칠의 언행을 일절 보도하지 않았다. 국내외 문제에 대한 정견이 극단적이라는 이유였다. 처칠은 존 라이스 BBC 국장에게 편지를 보내 미국처럼 방송시간을 사겠다는 제안까지 했으나 쓸모가 없었다. 초기 BBC의 정체성을 확립한 라이스는 정당내부 다툼과, 거리에서 외치는 정치는 보도하지 않는다는 원칙을 고수했다. 정당 대표가 지명하지 않은 개별 의원도 방송에 접근하기 어려웠다. 지나치게 완고한 듯하지만, 정치성을 배제한 전통이 세계 최고의 권위와 신뢰를 유지하는 바탕이다.

대통령 탄핵소추를 다룬 우리 TV 방송의 보도자세는 한심했다. 명색이 공영방송들이 물색없이 격앙된 것부터 그렇지만, 국민 반응을 '허탈과 분노와 충격'이라고 뭉뚱그린 것은 도무지 거슬렸다. 여론조사에서 탄핵은 잘못이라고 답한 국민이 70%선을 넘나든다고 해도, 거리의 시민 반응을 허탈과 분노 일색으로 포장한 것은 자의적이고 선정적이었다. 실제 지역마다 두세 명씩 등장한 시민 가운데는 다른 의견을 밝힌 이들도 있었다. 거리의 목소리를 취사선택한 보도내용 자체보다 편향된 규정을 앞세워 시청자에게 전하는 것은 언론의 기본인 객관보도와는 거리 멀었다.

대통령 고향의 반응을 부각시킨 것도 부적절했다. 국가적 중대사에 대한 국민 반응을 충실히 전할 의도였다면, 지극히 감성적일 게 뻔한 고향 주민 반응은 오히려 빼거나 달리 다루는 분별이 아쉬웠다. 늘 하던 대로 무심코 그랬다면 지각없는 짓이고, 고향의 분노를 마땅히 전해야 한다고 생각했다면 얄팍하다. 지역마다 열린 항의시위를 빠짐없이 비중 있게 다룬 것도 객관적 사실보도로만 여길 수 없다. 의회주의에 충실한 BBC의 옛 '거리정치' 비보도를 곧장 인용할 계제는 아니지만, 거친 항의만 부각시킨 것은 다양한 민의를 균형 있게 반영해야 할 공영방송의 정도(正道)에서 분명 벗어났다.

이런 편향성보다 더 개탄할 일은 정치 · 외교 · 경제 · 사회 모든 분야에서 이내 위기가 닥칠 것처럼 막연한 불안감을 부추기는 보도를 쏟아낸 것이다. 이런 때일수록 냉철한 보도로 국민의 이성적 판단을 도와야 할 공영방송이 스스로 먼저 격앙되고 선정적인 자세를 보인 것은 무책임하다. 헌법질서와 냉정한 대응을 강조하면 자칫 수구세력으로 몰릴 분위기다. 그러나 보수언론의 수구반동적 선동을 비난하던 공영방송이 의회타도를 선동이라도 하듯 흥분하는 것은 욕하면서 배운 꼴이다. 어떤 고상한 명분을 위하더라도 본분을 저버린다면, 공영방송의 부끄러운 과거 체질이 다시 거론될 것임을 알아야 한다.

〈2004년 3월 15일〉

대통령이 신뢰를 얻으려면

국민은
끊임없이 자신의 정당성을 과시하려는 지도자보다
조용히 국민의 요구를 살피고 반응하는 지도자를 신뢰한다.

런던정경대학(LSE)의 리차드 세닛이란 사회학자가 블레어 영국총리와 클린턴 전 미국 대통령을 비교한 글을 썼다. 두 사람 모두 참신한 이미지와 비전, 탁월한 논리와 대중 설득력으로 입신한 점이 닮았다. 그러나 클린턴이 섹스 스캔들로 도덕성이 훼손된 뒤 국민의 국정 신뢰도가 오히려 상승한 데 비해, 블레어는 이라크 침공을 둘러 싼 국제 논쟁까지 주도하며 위상을 높인 듯하면서도 갈수록 국민의 신뢰를 잃고 있는 것이 다르다는 요지다.

이 아이러니의 연유를 그는 이렇게 설명한다. 클린턴은 참담한 스캔들에도 불구하고 경제를 비롯한 국정에 매진했고, 유권자들은 대통령이 개인적 과오를 씻기 위해 노력하는 것을 높이 평가했다. 저마다 인격적 결함을 지닌 국민은 대통령의 몸을 낮춘 고해와 헌신에 신뢰를 보냈다는 분석이다.

그에 비해 블레어는 기성 질서에 도전하는 개혁을 추진하면서 언론과의 논쟁은 물론이고 법정까지 가는 정당성 다툼에 과감했고 대개 승리했다. 그러나 국민은 거듭된 사회적 논쟁에서 블레어가 '우리는 언제나 옳다'고 외치는 것에 소외를 느꼈고, 정치와 권력을 왠지 공허한 것으로 인식하게 됐다는 분석이다. 그 결과 블레어의 논쟁력이 돋보인 이라크 침공 결정과정에 거짓이 개입한 사실이 드러나자 민심이 한꺼번에 등 돌리고 있다는 것이다.

노무현 대통령은 사회 저변의 개혁 열망과 대중적 설득력을 자산으로 집권한 점에서 두 지도자와 비견할 만하다. 그러나 집권 뒤 국정수행 자세는 그들의 성공을 이끈 미덕을 닮기보다 실패를 자초한 위선과 아집으로 치닫는 인상이다. 그것도 두 지도자가 괄목할 국정성과에 도취한 권력의 권태기에 일탈과 오만으로 흐른 데 비해, 집권 초반에 이미 냉철함과 균형을 잃은 강퍅한 모습을 보이고 있다.

노 대통령이 완고한 기득권 세력, 특히 정치 · 사회적 이념과 이익 다툼에서 편향된 보수 언론에 오랜 적대감을 갖고 있다는 토로에는 한편 공감한다. 그러나 국민 다수의 개혁 열망에 힘입어 집권한 그가 후보 때 간판 삼은 진보적이고 개혁적인 면모는 지키지 못한 채, 자신과 정부의 평판을 낮추는 언론과의 다툼에 집착하는 것은 지도자의 금도(襟度)를 벗어났다.

노 대통령은 대미 자세와 경제 노사정책에서 기회주의적 위선을 노출, 지지계층의 우려가 옳았음을 스스로 입증하고서도 개의치 않는 듯했다. 그런 그가 자신의 보수화를 칭찬한 기득권 언론이 불공정한 음해로 평판을 훼손한다고 해서, 정책과 법률적 수단까지 동원한 강경 대응을 선언하는 것은 졸렬하고 이기적이다.

노 대통령은 지금 마치 씨름판에서 진짜 적수의 샅바는 잡지 않은 채, 심판의 편파성을 지레 탓하며 상투잡이를 하는 모습이다. 그는 언론이 대통령의 성공과 실패를 가르는 최종 평가자이고, 그렇기에 늘 공정하고 중립적이어야 한다고 오해하고 있다.

그러나 미국과 영국 등 민주주의 선진국 언론도 저마다 이념과 이해에 따라 편파적인 것이 오히려 정상이다. 특히 공영방송이 아닌 신문에 가치중립적 공정성을 강요하는 것은 다양한 견해와 이익을 대변하는 신문의 자유를 위축시키고 사회적 논쟁을 약화시킨다. 대통령은 언론과의 논쟁을 부추기기에 앞서, 민주주의의 기본을 이해하고 포용하는 안목부터 넓혀야 한다.

대통령이 감당해야 할 진짜 적수가 무엇인가는 자명하다. 클린턴의 성공이 일러주듯이, 국정에 매진해야 할 책무는 굳이 강조할 것조차 없다. 그보다 영국학자 리차드 세닛의 지적에 귀 기울이기를 권한다. 국민은 끊임없이 자신의 정당성을 과시하려는 지도자보다 조용히 국민의 요구를 살피고 반응하는 지도자를 신뢰한다는 것이다. 프랭클린 루스벨트가 가장 성공적인 대통령이 된 바탕도 이렇게 국민과 일상적인 신뢰관계를 쌓은 것이다. 그의 유명한 노변정담은 바로 국민의 바람과 요구에 낮고 친근한 목소리로 응답한 것이었다.

〈2003년 8월 5일〉

2

여인 천하

이제 누가 '빅 브러더'를 말할까

권력이 불법도청으로 엿들은 내용이 못내 궁금하고,
아무리 큰 범죄단서가 숨어 있더라도 그냥 덮을 수밖에 없다.
그게 국가권력의 잠재적 위협에서 국민의 프라이버시와
인권을 지키고 헌법질서를 수호하는 길이다.

안기부 불법도청 사건 때문에 자주 웃는다. YS와 삼성과 중앙일보와 한나라당의 위선과 부도덕이 폭로된 게 고소해서가 아니다. 언론과 시민단체와 법률가들이 정색하고 떠드는 말들이 하도 말 같지 않아서다. 어제 아침에는 디 크게 웃었나. 노청내용 공개에 앞장선 신문이 '누군가 당신을 엿듣고 있다'는 시리즈를 싣고, 국가기관의 도·감청이 국민의 프라이버시를 위협한다고 짐짓 걱정하는 척한다. 그런데 신문 사설은 그렇게 엿들은 범죄혐의를 샅샅이 수사, 법질서를 수호하라고 외친다. 우습지 않은가.

이번 사태에서 놀란 것은 남달리 인권과 자유를 떠들던 언론과 시민단체와 법률가들이 천박한 법의식 또는 법감정(a sense of justice)을 서슴없이 내보인 것이다. 법의 상식을 짓밟는 궤변을 일삼는 이들과 곧장 시비하는 건 부질없는 일이기에, 멀리 미국 사법사의 교훈부터 살핀다.

1920년대 미국에서 수사기관의 도청이 문제됐을 때, 연방대법관 대다수는 헌법이 금지한 불법수색에 해당하지 않는 것으로 보았다고 한다. 그러나 루이스 브랜다이스 대법관은 영장 없는 도청은 헌법위반이라며 이렇게 일깨웠다. "정부는 좋게든 나쁘게든 국민의 본보기가 된다. 정부의 범법행위는 법을 경멸하게 하고, 국민이 제각기 법을 만드는 무정부 상태를 초래한다."

브랜다이스는 일찍부터 국민의 이름으로 국가권력을 제한 없이 행사하는 민주주의를 불신하며 개인의 프라이버시 권리를 주창, 뒷날 기념비적 인권 판결에 이름을 남겼다. 연방대법원은 1960년대에 이르러 영장 없는 도청은 불법 수색이고, 그렇게 얻은 범죄증거는 재판에 쓸 수 없다는 판례를 확립했다. 1961년 판결은 "불법수집 증거를 배척하지 않는 것은 헌법을 위반해도 좋다고 말하는 것과 다름없다"고 선언했다. 헌법을 무용지물로 만들어 국가권력의 침해에서 국민의 안전과 자유를 지킬 수 없다는 이유였다. 그리고 브랜다이스의 경고를 인용, "법을 집행하는 정부가 법을 어기는 것, 특히 국가의 기초인 헌법을 준수하지 않는 것보다 더 빠르게 국가를 붕괴시키는 것은 없다"고 거듭 일깨웠다.

우리 헌법질서에서도 도청을 비롯한 불법적 수색, 압수, 체포, 고문 등 정당한 법절차를 어기고 얻은 증거는 증거능력이 없다. 달리 말하는 법률가는 사소한 예외를 빌미로 여론을 속이는 것이다. 범죄수사를 위한 것도 아니고 오로지 권력의 정보 공작정치에 이바지한 도청 기록을 사법 정의 실현의 수단으로 삼을 수는 없다.

여론이 지나간 정부의 불법도청보다 정치자금 비리를 비난하는 것은 이해한다. 내가 도청 당한 것도 아닌 바에야, 기득권 세력의 검은 거래를 까발리고 응징할 것을 바라는 것은 자연스럽다. 그러나 언론과 법률가들이 국민의 알 권리와 사회 정의 등을 끌어대는 것은 미운 놈 벌주기 위해 법치의 근본을 허물자는 것과 다름없다. 법 원칙까지 어기며 돌봐야 할 국민의 알 권리는 없고, 헌법이념과 어긋나는 정의도 있을 수 없다.

이 명백한 사리는 도청 테이프가 무더기로 쏟아지면서 한층 분명해졌다. 그런데도 그것도 공개해야 형평에 맞는다고 말하는 것은 YS 정부가 외환 위기처럼 은밀하게 마련한 재앙의 세례를 골고루 나눠 받자는 소리와 같다. 공익이 더 크면 위법성이 없어진다거나, 검찰이 법을 어길 수는 없으니 국정원이 공개하게 하자는 따위 주장에 솔깃해 하는 것은 어리석다.

권력이 엿들은 내용이 못내 궁금하고, 어떤 큰 범죄단서가 숨어 있더라도 그냥 덮을 수밖에 없다. 그게 국가권력의 잠재적 위협에서 국민 각자의 프라이버시와 인권을 지키고 헌법질서를 수호하는 길이다. 그러려면 무작정 검찰 불신을 떠들 게 아니라, 법원에 테이프 처리를 맡기는 방안 등을 찾아야 한다. 이대로 빗나간 논란에 매달리는 이들은 '빅 브러더'니, 도청 공포니, 프라이버시니 하는 말을 다시 입에 올릴 수 있을지 생각해야 한다.

〈2005년 8월 2일〉

가장 나쁜 정부

국민이 비웃는 무능한 정부가
가장 나쁜 정부라는 교훈을 …

고영구 국가정보원장의 사퇴를 권력 주변에서는 국정원의 과거사 진상규명이 궤도에 오른 데 따른 것이라고 설명하는 모양이다. 그러나 국정에 대한 신뢰를 뿌리째 흔든 행담도 사건과 관련, 김재복 행담도개발 사장의 실체를 파악하지 못한 책임을 진 것이라는 설명도 슬며시 흘리고 있다. 이 사건이 온통 거짓으로 드러난 김씨의 대단한 경력에 깜빡 속은 때문이라는 변명을 다 믿지는 않지만, 김씨를 뒷조사한 국정원 책임이 큰 것은 분명하다. 그런데 정작 청와대는 그걸 문책한 것은 아니라니, 또 무슨 꿍꿍이 속인가 싶다.

권력의 속셈을 헤아리기 어려우나 국가최고 정보기관장이 책임질 엄청난 스캔들이란 사실은 부정하면서도 국정쇄신 노력을 보이려는 뜻일 것이다. 청와대 인사수석 등 권력 핵심이 깊이 얽힌 책임을 그렇게나마 분산시키려는 의도도 있을 것이다. 고영구 원장이 국정원

조직을 몰라 겉돌았고 정보공유도 되지 않았다는 얘기도 그런 의도로 흘리는 듯하다. 어차피 물러날 때가 된 국정원장이 사태를 책임지는 최고급 인사가 됐지만, 그의 책임이 가장 크다고 여기는 국민은 별로 없을 것이다.

어쨌든 그보다는 공식 사퇴 명분과 진짜 이유 사이에서 기막힌 아이러니를 느낀다. 고 원장이 말대로 과거사 규명은 잘했는지 모르나, 당장 국정에 중차대한 정보업무는 엉터리로 한 사실은 이 정부의 병폐를 단적으로 보여준다. 독일 유명 공대 출신에 싱가포르 정부를 대리하는 국제금융 전문가로 행세한 김씨가 지방대 중퇴에 동남아 호텔근무 경력밖에 없다는 사실을 정말 까마득히 몰랐다면, 국정원도 과거사를 뒤지느라 고유 임무는 건성으로 했다고 봐야 마땅할 것이다.

과거사 규명도 제대로 한 게 아니다. 김형욱 실종사건부터 아무런 물증이 없어 법적으로는 피살 사실조차 확인되지 않았다. 이런 허술한 내용을 서둘러 발표히고는 빅징희 내동령이 지시한 증거가 나온 것처럼 떠드는 모습은 솔직히 한심하다. 26년 전 독재 권력과 그를 배신한 정보기관장이 얽힌 비밀공작 의혹은 이제 대단한 미스터리도 아니다. 그보다는 세상 물정을 조금만 알면 쉽게 정체를 간파할 김재복 씨 같은 인물에게 권력 핵심과 국가정보기관이 농락당해 거창한 국책사업을 함께 도모한 사실 또는 그런 변명이 국민에게는 훨씬 개탄할 일이다. 국민이 비웃고 깔보는 무능한 정부가 가장 나쁜 정부라는 동서고금의 교훈을 되새기기 바란다.

〈2005년 6월 2일〉

배꼽 아래

홀아비였던 박 대통령의 말년 사생활을 놓고
온갖 욕된 말을 하는 이들이
DJ의 온갖 스캔들에
어떻게 반응하는지에 눈길이 간다.

1976년 미국 대통령 선거에서 지미 카터 후보가 선풍을 일으켰을 때다. 부도덕한 베트남 개입과 워터게이트 사건의 악몽에 시달린 미국사회는 카터의 도덕성 회복 구호와 순진무구한 미소에 매료됐다. 그는 정치외교뿐 아니라 사회와 개인이 전통적 가치와 윤리를 되찾을 것을 외쳤다. 어느 언론인이 짓궂게 물었다. "도덕주의를 앞세운 당신은 외간 여자에게 음심을 품은 적이 없느냐." 망설이던 카터는 "더러 욕정을 느꼈지만 불륜은 없었다"고 진솔하게 답했다. 그러자 신문 만평은 자유의 여신상 앞에서 침 흘리는 카터를 그렸고, 찬반 논란이 이어졌다.

논쟁은 '마음으로도 간음하지 말라'는 종교적 윤리와, 대통령의 거짓말을 중죄로 심판한 사회적 도덕률 가운데 어느 쪽을 잣대로 삼을 것인가를 다툰 것이다. 그만큼 도덕성 회복이 절실한 상황에서 카터 스스로 기준을 한껏 높인 것이 함정이 됐다. 그러나 그 뒤 클린턴 대통령이 백악관에서 벌인 추잡한 섹스 행각에 미국사회가 보인 반응은 세월의 간격보다 차이가 크다. 정치세력은 그의 부도덕성을 집요하게 추궁했지만, 대중은 대통령의 사생활 스캔들에 뜻밖에 관대했다.

그래도 미국이 정치 지도자의 도덕성에 엄격한 것은 어찌 보면 위선적이다. 사회 전체 성윤리 수준에 걸맞지 않게 비친다. 배꼽 아래는 별로 시비하지 않는 우리와 일본, 유럽 쪽이 오히려 진솔하다. 프랑스는 미테랑 대통령에게 숨겨 둔 딸이 있다고 특종 보도한 신문이 '저급한 영미식 저널리즘'이라고 언론과 사회의 지탄을 받았을 정도다. 과연 프랑스다 싶지만, 우리 통념으로 이해하기 어렵기도 하다. 이처럼 우리는 정치지도자의 성윤리를 재는 잣대가 분명하지 않다. 여성들의 눈이 매서워졌지만 사생활 존중의식 또한 높아졌다.

이런 사회에 도덕적 명망 높은 카톨릭 신자인 김대중 대통령에게 불륜관계로 낳은 딸이 있다는 얘기는 더러 당혹스러우면서 흥미로운 논란거리다. 사회 풍속이 달랐던 DJ의 40대 시절 스캔들은 각자 취향대로 평가할 것이다. 다만 홀아비였던 박정희 대통령의 말년 사생활을 놓고 온갖 욕된 말을 하는 이들이 여러 모로 비교되는 DJ의 스캔들에 어떻게 반응하는지에 눈길이 간다. 그런 비교조차 부당하다고 반발하겠지만, 이미 고인이거나 팔순을 넘긴 두 사람의 과거 행실은 지금 별 의미가 없다. 그걸 논란하는 우리의 눈과 잣대가 늘 똑바른지가 중요할 따름이다.

〈2005년 4월 22일〉

공짜 점심과 박근혜

우리 사회는 남북문제에는
깊이를 헤아리기 어려운 민족적 정서를
감추고 있다는 사실을 잊지 않는 것이 좋을 것이다.

"공짜 점심은 없다"(There is no such thing as a free lunch). 약소한 점심 한끼의 호의도 뭔가 갚아야 할 부담이 따른다는 뜻으로 더러 쓴다. 경제학자들은 이 말을 공짜 점심을 즐기는 데 투자하는 시간만큼 다른 일을 할 기회를 포기해야 한다는 식으로 냉엄한 경제논리를 설명하는 데 자주 쓴다. TSTFL이라는 약어까지 있다.

이렇게 모든 걸 이익과 비용의 관계로 따지는 경제학자들은 대개 사회 정치적으로 보수적이다. 토머스 칼라일이 경제학은 음울한 학문(the dismal science)이라 부른 것도 이런 맥락이다. 성장 정책은 경제학자의 소관이지만 분배는 도덕과 정치의 영역이라는 규정을 떠올리면 이해하기 쉬울 듯하다.

경제 얘기를 하려는 게 아니다. 박근혜 한나라당 대표가 미국에 간다는 소식에 이회창 전 총재의 공짜 점심 발언이 생각났다. 이 총

재는 대권 도전을 앞두고 미국을 방문해 "더 이상 북한에 공짜 점심
은 없다"고 선언, DJ 정부의 햇볕정책과 분명한 차별화를 다짐했다.
그리고 부시 행정부의 관례를 넘어선 환대에 한껏 고무된 모습으로
귀국했다. 부시 정부 초기 백악관을 찾은 김대중 대통령이 대북 포
용정책과 관련해 홀대와 면박을 당하고 돌아온 것과 대조적이었다.

  이 총재의 공짜 점심 발언은 대북 퍼주기를 줄곧 비판한 야당의
정책노선과 일관된 것이다. 따라서 햇볕정책에 제동을 거는 미국 정
부에 적극 동조하는 입장을 그들에게 친숙한 표현으로 전해 좋은 반
응을 얻은 것에 기꺼워할 만했다. 그러나 언뜻 절묘한 공짜 점심 발
언이 대권 도전에 도움됐을지는 의문이다. 오래 전 판가름 난 대선
결과로 말하는 게 아니다. 우리 사회의 의식과 정서에 어떻게 비쳤
을지 되짚어 볼 필요가 있다는 얘기다.

  나는 이 총재의 발언을 안타깝게 여겼다. 그가 우리 정치인으로서
드물게 훌륭한 자산과 덕목을 지녔지만, 남북과 지역과 이념과 계층
을 경계로 갈갈이 찢긴 나라를 이끌 지도자의 경륜과 비전은 갖지
못했다는 아쉬움을 한층 절실하게 느꼈다. 그 자신과 그런 표현을
궁리한 측근들은 햇볕정책과 대북 퍼주기에 불안과 반감을 갖는 이
들과 미국을 함께 만족시킨 것을 스스로 대견하게 여겼을 법하다.
그러나 보수와 진보를 가림 없이 북한과 미국에 대한 오랜 애증(愛
憎)의 인식이 흔들려 혼란스런 사회 전체에는 감동을 주지 못했다.
오히려 민족과 자주를 외치는 변화 요구가 거센 사회 저변의 기류는
외면한 채 전통의 보수와 친미에 안주하는 편협함이 두드러졌을 뿐
이다.

  남북문제에 공짜 점심 표현을 쓴 것은 대북 퍼주기 표현이나, 남

북문제는 철저히 비즈니스로 다뤄야 한다는 보수언론의 주장보다 천박했다. 민족문제를 마치 노숙자 무료급식을 시비하듯 다루는 인상마저 남겨 강파른 이미지를 더했다고 본다. 이 총재가 실패한 주요 요인일 것이다. 북핵과 북한문제에 대한 보수적 접근은 여전히 올바른 국가전략이라고 말할지 모른다. 그러나 부시 정부의 강경책이 우리에게 어떤 결과를 안겼는지 제대로 봐야 한다.

사태 악화를 북한의 무모함에 노무현 정부의 대미 자주노선이 가세한 탓으로 보는 건 엉뚱하다. 노 대통령은 대체로 미국의 대북정책에 영합하는 자세를 취했다. 여기에 비춰 지금 보이는 갈등은 다분히 위선적이다. 노 대통령도 미국과 북한 문제를 다루는 데 실패하고 있다.

북핵 문제가 심각한 상황에서 미국을 찾는 박 대표가 대북 포용 자세를 내보일지는 그가 선택할 문제다. 다만 우리 사회는 냉엄한 경제 논리에 쉽게 기울면서도, 남북문제에는 깊이를 헤아리기 어려운 민족적 정서를 감추고 있다는 사실을 잊지 않는 것이 좋을 것이다.

그게 자신의 정치적 장래를 위하는 길이고, 혼돈을 헤치고 나라를 이끌겠다는 정치 지도자에게 가장 중요한 비전이라고 믿는다.

〈2005년 3월 15일〉

언론 권력

누구나 경외하던 언론권력은
스스로 정치무대에 서는 순간 마법처럼 스러졌고,
이내 잡힐 듯하던 정치권력은 한갓 신기루였다.

영국이 언론제국을 자랑하던 시절, 거대신문 소유주들은 귀족작위를 받고 더러 정치무대에도 올랐다. 명예로운 언론권력과 언론귀족 지위에 만족하지 않고 현실의 권력을 누리려 한 것이다. 그러나 모두가 끝내 상처와 환멸을 안은 채 제자리로 돌아가야 했다. 누구나 경외하던 언론권력은 스스로 정치무대에 서는 순간 마법처럼 스러졌고, 이내 잡힐 듯하던 정치권력은 한갓 신기루였다. 이 신문 사주들의 영광과 좌절을 탐구한 후세 학자들은 세상이 신봉한 언론권력은 논설과 여론의 힘을 착각한 데 불과하다고 평가한다

그 시절 언론권력의 흥망을 상징적으로 그린 할리우드의 걸작이 '시민 케인'(Citizen Kane)이다. 대배우 오손 웰스가 1910~30년대 미국 언론시장을 지배한 허스트그룹 사주 윌리엄 랜돌프 허스트의 삶을 소재로 1941년 만든 영화는 미국보다 영국에서 훨씬 큰 성공을 거뒀다. 지금껏 영화의 교과서로 불리는 탁월한 구성이나 기법과

는 별개로, 언론권력과 정치권력이 얽힌 셰익스피어 극 같은 스토리가 영국인들에게 한층 익숙했던 것이다. 그만큼 극적인 신분상승과 전락의 길을 앞서 걸은 언론제국 영주들이 많았다.

실존모델 허스트는 광산투기로 거부를 이룬 아버지에게서 일간 샌프란시스코 이그재미너를 물려받은 뒤 무차별적 여론조작과 신문부수 및 영역 확장으로 언론권력의 정점에 올랐다. '권력은 신문부수에서 나온다'고 공언한 그는 황색 저널리즘 용어를 낳은 선정적 보도와 자금력으로 수십개 신문과 잡지 및 영화사를 소유, 신문왕 퓰리처를 넘어섰다. 이 과정에서 정치인과 공인의 명성을 마음대로 만들고 파괴했으며, 스페인과의 전쟁을 선동하기까지 했다. 목적은 오로지 정치적 영향력 확대였다.

1903년 하원에 진출한 허스트는 뉴욕 주지사와 대통령 후보에 잇따라 도전했지만 모두 실패했다. 애초 대중에 어필하는 진보적 이념을 표방했으나, 1차대전 참전과 국제연맹에 반대하는 고립주의와 극우보수로 기운 결과였다. 그러나 무엇보다 권력욕에 불타는 위선적 면모에 대중이 등돌린 탓이 컸다. 이어 주로 자금력에 의존한 허스트 그룹도 쇠퇴했다. 뒷날 논평가들이 시민 케인과 허스트의 캐릭터를 '자기 자신을 가장 사랑한 인물'로 규정한 것은 자못 시사적이다. 우리 언론 사주의 정치무대 출연에 낡은 에피소드를 되돌아보았다.

〈2004년 12월 20일〉

실미도와 김근태

자신들의 일은 무엇 하나 제대로 못하면서
노상 과거 탓만 하는 것은,
키만 훌쩍 큰 20, 30대가
부모의 키 작은 것을 흉보며 우쭐대는 꼴이다.

올 미국 대선에서는 30년 전 베트남 전쟁이 새삼 이슈가 됐다. 민주당 존 케리 후보는 참전과 반전 경력을 함께 내세우며 부시 대통령의 이라크 정책을 비판했다. 베트남 전쟁 때처럼 군부도 회의론이 많은 이라크 점령을 강행한 것을 공격하면서, 역풍을 막기 위해 참전 경력을 방패삼은 것이다. 이에 맞서 부시 측은 케리를 국가에 불충한 극단주의자로 몰았다. 국가적 자존을 허문 베트남전을 거꾸로 정의로운 애국 전쟁으로 미화한 것이다. 베트남전과 이라크 개입까지 정당화, 케리의 도전을 뿌리치려는 책략이었다 .

결국 베트남전은 이라크 정책의 진짜 쟁점을 흐리는 위장 쟁점이다. 부시는 이를 통해 지지를 되찾았지만, 객관적 평가자들은 역사 왜곡을 비판한다. 역사가 부도덕한 전쟁으로 기록한 베트남 개입을 허황된 신화로 포장하는 것은 죄악이라는 것이다. 나이 든 세대가 떨치지 못한 베트남의 고통스런 기억을 모욕한 때문만이 아니다. 다음 세대 또한 이라크를 참담한 추억으로 되새기게 할 것이 더 큰 죄악이라는 경고다.

난삽한 미국 선거 얘기를 앞세운 이유는 우리 총선도 국가적 이슈를 흐리는 과거 회귀, 퇴영적 논쟁으로 치닫는 때문이다. 여야 모두 미국의 경우보다 현실이나 앞날의 비전과 동떨어진 명분 다툼에 매달리는 행태가 한심한 것이다. 최근의 상징적 행태는 김근태 열린우리당 원내대표가 인천 앞 바다 실미도까지 찾아가 내놓은 발언이다.

그는 박정희 정권의 인권유린에 대한 입장을 밝히라며 박근혜 한나라당 대표를 걸고 들어갔다. 소식을 전한 인터넷 언론 사이트는 거친 찬반논쟁으로 어지러웠지만, 이라크 파병과 연좌제를 언급한 글들이 눈에 띄었다. 수십 년 전 순진한 청년들이 희생된 진상을 규명하자면서, 지금 당장 젊은 장병의 목숨이 걸린 이라크 파병에는 왜 침묵하느냐고 묻고 있었다. 또 과거 독재의 과오를 박근혜와 연결짓는다면, 형제가 월북한 김근태야말로 연좌제를 적용해야 하지 않겠냐고 되묻는다.

거친 사이버 논쟁을 소개한 것은 아무리 선거용이지만 조야(粗野)하기는 마찬가지인 김 대표의 언행이 젊은 세대의 역사와 현실 인식을 그릇 인도하기 때문이다. 반공이 모든 가치를 억누른 역사적 현실을 영화를 통해서나 경험하는 세대를 노린 도덕성 다툼에 32년 전 비극을 이용한 그에 비해, 이라크 파병의 배덕(背德)을 일깨운 사이버 논객의 안목이 돋보인다. 여느 열린우리당 인사와 달리 사리분별이 반듯하고 진중한 이가 스스로 혐오할 색깔론을 닮은 네거티브 공세에 앞장 선 것은 그만큼 위선적이다.

이번 총선은 민주와 반민주의 대결이란 구호를 되뇔 것이다. 박근혜 효과를 떠받치는 박정희 향수가 독재 망령을 되살린다고 외칠 것이다. 그러나 민주와 반민주 규정부터 시대착오적이다. 박정희 향수도 그의 성취에 대한 추억일 뿐, 독재 과오나 망령과는 상관없다.

양심적 정치인이라는 김 대표가 순진한 청년 30여명의 인권 유린에 진정 분노한다면 애국적 장병 5,000여명과 그 몇십, 몇백 배 베트남인의 희생을 강요한 베트남 파병부터 비난해야 한다. 그 역사적 과오를 노무현 정부가 이라크에서 되풀이하려는 것부터 규탄해야 한다. 그게 아니라면 그는 베트남과 실미도 시절 우리의 처지가 지금과 비할 수 없이 각박했다는 역사적 현실은 외면한 채, 몇십 년 전 기준으로 자신들의 도덕적 우위를 자랑하는 셈이다. 베트남 참전보다 이라크 파병이 훨씬 부도덕한 이유를 그는 모르는 듯하다. 자신들의 일은 무엇 하나 제대로 못하면서 노상 과거 탓만 하는 것은, 키만 훌쩍 큰 20, 30대가 60, 70대 부모의 키 작은 것을 흉보며 우쭐대는 꼴이다. 그 미디어 시대, 인터넷 시대의 윤리에 마냥 의탁하는 모습은 보기 민망하다. 김 대표와 그 동지들은 여론의 눈에 비치는 자신들이 다 고만고만하게 키가 작다는 사실을 깨달아야 한다.

〈2004년 4월 6일〉

여인 천하

중요한 것은 여야를 가림없이
정치를 이 지경으로 끌고 온 남성중심 정치에
모두가 환멸을 느낀다는 사실이다.

여성이 말 그대로 천하를 호령한 역사는 생각보다 오래됐다. 신화와 전설의 시대는 제쳐두고, 당장 우리 역사에서 가장 유명한 신라 선덕여왕이 왕위에 오른 것이 서기 632년이다. 장녀인 그는 선왕이 아들이 없어 후계가 됐지만, 그저 자리를 지킨 것이 아니라 3국 통일의 기반을 다지고 왕권의 위엄과 나라의 위신을 드높인 것으로 칭송된다. 선정과 덕치를 기리는 시호(諡號)와 함께 대왕으로 불린 바탕에는 탁월한 도덕적 카리스마와 지혜로운 통치력이 있었을 것이다. 신라 여왕 가운데도 참담한 실패를 기록한 사례가 이런 추정이나 평가를 뒷받침한다.

세계사에서 가장 성공적인 여왕은 대영제국의 전성기를 연 엘리자베스 1세 여왕이다. 헨리 8세와 비운의 여인 앤 볼린 사이에 태어난 그는 여성의 사회참여조차 봉쇄된 16세기 중반부터 45년이나 재임하면서 영국을 유사 이래 가장 강력한 대국으로 우뚝 서게 했다.

어머니가 단두대에서 처형된 뒤 여러 계모와 밀정의 감시 속에 곤궁한 소녀가장으로 자란 그는 그러나 유난히 건강한 심신을 지닌 빼어난 왕재(王材)였다. 특히 당시 군주로는 드물게 현대적 직관과 사고를 지녔다. 백성의 희생을 강요하는 전쟁에 대한 혐오, 종교적 극단주의의 배격, 균형재정에 대한 집착이 그것이다.

비운의 출생과 성장에서 비롯된 이런 본성과 소신이 성공적 치세를 지탱한 덕목이었다. 그는 늘 민중을 돌보고 교감했고, 전쟁을 피하면서도 영국을 초강대국으로 이끌었다. 여기에 스스로 독신을 택해 애인조차 두지 않은 금욕적 자기희생이 가부장적 질서와 후계자 보호의 한계를 뛰어넘게 했다. 엘리자베스 1세에 대한 탐구가 이어지는 것은 바로 이런 시대를 앞선 통치에서 새롭게 교훈을 찾는 노력이다. 독신을 제외한 다른 모든 덕목은 북유럽을 비롯한 선진 민주정치에서 선호하는 여성 지도자의 장점과 정확히 일치한다.

여야가 여성 대변인을 내세운 데 이어 두 야당이 위기 탈출을 이끌 지도지로 여성을 택한 깃을 두고, '여인 천하'라는 비유가 나온다. 박근혜 한나라당 대표를 두고는 '영남권 공주'식으로 비아냥거리는 이도 있다. 여성에겐 척박한 정치환경에서 반길 일이라는 평가와, 명망가 중심의 얼굴마담일 뿐이라는 폄하가 엇갈린다. 그러나 수십년 전 독재를 마냥 들먹일 것은 아니고, 사회와 정치가 단숨에 바뀔 것을 기대할 수도 없다. 중요한 것은 여야를 가림없이 정치를 이 지경으로 끌고 온 남성중심 정치에 모두가 환멸을 느낀다는 사실이다. 다음 대선에는 박근혜, 추미애, 강금실이 붙을지 모른다는 얘기가 지레 나오는 연유를 잘 헤아려야 한다.

〈2004년 3월 25일〉

정치와 상징

정치가 온통 매도되는 상황에서는
그 정치의 틀을 깨는 상징을 먼저 내세우는 쪽이
결국 최후의 승자가 될 것이다.

상징이 지배하는 정치는 자칫 공허하다. 그러나 때로 상징은 실질보다 훨씬 절실하다. 중견언론인 모임 관훈클럽이 17일 마련한 최병렬 한나라당 대표 초청 토론회를 지켜보며 새삼 느낀 것도, 한나라당은 상징이 절실하다는 것이었다. 최 대표는 진지하고 성실했다. 별것 아닌 번지르르한 말과 조잡한 상징 조작으로 뜨기 일쑤인 세태에서 돋보이는 면모도 있다. 그러나 그는 애초에 상징이 아니고, 어떤 상징도 만들 처지가 못 된다. 어느 때보다 상징이 절박한 상황에서, 이건 이렇고 저건 저렇고 하는 설명에 열심인 모습이 보기 안쓰러웠다. 그의 잘잘못을 떠나 구차했다.

한나라당의 당면과제에 대한 최 대표의 소신에 언론은 그나마 관심 갖지만, 정작 국민이 얼마나 귀 기울이는지 의문이다. 대선 자금 수사가 부추긴 한나라당의 위기를 보수계층은 안타깝게 여기고, 더러 권력의 장난이라고 분개할 것이다. 그러나 지지층의 의욕마저 앗

아간 위기의 원인과 책임에 대한 구구한 설명은 지금 무의미하다. 한나라당이 부패와 악덕의 구덩이로 전락한 마당에, 한 구덩이에 있던 이가 과거 청산을 외치는 것은 당초 쓸모 없다. 이회창 전 총재나 서청원 전 대표를 탓하는 것도 흘러간 물에 침 뱉는 격이다. 지금 그런 사리를 따지는 것은 열렬한 지지계층도 별 관심 없을 것이다.

최 대표 토론회에서 대선 전 이회창 후보초청 관훈 토론회의 기억을 떠올렸다. 그때 이 후보는 정체를 헤아리기 힘든 위기를 직시하기보다, 막연히 이 사회의 보수적 전통과 의식에 의지한 모습이었다. 이를테면 거리에는 거친 진보와 개혁의 열기가 뜨거운 데도, 시원하게 냉방한 보수의 틀에 점잖게 자리잡는 것을 승리의 방책으로 여기는 듯했다. 지역과 이념과 계층을 경계로 갈가리 찢긴 나라의 대통령이 되겠다는 이가, 오로지 보수의 극단을 지향하는 것은 실망스러웠다. 그의 협소한 안목과 주변의 안이하면서도 맹목적인 탐욕이 권력 장악에 이르는 것은 바람직하지 않은 시대라고 보았다.

이회창 씨의 불행은 대쪽의 싱징싱이 퇴색하고 이념과 계층 능이 상징 다툼의 주제가 된 상황에 지혜롭게 대처하지 못한 데서 비롯됐다. 지금 한나라당은 훨씬 절박한 위기에 처했다. 도덕성과 존재가치가 아예 부정되는 상황에서 어떤 언행을 하더라도 한층 수렁 깊이 빠져드는 형국이다. 여기서 헤어나는 길은 당을 해체하고 새로 만드는 따위가 아니다. 여권은 미처 깨닫지 못한 듯하지만, 정치가 온통 매도되는 상황에서는 그 정치의 틀을 깨는 상징을 먼저 내세우는 쪽이 결국 최후의 승자가 될 것이다. 최 대표에게 역할이 있다면, 그 상징이 될 인물을 찾아내는 것이다.

〈2004년 2월 19일〉

유럽식 좌우파 경쟁

급변하는 유권자 의식이
상투적 선악구분을 허물고,
유럽 좌파 같은 후보를 선택할 수도 있다.

그제 어느 일간지 경제 칼럼니스트는 대선 후보 검증에서 보수니 진보니, 좌파니 우파니 하는 어려운 말을 쓰지 말자고 요구했다. 그에 갈음해 경제, 노동, 교육, 의료, 남북 문제 등 구체적 이슈에 대한 후보들의 정책 노선을 급진, 혁신, 온건, 강경 등으로 구분해보면 각 후보의 성향이 명확하게 드러나 유권자들이 검증하기 좋을 것이란 얘기다. 낡은 색깔 논쟁 아닌 구체적 정책 검증을 하자는 데 이론이 있을 수 없다. 그러나 결국에는 크게 보수와 진보, 좌파와 우파로 가르게 될 것이 아닌가 싶다. 단순무지한 정치권과 그에 못지 않게 편향된 학계와 언론이 후보 성향을 저마다 일도양단(一刀兩斷)하고 나설 것이고, 유권자들이 표로 심판하기 전까지 빗나간 색깔 논쟁이 대선 국면을 어지럽히기 십상이다.

물론 유권자들이 예전처럼 몽매한 색깔 논란에 휘말리지 않는 희망적 조짐도 있다. 최근 프랑스 대선을 계기로 새삼 조명된 유럽의 좌우 공존사회와는 거리 멀지만, 30~40대를 중심으로 넓은 연령층과 계층의 유권자들이 경직된 이념의 틀에서 벗어났다는 진단이다. 이런 변화와 관련해 긴요한 것은 보수와 진보 또는 좌와 우를 명확하게 구분하되, 이를 곧장 선과 악으로 가르지 않는 자세일 것이다. 이를테면 시장경제 원리를 절대적 기준인양 전제, 그것에 충실한 우파를 자임하면 선이고 그게 아닌 좌파는 무조건 악으로 매도하지 말자는 것이다. 남북관계와 안보문제 등 전통적 이슈가 뒷전에 물러앉고, 경제성장과 기업자유, 노사관계, 분배 문제 등을 둘러싼 논란이 치열할 것으로 보면 한층 그렇다.

시장경제, 자본주의 테두리 안에서도 영미식 앵글로색슨 모델과 유럽식 라인(Rhein)모델의 경쟁, 또 유럽 내 좌우 노선의 갈등 등은 지속되고 있다. 우리 사회도 그런 경쟁과 갈등 구도 속으로 빠르게 옮겨가고 있다. 이런 현실을 외면한 채 진부한 선악 구분에 매달리는 것은 자기기만이 될 수 있다. 급변하는 유권자 의식이 상투적 선악구분을 허물고, 유럽 좌파 같은 후보를 선택할 수도 있는 것이다.

이런 상황에서 혼란과 충격을 막으려면 좌와 우를 모두 건전한 대안으로 다듬어 수용하는 사회적 합의와 역량이 필요하다. 특히 올 대선을 앞두고 전에 없이 목소리를 높이는 경제계와 학자들부터 모범적 자본주의 모델을 독단적으로 규정하는 편협한 자세를 벗어나야 한다.

이들은 흔히 영미식 모델을 경쟁에서 살아남을 수 있는 유일한 길이라고 주장한다. 그러나 이는 전체 경제는 물론이고 개별기업 차원에서도 타당하지 않고, 반증 또한 숱하다. 프랑스 학자 미셸 알베르는 1990년대초 발간한 저서 '자본주의 대 자본주의'에서 독일 등 유럽대륙과 일본의 라인 모델이 앵글로색슨 모델보다 경쟁력에서 우세하다는 것을 구체적으로 적시했다. 이후 미국의 신자유주의가 득세하면서 잊혀졌으나, 최근 다시 설득력을 얻고 있다.

두 모델을 단적으로 비교하는데, 핀란드의 휴대전화 메이커 노키아와 독일의 자동차 메이커 폴크스 바겐의 사례가 동원된다. 두 회사 모두 지방정부가 상당한 지분을 소유하고, 조세·고용·복지 등에서 좌파적 사회의 틀에 묶여 있다. 그런데도 각기 최대 경쟁자인 미국의 모토롤라와 제네럴 모터를 앞서는 경쟁력을 자랑한다. 중요한 것은 경제 모델이 아니라, 기업과 경제 그리고 사회의 조직력과 혁신 능력이라는 것이다. 이를 위해서는 사회경제 정책과 이를 추진할 정부를 선택하는 과정부터 투명성과 정직성이 확보돼야 한다. 그것이 합리적 좌우 경쟁이 지배하는 유럽 사회에서 얻을 교훈이다.

〈2002년 5월 9일〉

요즘 꺼삐딴 리

꺼삐딴 리를 닮은 이들을 솎아내고,
순수한 열정으로 사회 중심세력을 설득해
이념과 정책의 공감대를 넓히는 일이 시급하다.

고 전광용의 단편소설 '꺼삐딴 리'의 주인공은 북한 출신 의사다. 그는 일제 치하에서 황국 신민화에 영합한 친일 행각으로 입신한다. 광복 후 소련군에 체포되지만, 로스케 장교의 뺨에 난 혹을 자진해 떼 주는 영악한 처신으로 살아남는다. 이어 한국전쟁 도중 월남해서는 미국 대사관에 교제를 터 아이들을 유학 보내는 등 성공한 삶을 산다. 이 60년대 소설을 뒷날 개작했다면, 악덕 병원재벌과 권력 해바라기성 국회의원 등이 그의 이력에 보태졌을 법하다.

민족사의 격랑을 절묘한 변신으로 헤쳐간 천박한 지식인들을 비웃은 작가는 대학교수로 일관한 선비였다. 외세 침탈과 이념 대치, 독재와 개발연대, 세계화 등 격동을 거치면서 이 사회가 그나마 정체성을 지킨 것은 평범한 삶에서 지조를 지킨 이들이 조용히 버틴 덕이다. 민족·민주·통일 등의 가치를 위해 앞장서 투쟁한 큰 인물들의 그늘에는 이런 평범한 선비와 보통 사람들이 있다. 이들이 어느 시대나 사회의 진정한 중심이다.

문민정부를 거쳐 국민의 정부에서 이 중심세력이 갈수록 소외되고 있다. 민주화 진보세력이 권력 주변에서 입신한 것은 좋으나 합당한 몫을 넘어선다. 별것 아닌 인물들까지 걸맞지 않은 자리를 차지하고, 자만과 독단으로 사회적 이해와 논의를 주무른다. 개인적 영달과 한몫 챙기기에 몰두하는 추한 행태마저 곳곳에서 불거진다. 그 결과 집권세력이 사회 중심세력과 공감과 연대를 넓히지 못한 채, 아직 우세한 보수의 간단없는 공격에 허둥대는 모습이다.

개혁 정책의 표류, 가닥을 잡지 못하는 반미 논쟁 등이 이를 상징한다. 사회 중심의 소리는 들리지 않고, 정치권 주변의 거칠고 공허한 주장만 엇갈린다. 이대로 가다가는 한층 거세질 보수 역풍에 밀려 졸지에 모두 추락할 수 있다. 이기적 목표를 좇는 이들의 운명이야 걱정할 바 아니지만, 개혁과 진보적 실험이 좌절하는 것은 안타깝다. 꺼삐딴 리를 닮은 이들을 솎아내고, 순수한 열정으로 사회 중심세력을 설득해 이념과 정책의 공감대를 넓히는 일이 시급하다.

〈2000년 8월 14일〉

오빠와 마담 사이

영국 의회의 마담과 우리의 만섭 오빠는
기실 다가서기 어려운
정치수준의 격차를 상징한다.

올해 68세인 이만섭 국회의장이 오빠부대를 거느리게 됐다고 한다. 국회법 개정안 파동 속에 "날치기는 없다"며 소신과 중립을 지킨 데 대해, 국회 인터넷 사이트에 '만섭 오빠 사랑해요' 등 네티즌이 격려 메일이 잇따라 올랐다는 얘기다. 그의 정치 이력을 흠잡는 이들은 비웃을지 모르나, 최근 가장 재미있게 읽은 정치 기사다. 국회가 자유당 때 수준으로 퇴행한 서글픈 정치현실에서, 입법부 수장이나마 고고한 것을 위안으로 삼을 만하다.

만섭 오빠가 스타가 된 지난 주, 영국에서는 국민적 존경과 사랑을 받아온 베티 부스로이드 하원의장(70)이 은퇴했다. 700년 영국의회 사상 첫 여성 의장으로 8년 동안 의회의 권위 수호에 헌신한 '마담 스피커'(Madam Speaker)의 영광스런 퇴진이었다. 의회 민주주의 원칙에 철저한 자세에 대한 경외심에서 의회와 언론은 미혼인 그를 그렇게 존칭했다. 대중도 대통령제를 택할 경우의 최우선 후보로 그를 꼽았다. 그의 은퇴가 국민적 상징을 잃은 아쉬움을 남긴 연유다.

사석에서 '우리의 베티'로 불린 그는 노동계층 출신에 대학 졸업 뒤 한때 연예계 코러스 걸로 일한 초라한 배경을 지니고 있다. 또 의원 비서를 거쳐 6차례 낙선한 끝에 간신히 하원에 들어갔다. 그러나 오직 의정에만 매달리는 열정으로 노동당 원내총무와 하원 부의장으로 입신했다. 그리고 보수당 집권시절인 1992년 정파를 초월한 지지를 업고 경선을 통해 의장직에 올랐다. 강력한 정부에 맞서 의회의 독립과 권위를 지켜갈 최선의 인물로 선택됐던 것이다.

그는 고별연설에서도 엄격한 의회주의자의 면모를 확인시켰다. 정부가 의회를 제치고 국정을 독단하는 행태가 정치에 대한 냉소를 부추긴다고 질책했다. 또 정부를 견제 · 감독하는 의회의 역할을 상기시키면서, 쉬는 날이 적다고 불평하는 젊은 의원들을 나무랐다. 이 준엄한 고별연설에, 의원들은 금지규정을 어기고 전례 없는 열띤 박수를 보냈다. 언론도 최상급 찬사를 아끼지 않았다. 영국 의회의 마담과 우리의 만섭 오빠는 기실 다가서기 어려운 정치수준의 격차를 상징한다.

〈2000년 8월 2일〉

언론인과 정치

기자들이 정치판에 빌붙어
무슨 공작문서를 대필하고,
이쪽저쪽에 전하는 하수인 노릇을 하는 것은
침 뱉을 일이다.

신문기자 출신인 이만섭 씨가 국민회의 총재권한대행에 올랐을 때, 언론은 그의 기자시절 정치개입 일화를 호의적으로 소개했다. 자유당 때 국회에서 보안법 파동을 취재하다가 "자유당 이놈들아"라고 소리치는 혈기를 발휘, 곽성훈 국회의장에게서 "이 기자, 조용하세요"라고 야단맞아 속기록에도 올랐다는 얘기다. 5·16 뒤 그는 박정희 최고회의 의장을 비판, 구속까지 됐으나 결국 공화당 전국구로 정치 판에 들어가 지금껏 놀라운 생명력을 과시하고 있다.

이만섭 대행의 굴곡 많은 정치역정을 얘기하려는 것이 아니다. 정치와 언론이 나름대로 모두 단순했던 낭만의 시대를 떠올리는 것이다. 중앙일보 사태와 문건 논란에서 보듯이 온갖 음험한 공작 설이 난무하는 지금 정치와 언론에서 낭만을 찾는 것은 시대 착오적일 수 있다. 그러나 올 초 영국 이코노미스트지에서 '저널리스트는 낭만주의자다'라고 시작하는 서평을 읽으며 새삼 신선한 느낌을 받은 기억이 새롭다.

　서평의 주인공은 뉴욕타임스의 정치담당 수석기자였던 리처드 리브스라는 언론인이다. 그는 평생의 업을 회고한 저서에서 기자들이 정치, 부패 등 공공문제를 순수한 열정으로 천착한 낭만의 시대를 무엇보다 그리워했다. 신문이 대중에 영합해 생활 섹션과 유명인, 스포츠, 섹스 등 잡동사니로 가득한 것도 개탄하지만, 대통령을 쫓아낸 워터게이트사건 보도를 계기로 스스로를 현실정치의 한 축으로 여기는 것이 신문의 장래에 가장 큰 위협이라고 규정했다.

　그는 르윈스키 스캔들에서 극에 이른 선정주의와 정치개입이 대중의 혐오를 부르며 언론의 도덕성을 나락에 빠뜨렸다면서, 기자들이 스스로 정치판에 오른 듯 착각하는 행태를 버리라고 강조했다. 냉정한 관객, 객관적 비판자의 자리로 되돌아가라는 충고다. 기자들이 정치판에 빌붙어 무슨 공작문서를 대필하고, 이쪽저쪽에 전하는 하수인 노릇을 하는 것은 침 뱉을 일이다. 낭만주의를 회복하기 위한 언론계 정화 노력이 있어야 한다.

〈1999년 10월 30일〉

3

부시와 더불어 사는 지혜

북핵 끝장토론

전력지원은
입맛 당기는 유인책일 수 있어도
핵과 직접 맞바꿀 대상은 아니다.

다음주 베이징에서 열릴 북핵 6자 회담을 앞두고 정부가 기대를 한껏 높이고 있다. 우선 대북 전력지원이 핵심인 중대제안을 이번 4차 6자 회담의 협상 기초로 삼겠다는 것이다. 또 3박4일 열리는 이번 회담과 달리 다음 5차 회담은 기간을 정하지 않고 결말이 날 때까지 이른바 끝장토론을 벌이도록 추진하겠다는 얘기다. 다 좋은 일이긴 한데, 자신감과 의욕을 너무 앞세우는 것은 아닌지 걱정스럽다. 그만한 속셈이 있으려니 여기면 편하지만, 북핵 논의가 애초 그리 만만했으면 지금껏 그토록 속을 태웠을 리 없다.

소박한 생각에는 북핵 문제를 푸는 관건이 전력 등 에너지 지원 문제이었던가 하는 의문이 먼저 든다. 물론 경수로 원전 제공이 1994년 제네바 합의체제의 중심이었고 미국이 북한의 합의 위반을 이유로 경수로 사업을 중단한 것이 제네바 체제를 붕괴시킨 사실에 비춰보면, 전력지원 제안이 새로운 대타협의 토대가 될 듯도 하다.

그러나 그건 어디까지나 협상의 직접 당사자인 북미 양쪽이 오로지 핵과 에너지를 염두에 둘 때 그렇다. 그게 어디 그런가 싶은 것이다.

우리 정부의 중대 제안이 물 건너갔던 6자 회담을 되살렸다고 보는 시각에서는 회담 결과를 낙관할 수도 있다. 그러나 북한이 미국의 적대 중단과 체제 보장을 핵 포기의 전제조건으로 삼은 마당에 전력지원은 입맛 당기는 유인책일 수 있어도 핵과 직접 맞바꿀 대상(代償), 외교용어로 quid pro quo는 아니다. 그렇다면 결국 미국이 우리 제안과 별도로 어떤 유인책이나 반대급부를 제시하는가에 대타협 여부가 달렸다고 봐야 할 것이다. 미국 정부는 일단 유화적 자세를 보이지만, 막상 회담이 열리면 쉽게 타협하려 할지 여전히 의문스럽다.

미국기업연구소(AEI) 같은 네오콘 집단은 물론, 민주당 쪽의 브루킹스연구소 학자들도 체제개혁과 인권 등으로 협상의제를 넓히고 북핵 해결을 서둘지 말라고 부시 정부에 주문하고 있다. 이런 훈수는 미국의 한반도 기본전략이 '평화도 위기도 아닌'(no peace, no crisis) 현상유지라는 지적을 떠올리게 한다. 미국이 북핵 논란을 쉽게 끝장낼 것 같지 않고, 이번 회담도 위기를 완화하는 선의 타협에 그칠 공산이 크다. 지루한 논란이 이어질 것을 알면서 공연히 끝장 토론 따위를 떠들어 국민의 기대를 높이는 것은 경솔하다.

〈2005년 7월 20일〉

미국의 북핵 새도 복싱

부시 행정부가 6자회담에서
실질적 대화는 기피한 채
다자적 압력에만 이용했다는 비판이다.

북핵 6자회담의 한·미·일 수석대표들이 북한의 핵보유 선언 뒤 처음으로 지난 주말 회동, 대북 공동입장을 밝혔다. 북한이 일단 6자회담에 복귀하면 핵보유 선언에서 열거한 불만을 진지하게 들어주겠다는 것이다. 세 나라 대표의 설명은 조금씩 다르지만, 집 나간 불량 청소년을 좋은 말로 달래는 듯한 모습이다. 이를 두고 우리 대표는 햇볕이 비친다고 스스로 기대를 높였다.

그러나 3자 협의회의 메시지는 겉만 보면 북한의 요구와 거리가 멀다. 북한은 미국의 적대정책 폐기를 회담복귀의 전제조건으로 내세웠다. 그리고 미국이 적대정책을 바꿀 뜻이 있다면, 무엇보다 북한과 직접대화에 나설 것을 요구했다. 북한의 유엔 차석대표 한성렬은 "미국의 직접대화 거부는 북한체제 말살 의지의 표현으로 볼 수밖에 없다"고 강조했다.

미국이 이런 북한의 요구를 어떤 식으로든 배려할 뜻을 밝혔는지 알 수 없다. 다만 우리 정부 관계자는 28일 6자회담 주변에서 북미 간의 실질적 협상을 위한 직접대화가 가능할 것이라고 밝혔다. 이런 전망이 멕클레란 백악관 대변인이 "6자회담 틀 안에서 미국과 직접 대화할 기회가 많을 것"이라고 공식 논평한 수준을 넘어선 것인지는 분명치 않다. 3자 협의회가 중국의 북한 설득 역할을 강조한 것을 보면 크게 기대하기는 아직 이른 듯하다.

어쨌든 이런 사태 진전은 우리 사회가 북핵 줄다리기를 올바른 시 각으로 보고 있는지 새삼 되돌아보게 한다. 간단히 말해 북한의 불 만이 나름대로 일리 있다고 말한 이가 얼마나 되는지 상기해 볼 필 요가 있다. 사태의 근본과 전개과정은 살피지 않은 채, 늘 미국과 정 부의 공식입장을 금과옥조처럼 되뇌는 습관이 바람직한 것인지 반 성하자는 뜻이다. 이는 앞으로도 지속될 북핵 줄다리기를 제대로 보 는 데 도움될 것이다.

무엇보다 참고해야 할 것은 미국의 국익을 먼저 위할 미국 쪽 전 문가들의 비판적 견해다. 이를테면 부시 행정부 북핵 특사를 지낸 잭 프리처드는 미국이 6자회담 틀을 택한 것은 논의의 폭을 넓힌 점 에서 긍정적이지만, 북한의 요구는 외면한 채 그 악덕만 심판하는 쪽으로 흐를 경우 회담 틀 자체가 무너질 것이라고 일찍이 경고했 다. 또 국무부 북한 담당이었던 케네스 퀴노네스는 부시 행정부가 6 자회담에서 실질적 대화는 기피한 채 외교적 섀도 복싱(Shadow Boxing)만 했다고 지적했다. 다자적 협상 아닌 다자적 압력에만 이 용했다는 비판이다.

이런 비판을 정부를 떠난 이들의 정치적 편견 탓으로만 볼 건 아니 다. 중립적인 미 몬테레이 국제연구소 비확산연구센터(CNS)도 이번 사태에 대한 특별보고서에서 미국이 부시 2기 출범을 앞둔 중요한 시점에 근거가 모호한 북한의 핵 물질 수출의혹을 들고 나온 의도에 의문을 제기했다. 이 분야에 권위 있는 CNS는 북한이 리비아에 수출했다는 6불화우라늄(UF6)은 핵 물질과는 다른데다가, 북한이 소중한 핵 물질을 수출할 형편이 못 되고 그에 따를 부담을 감당할 처지도 아니라고 지적했다. 국제원자력기구(IAEA)도 문제의 UF6를 분석한 뒤 판정을 유보했다. 이 물질을 담은 용기가 파키스탄 제품인 점 등으로 미뤄 파키스탄 쪽에 혐의가 훨씬 짙다는 지적도 있다.

CNS 보고서에서 특히 눈여겨볼 것은 미국이 부시의 친서까지 받은 중국의 반대를 무릅쓰고 핵물질 수출의혹을 공개했다는 대목이다. 중국은 북한의 강한 반발을 예견, 이를 미국에 경고했다는 얘기다. 그런데도 미국이 의혹을 공개한 것은 북한의 6자회담 거부 사태를 유도한 듯한 의심마저 갖게 한다. 이번 사태로 중국이 난감하게 됐다는 풀이와, 미국이 중국의 역할을 유난히 강조하는 모습은 이런 의심을 뒷받침하는 것으로 볼 만하다.

이번 사태는 어차피 별 진전이 기대되지 않던 6자회담을 놓고 한바탕 소동을 치른 뒤 결국 그 틀로 되돌아가는 양상으로 진행되고 있다. 북핵 문제 해결을 그만큼 미룬 것에 불과하다고 볼 수 있는 것이다. 미국의 의도도 이런 맥락에서 헤아릴 필요가 있다.

〈2005년 3월 1일〉

북한과 미국의 선택

옥스퍼드 대학 출판부가 펴낸 '현대세계의 전략'은 핵무기 보유 동기를 4가지로 정리한다. 자위적 안보 강화, 전략적 우위 확보, 국민적 자부심 충족, 국위 향상 등이다. 이 4가지는 때로 겹치지만, 주된 동기가 무엇이냐에 따라 외부 영향력으로 핵보유를 억제할 수 있는 가능성도 달라진다. 언뜻 상식과 어긋나는 아이러니는 가장 일반적이고 명분도 크다고 할 만한 자위력 확보를 위한 핵보유 정책을 변화시키는 일이 가장 쉽다는 사실이다. 안보 위협에 대한 불안감이 근거 없거나, 핵무장 아닌 대안이 있다고 설득하기가 그만큼 용이하다는 지적이다.

핵보유의 주된 동기가 전략적 우위 확보 또는 침략 전쟁일 때는 외부에서 통제할 여지가 별로 없다. 나치 독일이 그런 경우이고, 미국이 인류사상 첫 핵무기를 먼저 개발한 것도 이 때문이다. 그러나 이 책을 쓴 콜린 그레이 등 영국 학자들은 오늘날 핵보유를 꾀하는 나라를 나치 독일처럼 사악하거나 어리석게 보는 것은 잘못이라면서, 이런 과오가 핵확산 억제를 위한 국제적 논란을 왜곡시킨다고 지적했다. 모든 나라의 핵보유 정책이 항상 합리적이지는 않지만, 적어도 각자 처한 상황에서는 이성적 선택이라는 것이다.

이런 관점에서 보면 미국은 북핵 저지를 외치면서도 애초 바람직한 방향과는 동떨어진 행보를 계속했다. 북한을 줄곧 사악하고 몰이성적인 집단으로 규정한 것부터 그렇다. 핵 개발이 오로지 자위를 위한 '약자의 무기'라는 사실을 건성으로나마 인정하기는커녕, 상상하기조차 힘든 미 본토 공격까지 노린다는 악선전을 되풀이했다. 그러면서 미국이 체제존립을 위협한다는 불안감을 해소시킬 분명한 약속은 하지 않았다. 먼저 핵을 포기하면 체제보장을 하겠다면서도, 믿을 만한 대안이라는 신뢰를 주는 것과 거리가 먼 적대적 조치를 계속한 것을 부정할 수 없다.

이 모든 게 설득을 위한 압박이었다고 말할 수도 있다. 북한의 핵보유 선언에 미국과 우리 정부가 보인 반응과 대책도 그런 논리나. 그러나 당근이든 채찍이든 효과는 상대가 어떻게 받아들이느냐에 달렸다. 객관적 국제 언론은 누가 뭐라고 하든 북핵 저지정책은 이미 좌초했다고 본다. 한미 두 나라는 각기 다른 사정 때문에 이를 부정하지만, 진정한 양보조치 없이 협상 재개는 어려울 것이란 전망이다. 그렇다면 미국은 왜 쉬운 선택을 놔둔 채 굳이 어려운 길을 가는지 다시 물을 수밖에 없다.

〈2005년 2월 17일〉

북한 핵보유 선언 바로 보자

명색이 국가인 북한의 행동을
이유 없는 반항으로 보는 것은
오히려 유치하다.

북한의 핵보유 선언에 미국과 우리 정부는 "늘 하던 소리"라며 놀랄 일이 아니라는 반응부터 보였다. 딱히 그럴 만한 빌미도 없는데 괜한 트집을 잡아 핵 협상에서 몸값을 올리려는 수작이라는 풀이까지 내놓았다. 여기에 영향 받은 우리의 숱한 전문가와 언론도 대체로 북한의 고질이 도졌다는 식으로 쉽게 진단 내렸다. 두 나라 정부의 말과 움직임이 번다한 것은 대수롭지 않다는 공식 평가와는 아귀가 맞지 않는다. 그러나 진단이 그렇다 보니 처방도 구태의연하다. 핵무장은 결코 용인할 수 없기에 북한 스스로 정신 차려야 하고, 한미 공조를 토대로 모든 설득과 압력 수단을 동원해야 한다는 것이다. 특히 미국은 핵 문제에는 어떤 반대급부도 있을 수 없다는 원칙을 거듭 확인했다.

이런 시각에서 보면 북한은 쓸데없는 분란을 일으켜 국제적 비난과 압박만 자초한 셈이다. 그러나 피해망상 또는 과대망상 소리를 든는 북한이라고 해서 핵보유 선언의 의미와 파장을 모를 리 없다. 앞뒤 분별없이 스스로 불이익을 짊어질 만큼 어리석다고 볼 수는 없는 것이다. 그렇다면 돌출한 듯한 언행의 배경과 동기부터 정확히 헤아리는 게 순서다. 정신과 진단도 환자의 강박의식 등 내면을 살펴야 한다. 하물며 명색이 국가인 북한의 행동을 이유 없는 반항으로 보는 것은 오히려 유치하다.

북한의 핵보유 선언 명분이 불순하다면, 객관적 국제 언론과 전문가들의 진단을 살필 필요가 있다. 예를 들어 독일의 공영 ARD 방송은 북한이 미국과의 핵 포커에서 손에 쥔 채 값만 올리던 핵 카드를 테이블 위에 내밀었다고 비유했다. 그렇게 아끼던 핵 카드를 써버린 것은 6자 회담 틀에서 미국과 협상을 계속해봐야 얻을 게 없다고 판단한 때문이고, 이를 통해 핵계획 포기를 다투던 미국과의 대치를 핵무기 폐기를 논란할 국면으로 바꿔놓았다는 것이다.

이런 북한의 판단이나 객관적 진단이 허황된 것은 아니다. 미국이 협상을 통한 북핵 해결을 되뇌면서도 실제로는 북한을 자극하고 압박하는 이중적 정책을 취한 사실은 미국 쪽 전문가들도 지적한다. 북한이 무엇보다 체제보장을 요구하는 마당에 미국은 악의 축 규정에 이어 폭정 종식을 천명, 핵 위협에 바탕한 압박 명분을 체제의 도덕성 차원으로 확대했다. 북한 인권법 시행이 단적인 예다. 미국의 강경세력은 이라크와 같은 체제전복(Regime change)까지 수시로 들먹였다. 이에 우려를 제기하면 미국 정부는 체제변혁(Regime transformation)을 추진할 뿐이라고 말하지만, 이것만으로 북한에는 큰 위협이다. 체제변혁 논리는 냉전시대 소련의 독재와 인권상황을 빌미로 이념과 정체성의 변화를 목표 삼은 봉쇄정책의 바탕이다. 북한에 무력을 쓰지는 않지만 오랜 봉쇄를 풀 뜻은 없다고 에둘러 말한 셈이다. 우리는 이를 간과한 채 쉽게 안도했지만, 미국이 북한의 체제변혁을 요구하거나 꾀하는 것은 자살을 강요하는 것과 같다는 비판이 미국에서도 일찍부터 나왔다.

이런 시각에서는 북한이 손을 털고 일어선 것은 미국이 부시 2기 출범에 즈음해서도 희망적 신호를 주기는커녕 새로운 압박만을 시도한 때문이다. 라이스 국무장관의 폭정종식 논리도 그렇지만, 부시 대통령이 국정 연설에서 북한 문제를 가볍게 언급한 것이 북한을 낙담하게 했다는 것이다. 우리는 이걸 다행스레 여겼으나 북한에게는 악의적 무시였다는 풀이다. 이어 북한이 우라늄 물질을 수출했다는 근거 모호한 주장을 흘리고 중국에 특사까지 보내 거론하자, 판을 걷기로 작정했으리라는 분석이다. 미국이 적색선(Red line)으로 설정한 핵무기 확산의혹까지 들고나오는 마당에 기대할 건 없다고 판단하는 것은 당연하다는 얘기다.

이렇게 보면 북한의 각성만을 촉구하는 것은 사태의 본질과 거리가 있다. 미국의 북핵 정책이 좌초했다고 비판하는 것은 성급하지만, 미국의 전략적 의도를 도외시한 채 북핵과 북한 문제를 논하는 것은 늘 어리석다.

〈2005년 2월 15일〉

북핵 꼭두각시 놀음

우리와 주변국이
어떻게 중재를 시도하든 간에,
해법은 결국 미국이 쥐고 있는 것이다.

북한 핵문제를 평화적으로 해결한다는 데 한미 두 나라 대통령이 합의한 사실이 큰 뉴스가 됐다. 재선에 성공한 부시 대통령이 한층 강경하게 나올 것이란 우려가 컸던 만큼 당연한 반응일 수 있다. 정상회담에 앞서 노무현 대통령이 북한 핵개발은 생존을 위한 것으로 이해할 측면이 있다고 말해 우리 사회 보수세력은 물론이고 미국의 심기를 어지럽힌 점에 비춰 북핵 문제가 다시 고비를 넘겼다고 안도할 만도 하다. 한미 관계에 새 이정표를 세웠다는 외교부장관의 과장된 평가도 이런 맥락에서 나온 듯하다.

그러나 되돌아서서 생각하면 북핵 문제와 한미 관계에서 달라진 것이 무엇인지 알 수 없다. 평화적 해결원칙은 늘 하던 말이다. 6자 회담 틀을 강조한 것도 마찬가지다. 한국이 주도적 역할을 하기로 했다지만 그것도 모호하다. 굳이 회담성과를 말한다면 부시 대통령이 우려되던 강경 발언을 하지 않은 정도가 아닌가 싶다. 그래도 그게 어디냐고 하겠지만, 멀리 칠레에서 열린 APEC 정상회담 막간에 노 대통령을 잠깐 만난 부시 대통령이 과거 워싱턴을 찾은 DJ에게 했던 것처럼 내놓고 뺨을 때릴 리는 없다. 부시는 정상회담 직후 북한 핵 폐기원칙을 다시 강조, 기존 입장을 확인했다. 우리 사회만 공연히 불안감을 떠들다가 단숨에 모든 게 잘 풀렸다고 즐거워하는 형국인 것이다.

형편이 이런데도 정부는 회담성과를 부풀리는 데 열중한다. 반대로 보수세력은 노 대통령이 부시에게 야단맞지 않은 것에 시무룩한 표정이다. 양쪽 다 문제의 본질이나 해법과 거리 먼 미로를 헤매면서 여론에만 신경 쓰는 것으로 비친다. 10여년 우여곡절을 겪고서도 북한과 미국의 움직임에 일희일비하는 꼭두각시 놀음에서 벗어나지 못한 것으로 볼 수밖에 없다.

1990년대 초 북핵 문제가 불거졌을 때 오스트리아 빈의 국제원자력기구(IAEA)에서 진행된 북핵 논의를 7차례인가 취재하면서 늘 안타까웠던 것은 핵 문제를 이슈화한 북한과 미국보다 우리 사회가 훨씬 요란 떨며 강온 두 극단을 어지럽게 오간 것이다. 막연한 통일기대를 떠들던 사회가 한반도를 냉전시대로 되돌린 문제의 본질은 헤아리지 않은 채 우리끼리 다투는 데 열심인 것이 한심했다. 우리 사회의 인식은 여론조사에서 지역국가 국민 가운데 북핵 문제를 가장 적게 우려하는 것으로 나올 정도로 변했다. 그러나 나라와 여론을 이끈다는 이들의 행동양식은 근본적으로 달라지지 않은 것이 문제다.

누가 뭐라고 해도 북핵 문제의 본질은 북한과 미국의 수십 년 적대관계에 있다. 북한이 핵개발을 무기로 미국에 생존을 보장하고 경제적 활로를 열어줄 것을 요구하는 것은 명백한 사실이다. 북폭 계획까지 세운 클린턴 행정부가 제네바 합의에 이른 것도 이런 북한의 논리를 수용한 데서 출발한다. 지금도 미국 내 온건론은 미국이 북핵 문제의 평화적 해결을 되풀이 다짐하는 차원을 넘어, 북한과의 적대 해소를 위한 분명한 계획을 제시할 것을 권고하고 있다. 문제의 근본을 외면한 채, 대치를 무력으로 해결하지 않겠다는 말만 하는 것은 문제 해결을 미루는 것에 불과하다는 얘기다.

이런 시각에서는 미국이 6자 회담 틀을 만든 것도 북한이 요구하는 양자 대화와 직접 타결을 기피하는 것이 주된 목적이다. 한반도 문제 논의에 우리가 빠질 수 없다는 입장에서는 바람직하지만, 문제의 본질을 흐리는 데 이바지한 측면도 분명 있다. 미국은 한국과 중국, 일본, 러시아를 끌어들여 공동보조를 취하는 모양을 갖추면서도 문제 해결은 지연시킨 것에 만족한다는 미국 전문가들의 지적을 흘려 들어서는 안 된다.

우리와 주변국이 어떻게 중재를 시도하든 간에, 해법은 결국 미국이 쥐고 있는 것이다. 이를 무시한 채 북한 설득과 압박이 관건인양 떠드는 것은 10여년 웃고 울며 되풀이한 꼭두각시 놀음을 계속하자는 것과 다름없다.

〈2004년 11월 23일〉

핵 억지력

북한의 핵개발은 나름대로
외부 위협에 맞서 생존을 도모하는 것이지만,
핵 억지력에 이를 수준에는 영원히 미치지 못한다.

핵 억지력(Nuclear Deterrence)은 냉전 시대 인류에게 익숙한 용어다. 적이 가공할 핵무기를 가졌기에 그에 맞설 핵무기를 몇 개라도 가져야겠다는 논리다. 인류 사상 처음으로 핵무기를 사용한 것은 미국이니 소련이 만든 명분 같지만, 실제는 미국이 만들고 발전시켰다. 여기에 핵 억지 논리의 원초적 아이러니가 있다. 미국은 늘 소련의 핵 위협을 감당하기에 부족하다고 주장하며 인류를 몇십 차례 반복해서 절멸하고도 남을 핵 전력을 가졌지만, 그게 냉전을 지속시키고 인류를 얽어맨 사실을 인류는 뒤늦게 깨달았다.

핵 억지 개념이 쓸모없는 것이 될 즈음 등장한 것이 북한을 비롯한 이른바 사악한 약소국들의 핵 개발 위협이다. 냉전 시대 미소 강대국의 틈새에서 핵무기를 보유한 것은 인도, 파키스탄, 이스라엘, 남아공 등 그런 대로 힘을 쓸 만한 나라다. 그런데 소련이 퇴장한 국제 핵무대에 올려진 것은 엉뚱하게도 리비아, 이라크, 북한 등의 왜소한 나라들이다. 이들은 애초 근본이 나쁜 나라이니 핵개발 의도도 악질적이라는 논리지만, 이들의 핵개발 의혹에 진정으로 위협을 느끼는 나라는 별로 없을 것이다.

핵무기가 위협적인 것은 핵 보복을 무릅쓰고 선제 핵공격을 감행할 능력을 가질 때다. 실제 이를 무릅쓸 나라는 없다는 것이 상식이다. 따라서 북한 같은 나라의 핵 개발을 선제 공격용이라고 보는 것은 몰상식하다. 그런 견해를 입 밖에 내는 이는 스스로 익힌 지식은 제쳐 둔 채 힘센 나라의 논리를 추종하는 것에 불과하다. 북한의 핵 개발은 나름대로 외부 위협에 맞서 생존을 도모하는 것이지만, 핵 억지력에 이를 수준에는 영원히 미치지 못한다. 그저 그렇게 몸부림치는 것에 불과한 것이다.

북한의 처지를 이해하고 생존 불안을 덜어주는 데서 핵 문제 해결의 실마리를 찾아야 한다는 주장은 미국 클린턴 행정부도 수용했다. 우리 사회는 미국의 눈치를 보느라 10년 가까이 엉뚱한 강경론을 떠들다가 뒤늦게 이런 해법을 수긍했다. 그러나 부시 행정부가 방향을 반대로 틀자 순식간에 되돌아섰다. 그리고 불안한 세월을 지나 한층 심한 격동을 우려해야 할 즈음, 대통령이 북한 핵 개발은 생존 불안에서 비롯된 면이 있다고 뒤늦게 한 마디 하자, 무슨 망발이냐고 난리다. 그런 반응에 미국이 흐뭇해 할지 모르나, 북핵 문제의 본질이나 해법과는 거리 멀다는 것은 미국이 더 잘 알고 있다.

〈2004년 11월 19일〉

부시와 더불어 사는 지혜

미국이 한반도 질서변화를 통제하기 위해
일부러 북핵 문제를 부각시켜
끌고 가려 한다는 분석은 엉뚱한 게 아니다.

부시 대통령의 재선에 낙담한 미국 청년이 뉴욕 세계무역센터 자리에서 권총 자살했다고 한다. 자살 동기란 게 원래 과장되거나 왜곡되게 마련이다. 그러나 부시 반대에 앞장선 영화감독 마이클 무어가 웹 사이트에 '그래도 자살해선 안 되는 17가지 이유'란 글을 올렸다는 소식과 어울려, 부시 재선에 절망한 미국인도 그만큼 많다는 것을 엿보게 한다. 이에 앞서 부시에 비판적인 유럽 언론은 유럽사회가 심장마비 쇼크를 거쳐 집단 우울증에 빠졌다고 진단했다. 언론 표현을 곧이곧대로 들을 것은 아니지만, 동병상련의 동지가 많은 것을 위안 삼는 이들이 우리 사회에도 적지 않을 것이다. 어쨌든 상한 마음을 그렇게라도 쓰다듬은 다음에 할 일은 앞날을 걱정하고 준비하는 것이다.

미국 대선 이후 쏟아진 유럽 언론의 논평 가운데 언뜻 상식적이면서도 눈에 띄는 것이 있다. 케리에 대한 기대가 일장춘몽으로 끝난 마당에는 부시와 더불어 사는 지혜를 터득해야 한다는 충고다. 미국의 일방주의 대외행보에 눌려 왜소해진 것이 불만이던 유럽이 쉽게 자포자기한 듯 비치지만, 미국에 정면으로 맞설 수 없는 상황에서 현실적 선택을 권고하는 것으로 읽힌다. 특히 미국의 행보에 나라의 운명이 갈릴 만한 절박한 이해는 없는 사실을 고려하면, 당연한 상식을 얘기한 것으로 볼 수도 있다.

그러나 처지가 다른 우리로서는 부시와 더불어 사는 지혜라는 말이 우울증의 특효약 처방처럼 느껴지는 점이 있다. 문제는 구체적으로 어떤 선택을 해야 현명한 것인지는 오리무중인 현실이다. 정부와 학계의 내로라하는 전문가들이 나름대로 권위 있는 분석과 전망을 내놓지만, 대개 미국의 대외전략의 근본은 건드리지 않은 채 겉으로 나타나는 현상만으로 앞날을 전망하고 대응책을 논한다. 이를테면 고질병이 더칠 것을 불안해하는 환자에게 막연히 예상 가능한 증세에 따른 대증요법만을 얘기하는 형국이다.

우리 사회가 무엇보다 관심 갖는 북한 핵 문제에 관한 진단은 대체로 세 갈래다. 하나는 부시 대통령이 일방주의에 대한 국제적 반발과 이라크의 실패에서 교훈을 얻어 타협적 자세로 돌아설 것이란 예상이다. 이른바 학습효과가 북한 핵 대응에도 긍정적 영향을 미칠 것이란 관측이다. 두 번째는 지난 실책에 대한 반성이 아니더라도, 재선 대통령의 여유와 역사적 평가에 대한 고려가 유연한 정책을 택하게 할 것이란 전망이다.

마지막으로 세 번째 진단은 비관적이다. 안보우선 대외정책에 대한 국민적 지지를 받은 부시 대통령은 한층 강경하게 북한 핵 문제 해결을 밀어붙일 것이란 전망이다. 이 우울한 관측이 갈수록 설득력을 얻는 분위기다.

그러나 앞서 지적했듯이 이런 분석은 북한 핵 문제에 관한 미국의 기본전략 또는 전략적 이해를 애써 무시한다. 미국은 기본적으로 북한 핵 문제 해결을 서두르지 않거나 오히려 지연시키려 한다는 객관적 분석과는 모두 동떨어지는 것이다. 미국이 한반도 질서변화를 통제하기 위해 일부러 북핵 문제를 부각시켜 끌고 가려 한다는 분석은 엉뚱한 게 아니다. 북핵 특사를 지낸 찰스 프리처드도 북한과의 핵 대치가 미국으로서는 수십 년 만에 이룬 가장 바람직한 구도로 여기는 것이 부시 행정부의 인식이라고 지적한다.

북한도 기존질서의 변화를 막는 미국과의 대치를 마다할 리 없고, 부시의 재선 또한 반길 것이란 분석이 있다. 변방의 궤변이 아니다. 민주당 쪽인 브루킹스 연구소가 대선 직후 마련한 세미나에서 나온 진단이다. 거칠게 말하자면, 미국과 북한이 나름대로 즐기는 핵 게임에 우리만 안절부절못하는 측면이 있는 것이다. 이렇게 보면, 당장 미국이 북핵 문제에 관해 강경책을 취하더라도 의연하게 반응할 필요가 있다. 그것이 우리 사회가 부시와 더불어 사는 지혜일 수 있는 것이다.

〈2004년 11월 9일〉

북한에 희망을 주어야 한다

북한이 속된 말로 발가벗고 나선 마당에,
새삼 조폭적 행태리고 욕하거나
핵 위협 제거를 위한 강경책을 거론하는 것은 쓸모없다.

핵 보유 선언은 원래 국제 역학과 전략적 지형을 뒤흔드는 사건이다. 북한이 이런 큰일을 외무성 부국장 정도를 내세워 지나가는 이야기하듯이 감행한 것은 역시 북한답다. 이라크 선생으로 생존 환경이 한층 각박해진 상황에서 정색하고 목청 돋우지 않고도 미국과의 줄다리기를 간단히 원점으로 되돌린 것은 그들의 벼랑 끝 전술이 결코 무모한 것이 아님을 웅변한다.

북한이 잘한다고 망발하는 건 아니다. 다만 북한의 핵 보유 선언은 우리 경제에까지 충격을 주었지만, 핵 문제의 본질을 명확하게 해준 점에서 반길 일이다. 북한의 돌출 선언이 유일한 후견국 중국의 뺨까지 때린 막가파 행동이고, 강경한 미국을 말려야 할 우리의 입지마저 축소시켰다는 평가는 졸렬하다. 미국과 북한을 선과 악의 극단으로 나누고, 북한의 굴복만을 순리로 여기는 인식으로는 변전을 거듭할 북핵 게임을 따라 잡을 수 없다.

새삼스런 비유지만 북핵 문제는 '닭이 먼저냐, 달걀이 먼저냐' 하는 고루한 논쟁과 닮았다. 북한의 핵 위협 때문에 미국이 북한을 압박하는지, 미국의 말살 위협 때문에 북한이 핵무장에 집착하는지에 대한 타협 없는 논란이 되풀이된다. 그 불안한 대치의 해소 방안을 놓고도 북한이 먼저 핵을 포기해야 한다는 입장과, 미국이 북한의 안보 불안부터 덜어 주어야 한다는 주장이 접점 없이 맞선다.

북한의 핵보유 선언을 반기는 것은 이 부질없는 논란을 끝낼 때가 왔다는 기대에서다. 북한이 속된 말로 발가벗고 나선 마당에, 새삼 조폭적 행태라고 욕하거나 핵 위협 제거를 위한 강경책을 거론하는 것은 쓸모없다. 우리 자신의 파멸적 피해가 뒤따르고 중국이 결코 용납하지 않을 무력제재를 꿈꾸지 않는다면, 미국의 온건파들도 일찍부터 주장한 일괄타결 또는 대타협을 모색할 여건이 조성됐다고 보는 것이다.

물론 장래는 그리 밝지 않다. 미국은 북한을 공격할 진정한 의도는 없지만 핵 논란을 서둘러 마무리 지을 뜻도 없다는 분석은 시사하는 게 많다. 핵뿐 아니라 미사일과 재래식 군비, 그리고 불가침 보장과 경제 지원 등의 교환 조건이 걸린 일괄타결은 성의 있게 협상해도 여러 해가 걸릴 복잡한 문제다. 냉전 시절 동서 군축협상의 우여곡절보다 험난한 과정을 거쳐야 할 것이다.

이런 마당에 전략적 판도를 마음대로 짜려는 미국의 강경파가 동북아 질서 통제에 요긴한 북한 핵 카드를 쉽게 버리지는 않을 것이란 지적은 걱정스럽다. 북한도 비록 다급한 처지지만, 어차피 미국에서 얻을 게 없다면 체제 결속을 위해 기꺼이 '영광된 고립'을 택할 것이란 전망이다. 이 경우 경제 봉쇄로 북한의 체제 붕괴를 유도해야 한다는 주장도 있지만, 중국의 지원과 북한의 체질을 고려할 때 위기 상황만 지속시킬 것이란 분석이 백번 옳다.

그러면 우리 몸 위에서 벌어지는 길고 긴 줄다리기를 마냥 지켜볼 것인가. 이 땅의 보수 세력은 정부가 3자 회담에 끼지 못한 것을 탓하면서도, 정작 자신들은 미국을 추종하는 위선에 갇혀 있다. 북한이 핵 포기까지 운을 떼는 '대담한 제안'을 내놓아도, 미국이 반응하기에 앞서 감동하는 법이 없다. 이런 자세로는 북미간 줄다리기에 속절없이 웃고 우는 처지에 머물 수밖에 없을 것이다.

그 불안한 핵 대치를 벗어나는 지혜는 미국의 온건파들이 이미 제시하고 있다. 벼랑 끝에 선 북한에는 앞날에 희망을 갖도록 해야 한다는 것이다. 체제 보장뿐 아니라, 재래식 군비와 병력을 경제재건에 돌릴 수 있도록 미국과 한국이 먼저 군축을 추구해야 한다는 주장이다. 이런 충고에는 무심한 채, 미국이 다음 단계 줄다리기를 위해 전파한 듯한 근거 없는 북한 핵과학자 망명설 따위에나 귀 기울인다면 우리 자신도 평온한 삶을 살 희망이 없다.

〈2003년 4월 29일〉

미국 파워의 역설

미국이 소련 지도자 조지프 스탈린을 엉클 조(Uncle Joe)라고 부른 적이 있다. 악명 높은 독재자를 미국 자신의 애칭 엉클 샘(Uncle Sam)처럼 친근하게 부른 계기는 1941년대 나치 전쟁에서 동맹 관계가 된 것이다. 소련과 스탈린의 악덕을 과장했던 미국 정부는 새 우방의 이미지를 미국의 도덕적 이상과 모순되지 않도록 개선해야 했고, 이에 따라 언론을 통한 대대적인 스탈린 띄우기에 나섰다.

물론 스탈린의 호사(豪奢)는 오래가지 않았다. 전쟁이 끝나자 스탈린과 소련은 '악의 화신'으로 되돌아갔다. 영국의 역사학자 E. H. 카는 일찍이 이런 미국의 위선적 외교 행태를 두고 "미국은 이기적 국익을 공동선의 허울로 치장하는 데 선수"라고 규정했다.

그러면 미국은 왜 위선적 대외 행보를 거듭하고, 또 미국인들은 스스로 감동하는 이상주의 수사(修辭)와 이기적 행태가 모순됨을 느끼지 않는가. 숱한 이론이 있겠지만, 시카고 대학의 저명한 국제정치학자 존 미어세이머는 저서 '초강대국 세력정치의 비극'(The Tragedy of Great Power Politics)에서 이렇게 설명한다.

이상주의를 신봉하는 미국인들은 현실주의 정치를 혐오한다. 이 때문에 정치인은 물론이고 학자들도 흔히 외교 정책을 도덕주의와 자유주의의 틀에서 논한다. 그러나 밀실에서 국가 안보정책을 결정하는 엘리트들은 원칙이 아닌 힘의 논리를 따르며, 미국의 대외 행보는 현실주의 논리를 추구한다. 이 명백한 괴리를 메우기 위해 정부는 스탈린의 경우와 같은 선전 캠페인을 동원한다. 그러나 냉혹한 국익 계산을 이상주의 명분으로 포장한 정부의 논리를 미국인들이 늘 쉽게 수용하는 근본은 미국의 도덕성에 대한 맹목적 믿음, 바로 미국 예외주의(American Exceptionalism) 신념이다.

정치학도의 상식을 길게 얘기한 연유는 9·11 테러 6개월에 즈음, 미국이 오만한 일방수의를 계속 좇는 듯하면서도 국제 여론을 돌보는 제스처를 취하는 의도를 헤아리려는 것이다. 미국은 대 테러 전쟁을 수행하면서 전통의 우방과 러시아와 중국 등의 지원을 이용했으나, 전쟁이 성공적으로 진행되자 그 공헌을 무시했다. 오히려 우방의 이해와 충돌하는 '악의 축' 발언과 이라크 공격 선언으로 반발을 불렀다. 이어 솔트 레이크 동계 올림픽을 미국의 위세 회복을 과시하는 기회로 삼아 외부의 모멸감과 배신감을 부추겼다.

이슬람권만 아니라 우리나라와 유럽 등의 반미 분위기가 한껏 고조된 상황에서 9·11 테러 6개월을 맞은 부시 대통령은 일방주의를 다시 수정하는 듯한 모습을 보였다. 백악관 추모 행사에 각국 대사 100명을 초대, 우방국 대사 여러 명에게 연설 기회를 주고 함께 사진도 찍었다. '악의 축'과 이라크는 언급하지 않은 채, 우방의 기여와 국제 연대를 강조했다.

이런 변화를 미국 안에서도 고조되는 비판을 수용한 긍정적 조짐으로 볼 수 있다. 그러나 유엔 회원국 숫자에 버금가는 170개국 국기를 내건 축제 같은 행사에서 미국과 부시 대통령의 세계 질서 주도의지를 거듭 과시했을 뿐이란 비아냥도 나온다. 더욱이 이 행사 직전, 북한 등 '악의 축' 세 나라에 중국과 시리아, 리비아 등까지 선제 공격할 수 있는 미니 핵폭탄 개발 계획을 언론에 흘린 것은 이중적이고 위선적인 대외 정책의 전형으로 지적된다. 특히 불과 얼마 전 화기애애한 정상 회담으로 우호 협력을 다짐한 중국과, 오랜 봉쇄를 허물고 은밀하게 호혜적 석유 사업을 진행중인 리비아까지 새로이 위협한 것은 파행적 외교 안보전략이란 비판을 불렀다.

이에 따라 부시 행정부를 주도하는 공화당 강경파의 오만한 일방주의의 바탕에 외부 세계를 오로지 위협으로 간주하는 불안한 정서가 깔려 있다는 분석마저 낳고 있다. 클린턴 행정부 국방차관을 지낸 정치학자 조지프 나이는 이런 자폐적 오만과 일방주의로는 미국이 21세기 세계를 주도할 수 없다고 경고한 바 있다. 그것이 그가 최근 저서의 제목으로 삼은 '미국 파워의 역설'(The Paradox of American Power)일 것이다.

〈2002년 3월 14일〉

부시의 낡은 곡조

미국의 이상주의 외교도
늘 국익 논리를 바탕에 깔고 있다.
윌슨과 루스벨트의 그림자는 겹치는 것이다.

20세기 초 미국이 전통적 고립주의를 떨치고 세계무대 주역으로 나섰을 때 앞세운 명분은 현실적 국익이었다. 26대 대통령 테어도어 루스벨트(1901-9)는 미국의 국익이 국제 세력균형 질서 동참을 요구하며, 국익에 거슬리는 나라는 힘으로 눌러야 한다고 보았다. 국제법질서보다 힘의 가치를 믿었고, 그 힘을 포기하는 군축은 어리석은 악덕이라고 했다. 아이티와 파나마, 도미니카, 쿠바를 힘으로 장악한 그는 1908년, 국제 조약을 관철할 힘이 없는 대한제국을 일본이 차지하는 것은 당연하다고 말했다.

그러나 28대 대통령 우드로 윌슨(1913-21)은 유럽 중심의 국제질서를 지배한 세력균형 논리와 전혀 다른 메시아적 명분을 표방했다. 미국의 자유와 민주주의 이상을 국제 사회에서 구현한다는 것이었다. 윌슨주의는 미국의 국제 경찰 역할을 소명(召命)에 비유했다. 이런 이타적 명분은 세계대전 참전에 이어, 공산주의 봉쇄정책의 이념적 바탕이 됐다.

루스벨트의 국익 논리는 이내 대중적 흡인력을 상실한 반면, 윌슨의 이상주의는 역대 대통령 모두가 답습했다. 미국의 도덕적 우월성을 안팎에 확인시키는 매력 때문이다. 미국의 대외정책이 흔히 선과 악의 대결로 치닫는 것도 이런 이상주의 전통이 바탕이다. 소련을 악의 제국으로 부른 레이건의 강경한 냉전정책이 대표지만, 키신저의 세력균형 외교를 앞세워 데탕트를 주도한 닉슨도 윌슨주의를 표방했다. 부시 전 대통령이 석유이권을 지키기 위한 걸프전에 침략 응징이란 도덕적 명분을 내건 것도 같은 맥락이다.

그러나 이타적 도덕주의 명분에 잘 어울린 공산주의가 소멸하면서, 윌슨주의의 현실 적응성도 크게 떨어졌다. 이라크의 침략주의와 불량국가의 대량살상무기 위협 등이 차례로 등장했으나, 20세기를 지배한 공산주의와의 대결 논리처럼 절박한 위기의식을 국제 사회에 심지는 못했다. 클린턴 행정부가 대체로 현상 유지에 만족한 것도 이런 형편을 헤아린 결과일 것이다.

부시 행정부는 출범 전부터 국익 수호를 위한 힘의 외교를 천명했다. 클린턴이 냉전 종식 뒤 새 질서 형성을 주도하고 경제적 영향력을 확대할 호기를 놓쳤다면서, 국제 사회의 가치와 국제기구나 협정 따위보다 오로지 미국적 가치와 국익을 추구할 것을 선언했다. 루스벨트 류의 국익우선 논리였다.

뉴욕 테러 사태는 유일 초강대국의 이기적 국익 우선 행보에 국제적 비판이 쏟아지던 바로 그 즈음에 터졌다. 미국은 테러 척결 전쟁을 윌슨주의 차원으로 부각시켰다. 상처 입은 거인의 포효에 국제사회는 서둘러 지지를 다짐했고, 아프간 전쟁이 중앙아시아 석유자원 등 전략적 이익을 노렸다는 지적은 속삭임에 머물렀다. 그러나 뉴욕 테러의 기억이 흐려지면서 과연 대 테러전쟁이 21세기의 인류적 과제인지, 빈 라덴과 탈레반 제거가 인류평화와 자유에 얼마나 이바지할 것인지를 회의하는 국제여론이 확산됐다.

부시 대통령이 북한과 이란과 이라크를 '악의 축'으로 규정하고 나선 것은 무엇보다 대 테러 전쟁이 방향을 잃은 상황을 윌슨주의 강화를 통해 호도하려는 몸짓이다. 그러나 북한 위협론 등 낡은 가락으로 국제여론을 되돌려 세울 수는 없다는 것이 갈수록 분명해지고 있다. 유럽 우방은 물론이고 미국에서도 도무지 아귀 맞지 않는 논리에 대한 반박이 잇따르고 있다.

미국의 이상주의 외교도 늘 국익 논리를 바탕에 깔고 있다. 윌슨과 루스벨트의 그림자는 겹치는 것이다. 그러나 힘의 논리를 앞세운 부시가 뒤늦게 이상주의를 쳐든 것은 국제 사회를 현혹하기는커녕 새 국제질서를 이끌 비전의 결핍을 드러냈을 뿐이란 지적이다. 다행히 자제하는 듯한 부시가 한국에 오면 우리 국익도 존중하겠다는 변화를 보일 것을 기대한다. 미국의 노래에 덩달아 춤추는 이 땅의 맹목적 추종자들은 또 어떻게 변할지 궁금하다.

〈2002년 2월 14일〉

냉전의 자식들

진정한 목표는 냉전시대보다 확고한 패권임을
숨기지 않는 거침없는 태도가
유럽 우방을 긴장시키고 있는 것이다.

쿠바 남부 카리브해의 휴양지 피그만은 1961년 4월 미국 CIA의 침공으로 역사의 현장이 됐다. 카스트로 혁명정권을 전복하려던 침공은 실패했으나 쿠바가 소련에 기울면서 1년 뒤 핵전쟁 공포를 부른 미사일 위기로 이어졌다. 이 냉전의 유적에서 지난 주말 케네디 대통령을 보좌한 역사학자 아서 슐레진저와 카스트로 등 두 나라 관계자들이 침공 40주년 기념 모임을 가졌다. 케네디의 여동생 등 미국쪽 참석자들은 최근 비밀해제된 국무성 문서를 기념으로 전달했다. 문서는 피그만 침공이 CIA의 무모한 독단이며, 케네디를 당혹케 했다고 기록했다.

갓 취임한 케네디는 아이젠하워의 공화당 행정부가 추진한 침공 계획을 마지못해 용인했다고 슐레진저는 회고했다. 불행한 과거와의 화해를 기원한 이 모임은 역사의 미로(迷路)를 다시 더듬게 한다. 미사일 위기 1년 뒤 발생한 케네디 암살을 추적한 연구들은 그가 피그만 침공에 필수적인 공군력 지원을 거부한 것이 암살 동기가 됐다고 본다.

케네디는 추가 침공을 위한 CIA 기지를 폐쇄하고, 미사일 위기 때는 흐루시초프 소련 총리에게 쿠바 불침을 약속, 카스트로 체제를 포용할 움직임까지 보였다. 또 베트남 개입을 꺼리면서 냉전 대결을 끝낼 의지를 내비쳤다. 국내에서도 석유재벌 등 독점자본을 견제하고, 노조와 민권운동에 우호적이었다.

이런 이상주의적 진보노선은 CIA와 군부, 재계 등 미국적 가치와 국익 수호를 절대명제로 삼는 보수세력에게 타협할 수 없는 것이었다. 이들은 케네디를 국익을 해치는 존재로 간주해 제거했다고 보는 시각이 많다. 숱한 음모론은 특히 암살범 오스왈드가 CIA와 텍사스 석유 재벌들이 연계된 조직적 비호를 받은 흔적을 주목한다. 이 텍사스 세력의 유망주 조지 부시가 이렇다 할 경력 없이 CIA국장과 부통령, 대통령으로 승승장구한 것을 주목하는 이들도 있다.

낡은 음무론을 되풀이하려는 것이 아니다. 텍사스 석유 재벌가 출신이 2대째 대통령에 오르자, 클린턴 행정부가 입법한 쿠바 경제봉쇄 완화조치를 보류한 채 강경 자세로 돌아선 것에서 40년 전 상황을 떠올릴 뿐이다. 부시 가문의 두 번째 대통령을 미국과 유럽 진보진영이 위험인물로 경계한 것도 레이건과 부시 전 대통령의 냉전적 세계관을 고스란히 답습한 때문이다.

시사주간 타임지는 부시 새 행정부의 외교안보 노선을 클린턴의 이상주의를 수정하는 현실주의라고 규정했다. 그러나 이런 모호한 규정에 앞서, 부시의 외교안보 보좌관 콘돌리자 라이스는 국익 수호를 위한 힘의 외교를 공개 천명했다. 그는 냉전 종식 후 과도기에 세

계 질서 형성을 주도하고 경제적 영향력을 확대할 호기를 클린턴 행
정부가 놓쳤다고 공격한다.

그리고 경제체제 등 미국적 가치의 절대성이 입증됐다고 선언, 인
도주의 등 국제사회의 가치나 국제기구와 협정보다 오로지 국익과
미국의 가치를 추구할 것을 강조했다.

부시와 라이스 등 '냉전의 자식들'(Children of the Cold War)은
자유민주주의 수호라는 전통적 명분조차 쳐들지 않는다. 유럽이 이
들을 체니 부통령과 파월 국무, 럼스펠드 국방장관으로 이어지는 냉
전의 투사들보다 위험하다고 보는 이유다. 국가방어미사일(NMD)계
획을 추진하고, 러시아와 중국을 전략적 동반자에서 다시 경쟁자와
잠재적 적으로 규정하고, 북한과 이라크를 다시 불량국가로 부르는
것 등은 피상적이다. 진정한 목표는 냉전시대보다 확고한 패권임을
숨기지 않는 거침없는 태도가 유럽 우방을 긴장시키고 있는 것이다.

피그만과 케네디 암살에 얽힌 음모설을 새삼 거론하는 것은 시대
착오적일 수 있다. 그러나 미국을 상대하면서 산전수전 다 겪은 유럽
의 판단과 대응에서 아무런 깨달음 없이 미국의 비위를 거슬리지 않
는 데 급급한다면 한반도는 쉽게 냉전 환경으로 되돌아 갈 수 있다.
물러난 외교부 장관이 고언한 것처럼, 자존과 국익을 지킬 비상한 각
오가 없이는 그야말로 시대착오적 생존을 감수해야 할지 모른다.

〈2001년 3월 29일〉

4

평양 가는 길

휴전선 남북 병사의 비극

이 평화 시대에
젊은 병사들이 참혹하게 숨진 비극 앞에서
군 기강과 안보태세를 논하는 것조차
야속하게 들린다.

휴전선 최전방 초소 내무반에서 육군 병사가 총을 난사, 장병 8명이 숨진 것은 군 총기사건으로는 몇십년 사이 가장 큰 참극이다. 희생된 병사 모두가 스물하나 또는 스물둘, 그야말로 꽃다운 나이의 젊은이들이다. 팽팽한 젊음을 비무장지대 철책선을 24시간 교대로 지키는 긴장되면서도 갑갑하기 이를 데 없는 일상에 바친 채 제대 날짜를 손꼽았을 그들이기에 허망한 죽음이 더욱 애절하다.

다급한 군은 범행한 병사가 선임 사병들의 괴롭힘에 반감을 갖고 일을 저질렀다고 설명한다. 또 사회는 휴전선 다른 곳에서 북한군 병사에게 3중 철책이 맥없이 뚫린 것을 함께 주목, 무너진 군 기강과 안보 허점을 개탄한다. 아직 미숙한 젊은이들에게 국방의무를 앞세워 총과 수류탄을 들고 철책선을 지키도록 한 어른들이 범행한 병사와 희생된 병사, 지금도 철책선 앞에 선 병사 모두를 나무라는 듯하다. 이 평화 시대에 젊은 병사들이 참혹하게 숨진 비극 앞에서 군

기강과 안보태세를 논하는 것조차 야속하게 들린다.

30년 전 초급 장교로 복무하던 시절은 안보상황이 훨씬 각박했다. 그러나 그때도 지휘관들이 내심 가장 고민한 것은 적과 싸워 이기는 필승의 전투태세 확립보다 언제 어디서 탈날지 모르는 병사들을 감독하는 일이었다. 혹독할 정도의 훈육과 군기를 앞세웠지만, 혈기왕성하고 이성문제를 비롯한 삶의 고민 또한 치열한 어린 병사들을 사회와 격리된 틀에 가둔 근본적 딜레마는 때로 장교들까지 무력감을 느끼게 했다.

세월이 흘러 군도 변했으나 사회가 발전한 것에 비하면 생활여건 등의 괴리는 오히려 훨씬 커졌다. 남북대치 양상과 병사들의 의식이 변한 것까지 고려하면, 군의 딜레마는 가늠할 수 없을 만치 깊어졌다고 본다. 군기 사고의 근원도 여기에 있고, 대책을 떠드는 사회가 먼저 깨달아야 할 것도 그 딜레마의 심각성이다.

이를 외면한 채 군의 비민주성과 폭력문화 청산을 외치는 것은 피상적 진단이고 처방이다. 세상이 달라진 데 따른 병사들의 변화를 신세대의 나약함으로 규정하는 것도 안이하고 무책임하다. 사회와 군의 괴리가 커지는 것을 방치한 잘못부터 반성하고, 이제라도 격차를 좁히는 길을 진정으로 고민해야 한다. 당장 병사들의 생활여건과 대우를 획기적으로 개선하고, 과학적 인성관리 등을 위한 지원도 파격적으로 늘려야 한다.

그럴 돈이 어디 있느냐고 되묻는 것은 언뜻 합리적이지만 염치없다. 안보의 중요성을 떠들면서 젊은 병사들이 견딜 수 없어 하는 희생에 마냥 기대려는 의식이야말로 시대착오적이다. 변함없는 안보태세를 외치는 보수상류 계층일수록 제 자식은 군에 보내지 않는 위선을 깨야 한다. 미국 등 여러 나라가 모병제를 택하고 웬만한 중산층보다 나은 처우에 학자금 지원과 연금혜택까지 베푸는 연유를 헤아려야 한다.

아직 그럴 형편이 아니라는 논리에 매달려서는 군기사고 예방은 물론, 안보태세 유지도 갈수록 어려울 것이다. 반세기 넘게 전쟁 없는 상황에서 70만 대군을 계속 이대로 처우하며 탈없이 유지할 수는 없다는 사실을 고민해야 한다. 그게 무기 현대화니 장성인사 개혁이니 하는 거창한 논란보다 훨씬 절실한 과제다. 모병제나 대규모 감군을 논의하기는 이르다지만, 안보상황과 젊은 병사들의 의식변화 등 세상이 달라진 것만이라도 제대로 봐야 한다.

참변을 당한 병사들과 같은 또래 북한군 병사가 배고픔에 시달리다 목숨을 걸고 철책선을 넘어와 아마도 동경했을 초코파이와 라면을 훔쳐 연명한 사실은 상징적이다. 남북이 모두 스스로 처한 상황을 외면한 채 휴전선 철책을 사이에 두고 강파른 대치를 계속하는 비극적 아이러니를 느낀다. 그 북한군 병사가 키 150cm에 몸무게 45kg에 불과하다는 사실을 북한만의 비극으로 여길 수 없는 것이다.

〈2005년 6월 21일〉

남쪽부터 더 변해야 한다

자기도취와 현상유지에 그토록 집착하던 사회 전체가
낡은 냉전적 인식과 이기적 탐욕을
내버렸다고 보기는 이르다.

2000년 4월 16대 총선 때, 분단국 선거에 통일정책이 이슈가 되지 않는 게 이상하다는 주한 독일인의 의문을 소개한 적이 있다. 선거를 앞두고 김대중 대통령이 베를린선언을 내놓았으나 야당은 북풍으로 몰아붙였고, 여당은 97년 대선 때의 총풍 사건을 다시 꺼내 응수했다. 진지한 정책논쟁은커녕, 민족문제를 정치다툼에 악용하는 구태만 재연한 것이다. 두 달 뒤 남북정상회담의 감동이 모두를 설레게 했으나, 결국 이 사회의 냄비 정서를 확인하는 것으로 끝났다. 집권세력은 순수한 열정으로 이념과 정책의 공감대를 넓히지 못한 채 보수진영의 간단없는 공세에 허둥대다가 임기를 마쳤다. 이어 이 정부 들어 대북 비밀송금사건으로 사법적 문책을 당하면서 햇볕정책에도 그림자가 드리웠다.

17대 총선도 사정은 다르지 않았다. 탄핵이슈가 압도한 상황에서 한나라당 박근혜 대표가 북핵 해결을 위한 방북의지를 밝힌 파격조차 큰 관심을 끌지 못했다. 소감은 보수와 진보세력이 저마다 달랐겠지만, 사생결단하는 판국에 민심에 별반 영향주지 않는다는 산술은 비슷했을 것이다. 수구세력도 박 대표에 대한 기대 때문에 불만을 억눌렀을 것이다.

이런 사회에서 용천 폭발참사에 보인 뜨거운 동포애는 놀랄 만하다. 보수와 진보, 여와 야가 한 목소리로 동포의 참상에 애타하며 지원을 외치는 모습은 사회가 어떻게 갑자기 이렇게 달라졌을까 어리둥절할 정도다. 한나라당의 변화는 박 대표가 예고했지만, 남북정상회담 주변에서 "민족문제는 냉엄한 비즈니스"라고 찬물을 끼얹던 보수언론조차 뒤질세라 애틋한 동포애를 과시한 급격한 변모는 실로 연구 대상이다.

언뜻 변화는 진보의 괄목할 대두와 보수의 파격 변신이 사회 분위기를 바꾼 데 따른 것이다. 햇볕정책과 북핵 문제의 우여곡절에도 불구하고 부산 아시안게임과 대구 유니버시아드의 '작은 통일' 열기가 상징하는 민족화해를 통해 고양된 동포의식이 정치권 변화를 계기로 서슴없이 표출된 것으로 볼 수 있다. 수구세력도 완고한 대북태도를 고수하다가는 시대흐름에서 낙오할 것을 걱정해 짐짓 열린 자세를 보이는 듯하다.

그러나 자기도취와 현상유지에 그토록 집착하던 사회 전체가 낡은 냉전적 인식과 이기적 탐욕을 내버렸다고 보기는 이르다. 참사가 인도적 지원에 동참할 명분을 주었지만, 북한과 민족문제 인식이 근본부터 바뀐 것으로 볼 수는 없다. 이는 언론이 허황된 것으로 이내 드러난 김정일 암살음모설에 집착한 데서 그대로 드러난다. 이럴 때으레 등장하는 뜬금없는 보도는 폭발참사로 두드러진 낙후한 의료

현실과 대조적인 북한 지도층의 호사를 부각시키려는 흑색선전 성격이 뚜렷하다.

북한이 전에 없이 신속하게 외부지원을 호소하고 현장을 공개한 사실은 외면한 채, 대뜸 폐쇄성을 나무란 것도 구태의연하다. 구호품을 보낸다고 북한지역 수백㎞를 종단하는 육로를 열라는 것도 무리한 요구다. 남쪽의 구호품 트럭 수백, 수천대가 북한 도로를 줄지어 메우는 상황을 수용하라는 요구는 동정 받는 쪽의 처지는 돌보지 않는 베푸는 자의 오만이다.

자화자찬하며 마냥 흐뭇해 할 일이 아니다. 오히려 천박한 냄비속성을 경계하고, 북한문제를 넓은 안목으로 보는 각성이 필요하다. 국제사회 누구나 동참하는 인도적 지원을 넘어, 철도·의료 산업 등 기반시설을 미리 돌보는 발상이 필요하다. 통일이 늦을수록 통일비용도 늘 것이란 분석에 유념하면, 북한 인프라 지원은 우리 자신의 장래를 위한 투자다. 독일 통일의 길을 개척한 브란트는 이런 낭만적 상상력 없이 분단의 한을 풀 수 없다며, 민족 화해를 정신과적 치유에 비유했다. 이를테면 민족문제도 비즈니스로 보려는 실용적 사고에 젖은 사회부터 거듭 변해야 한다는 충고다.

〈2004년 5월 4일〉

폴러첸에 박수 치는 무리

이 땅의 고루한 보수 세력이
폴러첸에 은연중 동조하는 내심은
독일 통일 반대론자들의 이기심과 다름없을 것이다.

옛 서독이 적대하던 동독과 끊임없이 교류하고 경제적으로 지원한 것은 동독 체제가 마음에 들어서가 아니다. 냉전의 벽을 넘어 화해와 교류를 추진한 빌리 브란트 총리는 '접근을 통한 변화'를 이끌어야 한다고 국민을 설득했다. 뒷날의 현인 대통령 리하르트 폰 바이체커는 한 걸음 더 나아가 "나뉜 것은 오직 나눔으로써 하나가 될 수 있다"고 설파했다.

서독 사회에도 반대론은 적지 않았다. 동독 체제의 정당성과 존립 기반을 강화해 주고, 공산 압제에 시달리는 동독 주민의 고통을 영속화할 것이란 논리였다. 그러나 국민 다수는 "동독 주민은 민족사의 변전에 휩쓸려 불운한 쪽에 처했을 뿐"이라는 역사적 안목과 심정적 호소에 공감했다. 많은 동독 주민이 공산 체제에 동화했고 그 단절을 다시 이을 통일의 전망도 없는 형편이었지만, 그들의 어려움을 덜어주는 것이 동포의 도리라는 인식이 지배한 것이다. 경제적 지원을 통해 동독 체제가 안정되는 것까지도 민주적 변화에 도움될 것으로 보았다.

진부한 독일 얘기를 앞세운 것은 대구 유니버시아드 주변을 어지럽게 한 독일인 노르베르트 폴러첸의 언행을 제 나라 민족 문제에 비춰 살피자는 뜻이다. 서독 출신인 그가 동독과의 교류와 지원에 어떤 입장을 가졌는지는 알려진 게 별로 없다. 다만 그는 서독 정부가 통일 전 동독 주민의 집단 망명을 막고 서독 언론이 이를 지지한 것을 비판했다고 한다. 집단 망명이 동독 체제의 취약성을 노출시키고 그 붕괴를 앞당길 것이기에 마땅히 부추겼어야 했다고 주장한 것으로 짐작한다.

독일 통일 전후를 되돌아보면, 이런 논리로 동독 지원을 반대하고 인권 상황 등 체제 비판에 앞장선 세력이 막상 통일이 현실로 다가왔을 때 '통일 반대' 플래카드를 높이 쳐들었다. 이들이 급격한 통일에 반대한 명분은 막대한 비용 부담과 동서독 주민간의 이질감 따위였다. 그러나 폰 바이체커 대통령을 비롯한 지각 있는 지도층과 언론은 "불안한 대치 속의 풍요가 더 좋다는 말이냐"고 통일 반대론자들의 이기심과 탐욕을 나무랐고, 그것이 곧 사회적 합의가 됐다.

서독에서 알코올중독 전문의로 일했다는 폴러첸이 갑자기 북한 주민을 돕겠다며 북한으로 간 것은 일단 선의로 볼 수 있다. 그러나 오래지 않아 북한 당국과 충돌해 추방된 뒤 북한의 인권 상황 폭로를 명분으로 과격한 돌출 행동을 거듭하는 동기까지 선의로 봐 주기는 어렵다. 독일에서도 보였다는 자해적 시위와 과대 망상적 거짓 언행도 사명감에 겨운 탓으로만 볼 수 없다.

그는 남과 북에 중요한 고비마다 해프닝을 벌였다. 서방 기자들을 북한의 허가 없이 평양의 열악한 병원으로 데려가 말썽을 일으킨 것은 올브라이트 미 국무장관이 평양을 방문, 북미 관계에 획기적 돌파구가 기대되던 때였다. 그는 또 미국의 북한 압박이 거세질 때마다 탈북자 망명 사태를 연출했다. 월드컵 때는 북한 주민 수천 명의 해상 탈출 쇼를 거짓 예고했고, 새 정부 들어 남북관계가 혼란스러울 때는 잇단 북한 요인 망명설을 퍼뜨리는 데 가담했다.

대구 유니버시아드 주변에서 라디오 풍선 날리기와 김정일 반대 시위로 파란을 일으킨 것은 그의 행동이 북한이 아니라 우리 사회에 위해를 가하는 것임을 보여주었다. 스포츠 행사를 정치적 시위로 어지럽혔다는 원칙론적 비판을 넘어, 뒷걸음치는 남북관계에 화합 무드가 모처럼 되살아나는 것을 방해한 것을 부정해서는 안 된다.

문제는 폴러첸의 행동을 뒷전에 앉은 채 즐기며 박수 치는 세력이다. 미국의 강경 보수파가 폴러첸을 지원한다는 사실은 벌써 알려졌다. 이 땅의 고루한 보수 세력이 폴러첸에 은연중 동조하는 내심은 독일 통일 반대론자들의 이기심과 다름없을 것이다. 북한 동포의 인권을 떠들지만, 한갓 허황한 외국인의 언행에 영합하는 것은 부끄러운 위선임을 깨달아야 한다.

〈2003년 9월 2일〉

징검다리 탈주

징검다리 망명 사태는 1989년 가을 되살아났고,
동구 국가들이 이들의 서독행을 허용한 지 한 달도 못 가
베를린 장벽이 무너졌다.

독일 분단 시절, 숱한 동독 주민이 자유를 찾아 필사의 탈주를 감행했다. 베를린 등의 장벽이 구축된 초기에는 장벽 중간에 낀 건물 창문이 손쉬운 탈출구였다. 이마저 콘크리트로 봉쇄되자 땅굴을 파거나 강과 바다를 수영과 보트로 건넜다. 서방 외교관 승용차에 몸을 숨기는가 하면, 경비행기와 열기구로 탈출한 사례도 있다. 국경 곳곳에 도사린 자동 발사총 등 생명의 위험을 무릅쓰고 탈주한 동독 주민은 많을 때는 한 해 1,000명에 달했다.

가장 극적인 탈주는 서독에 살던 동독 출신 청년이 동베를린에 있던 약혼자를 빼내 온 실화다. 그는 궁리 끝에 약혼자를 닮은 서독 여인을 사귄 뒤 함께 동 베를린 관광에 나선다. 거기서 몰래 만난 약혼자를 당초 동행한 여인인 양 속여 장벽 검문을 통과한다. 여권도 없이 홀로 뒤에 처진 여인이 동독 경찰에 적발돼 센세이셔널한 문제가 됐으나, 동독은 서독 국민을 송환할 수밖에 없었다. 도덕적 시비는

있겠지만 모두에게 해피엔딩이었던 셈이다.

동독은 서독의 경제지원을 대가로 주민의 서독 이주를 제한적으로 허용했다. 주로 노인들이었지만, 골치 아픈 반체제 인사도 포함됐다. 서독은 이들의 인권보호 차원에서 막대한 몸값을 지불했다. 그러나 이런 탈주나 이주가 어려운 동독인들은 1980년대 중반부터 여행이 비교적 자유로운 다른 동구 국가를 서독행의 징검다리로 삼기 시작했다. 대표적 사례는 동독 총리의 질녀 일가족이 체코 주재 서독대사관에 들어가 망명을 요청한 사례다.

동서독은 이들을 동독에 다시 보냈다가 서독 이주를 허용하기로 타협했다. 이를 계기로 서독과 서방 각국 대사관에서 동독인들이 수백명씩 농성하는 사태가 잇따르자, 난감해진 서독이 망명 불허 방침을 공표하기에 이르렀다. 그러나 징검다리 망명 사태는 1989년 가을 되살아났고, 동구 국가들이 이들의 서독행을 허용한 지 한 달도 못 가 베를린 장벽이 무너졌다.

비록 주변 상황은 많이 다르지만, 탈북자 일가족이 베이징 유엔 난민고등판무관실 농성도 여러 측면에서 귀추가 주목된다.

〈2001년 6월 29일〉

북 상선과 남 어선

북한이 괘씸하다고 해서
상선에 발포하거나 격침시킨다면,
국제 해사법정에서 배상 책임이 논란될 일이다.

국제법 분야에서 가장 일찍 발달한 것이 바다와 해운에 관한 법, 해양법 또는 해사법이다. 고대 지중해를 지배한 이집트, 페니키아, 로데스 등의 초보적 해사법은 유럽을 제패한 로마 제국 시절에도 통용됐다. 기원 2세기 로마 황제 안토니우스는 "천하는 내가 지배하지만, 바다는 법이 지배한다"는 말을 남겼다. 바다를 통한 국가간 교역과, 이를 보호하고 규율하는 국제 규범의 중요성을 일찍이 터득한 것이다.

스페인, 영국, 프랑스 등 해양 국가들이 발전시킨 국제 해사법의 핵심이념은 바다의 통항 자유다. 17세기 초 해양법의 아버지 그로티우스가 모든 나라의 대양 이용권리를 주창한 해양법의 고전은 제목이 '자유로운 바다'다. 이 기본이념은 근대 민족주의에도 불구하고 온전하다. 국제사회가 국가간 교역에 종사하는 상선의 통항 자유를 존중할 것을 조약과 법으로 약속하고 있다. 그것이 공동의 이익에 이바지하기 때문이다.

우리 영해이자 국제 항로인 제주해협을 북한 상선이 침범한 것은 확립된 국제규범과 남북관계 현실의 괴리를 파고든 것이다. 북한이 내세운 무해(無害)통항권은 우리의 영해 및 접속수역법도 규정하고 있다. 외국 상선이 평화와 안보를 구체적으로 해칠 때만 정선(停船)·검색·나포 등 강제 조치할 수 있다. 북한이 괘씸하다고 해서 상선에 발포하거나 격침시킨다면, 국제 해사법정에서 배상 책임이 논란될 일이다.

정부가 상호주의 조건 없이 통항 허용을 밝힌 것은 여론을 돌보지 않은 실책으로 볼 수 있다. 그러나 정전체제를 앞세워 강경 대응을 외치는 것은 로마 황제보다 식견이 낮고 좁다. 전시에도 전쟁 수역이 아닌 곳에서는 적국 상선에 발포할 수 없다. 이를 무시한 채 북한이 월경 남쪽 어선에 총격한 것과 곧장 비교하는 것은 감정적이고 선동적이다. 영해를 침범한 어로 행위는 위해(危害)로 간주하며, 나포 등 강제조치를 회피하면 무겁게 처벌한다. 총질은 지나치지만, 상선과 어선은 본질적 지위가 다르다.

〈2001년 6월 13일〉

김정일 송이버섯

북한을 적대하던 보수세력이
화해의 결실과 기회는 또 먼저 누릴 것이란
서글픈 생각이 되살아나는 것이다.

김정일 위원장이 추석선물로 보낸 송이버섯이 이런 저런 화제를 낳았다. 적대하던 북한 지도자가 귀한 선물을 보낸 뜻을 음미하는 것은 건성이고, 시중가격이 얼마라느니 누구는 선물 받기를 거절했다느니 등의 가십성 뒷얘기가 무성하다. 청와대는 맛있게 즐긴 데 비해 야당 총재는 떨떠름해 했다는 전언은 우리 사회의 두 갈래 엇갈리는 대북 시각을 잘 나타낸다. 그러나 양쪽 모두에게서 송이처럼 깊은 맛이 느껴지지 않는 것이 실망스럽다.

선물 보낸 이의 뜻과 관계없이, 자연송이 맛보기가 언감생심인 일반 국민은 어떻게 생각할지가 우선 걱정된다. 북한을 돕는 데는 국민이 낸 세금으로 마냥 생색내고서, 답례로 받은 송이는 저희끼리 먹는다고 욕하지 않을까 염려되는 탓이다. 송이 3톤을 온 국민이 맛볼 순 없지만, "이게 다 성원해준 국민 몫"이라는 인사치레 정도는 있어야 하지 않을까. 제 손으로 빚은 송편 하나도 조상의 음덕을 기린 연후에 입에 넣는 게 전통적 예법이자 도리다.

송이를 주변사람들과 나눠 맛본 이들은 그런 대로 상식을 따른 셈이다. "실향민에게 하나씩이라도 나눠 주라"고 되돌린 이가 없어 아쉽지만, 남북화해의 조촐한 결실을 함께 음미하는 것은 하찮은 식도락과는 다른 의미가 있다. 물론 송이선물을 거절한 이들도 나름대로 명분이 있으리라 본다. 진정한 화해 전망이 불투명한 상황에서 집단 초청이나 선물에 혹하는 것을 잔망스럽게 여길 수도 있을 것이다. 달리 대안이 있는가 하는 질문은 일단 접어두자.

역시 돋보이는 것은 송이선물을 거절하지도 거들떠보지도 않았다는 김영삼 전 대통령이다. 김 위원장 규탄운동에 나선 마당이니 내팽개칠 만도 한데 뜻밖이다. 그러나 그는 "남북 정상회담은 내가 먼저 할 뻔했다"고 자랑삼고 있으니 도무지 아귀가 맞지 않는다. 이런 모순된 모습에서 '과연 송이선물을 즐긴 이들은 모두 남북화해에 진심으로 동조할까' 하는 의문이 생긴다. 북한을 적대하던 보수세력이 화해의 결실과 기회는 또 먼저 누릴 것이란 서글픈 생각이 되살아나는 것이다. 소심한 탓인지, 김정일 송이는 이래저래 뒷맛이 착잡하다.

〈2000년 9월 16일〉

남북한을 향해 던진 견제구

북한 국가수반인 김영남 최고인민회의 상임위원장의
방미 취소사건도
이런 음모론적 시각이 아니면
도저히 이해할 수 없다.

기존질서를 바꾸려는 모든 시도는 모험이다. 마키아벨리는 현상타파를 꾀하는 개혁은 반드시 이를 저지하려는 음모와 책략을 만난다고 경고했다. 이런 마키아벨리즘은 특히 적나라한 세력을 다투는 국제정치 무대에서 두드러진다. 다만 진상이 가려지지 않고 세월 속에 윤곽이 드러날 뿐이다.

냉전질서 붕괴의 상징인 독일 통일과정도 예외가 아니다. 최초의 대형 음모론은 '통일의 아버지' 브란트의 퇴진과 관련된 것이다. 그는 냉전질서가 완강하던 1969년 동방정책을 발진시킨 뒤 70년 동서독 정상회담, 71년 노벨 평화상 수상, 72년 동서독 기본조약 체결, 73년 유엔총회 첫 참석 등 역사를 새로 쓰는 행보를 거듭했다. 그러나 다음해 보좌관이 동독 스파이로 드러나 전격 퇴진한 뒤, 영원히 정치전면에 복귀하지 못했다.

브란트가 그만한 사건으로 퇴진한 것은 당초 높은 도덕성의 발로로 평가됐다. 그러나 뒷날 서독 정보기관이 스파이가 총리 측근에 접근하는 것을 알고서도 방관했고, 브란트의 급진적 화해정책을 견제하려는 국내외 정치세력이 작용했다는 음모론이 설득력을 얻었다. 브란트는 끝내 침묵했으나, 후임 정권은 그의 급진노선을 크게 수정했다.

89년 베를린장벽이 무너진 직후 발생한 도이체 방크 총재 암살사건도 통일독일의 행보를 견제하려는 음모로 보는 시각이 많다. 도이체 방크는 독일의 동구권 경략을 맡은, 독일 경제력의 상징이다. 특히 알프레드 헤어하우젠 총재는 미국이 지배하는 국제금융질서의 개혁을 촉구하며, 새 질서를 주도하겠다는 야심을 거듭 피력했다.

이런 인물이 장갑 승용차를 타고 가다 도로에 설치된 정교한 폭발장치가 터져 폭사한 사건은 국가원수 시해에 비견됐다. 독일 당국은 테러집단 적군파(RAF)의 소행으로 추정한 뒤 수사를 서둘러 종결했다. 그러나 80년대 조 이후 실체조차 불투명한 적군파로는 불가능한 범행으로 보는 전문가가 많았다. 어쨌든 도이체 방크는 갑자기 자세를 낮추고 오랫동안 근신했다. 통일 후의 신탁공사총재 암살사건도 모든 정황이 흡사하다.

언뜻 황당무계한 음모론을 논한 이유는 한반도 냉전질서 타파도 견제세력으로부터 자유롭지 않음을 상기시키려는 데 있다. 음모론의 옳고 그름을 떠나 독일 같은 나라도 가공할 음모론이 시사하는 온갖 견제를 헤쳐 나왔다는 사실을 기억하자는 것이다. 하물며 남북이 갈 길이야 얼마나 험하겠는가.

북한 국가수반인 김영남 최고인민회의 상임위원장의 방미 취소사건도 이런 음모론적 시각이 아니면 도저히 이해할 수 없다. 한나라

국가수반 일행을 한갓 항공사 요원들이 발가벗겨 검색한 사건은 일찍이 없었다. 이걸 테러예방 규칙에 집착한 나머지 발생한 해프닝으로 보는 것은 천진난만하다. 국가수반 일행에 테러 용의자가 포함된 것도 아닌 마당에 몸수색까지 한 것은 악의적이라고 볼 수밖에 없다. 또 이는 항공사 혼자 저지를 수 있는 일이 아니다. 김 위원장은 유엔 초청으로 미국 정부의 허가를 받아 방미 길에 올랐다. 항공사가 그의 신분과 방미 목적을 모를 리 없다. 그렇다면 어떤 배후가 작용해 김 위원장 일행을 일부러 모욕했고, 이는 방미 취소까지 예상한 행동으로 봐야 할 것이다.

문제는 이런 무모한 듯한 책략의 목적이 무엇인가다. 유엔 밀레니엄 총회에서 북한이 국제무대 복귀를 선언하고, 김대중 대통령과 남북화해를 과시하는 것을 꺼린 것일까. 미국은 지금 대선을 앞두고 변화보다는 보수적 노선이 득세하는 상황이다. 그게 아니라도 미국은 변화를 통제하는 힘과 수단을 갖고 있다는 사실을 은연중 과시한 것으로 볼 수 있다.

대세 변화를 막지 못하면 통제한다. 힘을 바탕으로 한 세력균형 정치의 고전적 패턴이다. 미국은 남북한 모두를 향해 그 견제구를 던진 것으로 볼 수 있다. 북한만의 수모로 여기는 것은 어리석다.

〈2000년 9월 7일〉

민족문제가 비즈니스라니

민족문제 해결은
비즈니스가 아니다.
독일인들은 그걸 숙명이라고 했다.

어제 아침 대표적 보수신문에 이상야릇한 사설이 등장했다. '남북문제는 냉엄한 비즈니스다'라는 제목부터 해괴하지만, 글의 발상과 논리는 한층 망측하다. 남북 성상회담을 앞두고 사회가 지나치게 들뜨는 것을 경계하는 충정으로 보기에는 용어와 논법이 망발에 가깝다. 특히 남북 문제는 처음부터 끝까지 치밀한 전략적 사고로만 풀어야 할 비즈니스라니, 이게 진정 건전한 보수여론을 대변한 정론인지 고개를 흔들지 않을 수 없다

이 사설은 정상회담이 한반도 평화정착에 이정표를 세워야 한다고 시작, 모처럼 좋은 일을 그르쳐선 안 된다는 당부로 맺었다. 좋은 얘기다. 또 신뢰와 공존의 바탕을 이루기 전에 지레 잔치마당처럼 흥분하는 모습을 걱정하는 것까지는 이해한다. 그러나 그 당부와 우려는 지극히 냉소적이고, 국민과 정부를 감성만 과잉이고 '정교한 두뇌력'은 없는 무리로 치부하는 듯하다. 나사가 풀리고 최면에 걸

린 듯하다니, 턱없이 방자한 말투에는 어처구니가 없다.

이 글은 무엇보다 위선적이다. 이를테면 북한 핵시설을 폭격해야 한다는 식의 몽매한 강경 노선을 애써 감춘 채 냉정한 전략을 촉구하고 있다. 도대체 어떤 전략을 말하는가. 서독 브란트 정권의 화해정책을 입안한 에곤 바르는 30년 전 적을 동반자로 수용하는 공동안보전략을 주창했다. 케네디 대통령은 이를 평화의 전략이라 불렀다. 그 밖에 다른 전략을 염두에 둔다면, 이는 목표와 수단이 모두 시대착오적인 전략적 무지에 불과하다.

사설은 또 남북의 정체성과 고유성을 견지하자면서, 북한 상품전 등의 정서과잉을 지탄한다. 대체 민족 동질성을 넘어서는 고유성이 무엇인가. 또 민족정서보다 값진 가치는 뭔가. 브란트는 민족간 화해를 정신과적 치유에 비유했다. 감성과 정서가 결정적 요소란 얘기다. 하물며 평양 교예단 공연을 보면서 하염없이 눈물짓는 이들의 응어리진 민족적 한(恨)을 달리 어떻게 풀려는가. 민족문제 해결은 비즈니스가 아니다. 독일인들은 그걸 숙명이라고 했다.

〈2000년 6월 9일〉

남북은 통역이 필요 없다

"북한에 친미정권이 등장할지 모른다"고 말한 학자가 있었다. 북한의 생존전략과 미국의 한반도 현상유지 전략이 그렇게 맞물릴 수도 있다는 극난석 개연성을 말한 것이다. 소련이 무너진 뒤 러시아와 중국이 한국에 접근한 결과, 고립된 북한이 취할 수 있는 전략적 선택을 풍부한 상상력으로 추론한 것으로 이해된다. 언뜻 황당무계하다. 그러나 국제질서에 영속하는 것은 없다는 사실을 상기하면 그렇게 볼 것만도 아니다. 영구 고착된 듯하던 동서 냉전 체제도 반세기를 넘기지 못하고 해소됐다. 이에 따라 유동적이 된 한반도 주변에서 새로운 세력균형 구도가 어떤 모습으로 자리 잡을지는 단정할 수 없다.

그 즈음 미국은 북한 핵 문제를 들고 나와 북한을 압박했다. 가뜩이나 불안한 북한에게 미국이 북폭까지 논하며 가한 압박은 위협적이었다. 그런데 우여곡절을 거듭한 뒤 드러난 구도는 그게 아니다.

북한은 오히려 내부결속을 다지고 동북아 세력균형 게임의 핵심으로 떠올랐다. 비록 '강성(強盛)대국'은 아니지만, 곧 무너질 듯 취약한 존재란 인식은 멀리 사라졌다.

강성대국을 향한 회심의 작품인 대포동 미사일 시험발사는 북한이 희구하는 한반도 현상고착을 촉진했다. 미국은 전역 미사일방어망(TMD)과 국가 미사일방어망(NMD) 계획을 들고나와 한반도 주변의 위기·갈등구조를 새롭게 부각시켰다. 중국이 빠르게 대두하고 있는 아시아·태평양 지역의 정세변화를 통제하는 데 필요한 상황을 북한이 조성한 셈이다. 이런 점에서 북한과 미국은 가장 갈등적이면서도, 상호 보완하는 측면이 있다. 북한 핵과 미사일 위협이 과장됐다는 지적이 미국에서 나오는 배경도 이런 분석과 무관하지 않다.

남북 정상회담은 갈등과 대립구도를 결정적으로 완화할 것이다. 그러나 동시에 북한과 주변국들이 바라는 현상고착을 더 굳혀줄 것이다. 또 우리로서는 평화공존을 얻는 대신, 북진이든 흡수든 간에 민족 통일을 유보하는 것이다. 서독의 동방정책도 기본적으로 통일 포기를 안팎에 약속한 정책이었다.

북한은 이번 정상회담을 통해 생존의 터전을 확고하게 다진 셈이다. 김정일 국방위원장은 김대중 대통령과 나란히 노벨 평화상을 받고 국제적 위상까지 확보할 가능성까지 거론된다. 한반도 현상유지를 바라는 주변국이 시샘은 할지 몰라도 반대할 일은 아니다. 정상회담 언저리에 '주변 4강론'이 새삼 강하게 대두하고 치밀한 전략적 대응을 촉구하는 이들이 많지만, 남북한이 병존(竝存)을 지나 공존하는 구도를 허물려는 이웃은 없을 것이다.

이제 중요한 것은 우리의 주체적 통일의지다. 주변국에 진 죄가 많은 독일은 몸을 한껏 낮춘 평화전략으로 이들을 회유, 경계심을 풀어 나갔다. 이어 냉전에 지친 소련과 단독강화를 통해 통일의 기회를 잡았다. 우리는 역사에 무고하지만, 독일보다 불리한 위치에 있다. 그러나 냉전의 강경파 브레진스키의 '동북아 체스론' 따위의 강대국 결정론이나 추종해서는 민족의 미래를 열 수 없다. 한말 이래 민중의 열망과 유리된 지도층과 지식인들의 대세추종 자세가 민족의 비극을 되풀이 초래했음을 반성해야 한다.

"통일 한국의 대외노선은 남한보다 북한의 김일성식 줄타기 외교를 닮을 것"이라고 내다본 외국학자가 있다. 지정학적 숙명을 벗으려면 주변 강대국의 이기적 전략에 매몰되지 않는 독자적 의식이 필요하다. 정상회담에서 북한 핵과 미사일 문제 등을 분명히 하라는 식의 보수논리는 전략에 무지한 것이다. 30년 전 브란트는 동독총리와 처음 만난 뒤 "우리 둘 다 독일말을 할 줄 안다는 데 합의했다"고 밝혔다. 통역 없이 치른 역사적 정상회담의 초라한 성과를 눙치려는 썰렁한 농담 같지만, '민족은 하나'임을 천명한 거인의 외침이었다. 민족의 감격적인 잔치마당 안팎의 시샘과 분란을 추스르는 너른 안목과 지혜를 모두가 가져야 한다.

〈2000년 6월 14일〉

평양 가는 길

김대중 대통령이
평양 가는 길을 정하는 데도
이런 심정적 측면을 잘 헤아렸으면 한다.

남북 정상회담 소식에 대통령이 뭘 타고 평양에 갈 것인가가 화제에 오른다. 역사적 회담이 과연 민족의 운명을 바꿀지, 또 북한 특수(特需)가 어느 정도일지 등의 골치 아픈 주제 못지않게 의견이 분분하다. 승용차로 판문점을 거쳐 가는 것이 가장 안전하고 모양도 좋다는 의견이 있는가 하면, 도로사정과 경호문제 등을 고려할 때 항공편이 무난할 것이란 지적이 따른다. 또 휴전선 위를 비행하는지, 공해상으로 돌아가는지, 여러 가지 기우(杞憂)가 많다.

한 나라 수장(首長)이 적대진영을 찾아갈 때 유의할 사항이 얼마나 많은가는 새삼 설명할 필요가 없다. 물론 아무리 상대가 북한이라도 신변 안전을 크게 걱정할 건 없을 것이다. 그러나 서로가 명분과 모양새에 유난히 신경 쓸 것은 분명하다. 우리로서는 대통령이 판문점을 지나 평양에 이르는 경평가도(京平街道)를 달리며 민족화해 의지를 북녘 주민에게 전하는 것도 바람직하지만, 북쪽은 또 생각이 다를 것이다.

1970년 3월 빌리 브란트 서독 총리가 분단 이후 처음으로 양독 정상회담을 하러 동독을 방문할 때도 논란이 있었다. 당초 동독 측은 브란트를 초청하면서 항공편으로 곧장 동베를린으로 올 것을 요구했다. 반면 브란트는 열차를 이용해 서베를린을 거쳐가겠다고 했다. 동독 속에 고립된 서베를린의 상징성을 부각시키려는 의도였다. 그러나 이는 동독이 수용할 수 없었고, 결국 서독접경 튀링겐 주 에어푸르트시로 회담장소가 바뀌었다.

브란트는 그래도 열차 편을 고집, 국경을 넘었다. 그리고 동독 주민들이 철도연변과 건물창가에 몰려 경찰의 제지를 무릅쓰고 환호하는 모습에 '평생 가장 큰 감동'을 받았다. 그들이 한 민족이고, 자신의 화해정책을 지지한다는 사실을 확인하면서 몸이 떨리는 감동과 무거운 책임감을 함께 느꼈다고 회고록에 썼다. 비록 사정은 크게 다르지만, 김대중 대통령이 평양 가는 길을 정하는 데도 이런 심정적 측면을 잘 헤아렸으면 한다.

〈2000년 4월 12일〉

NLL과 스틱스 미사일

힘의 균형이 기울 때가 더 위험하다.
힘은 싸움보다 협상에 쓰라는
병가의 교훈을 유념해야 한다.

서해 교전에서 일방적 수모를 당하고 물러섰던 북한의 움직임이 심상치 않다. 인민군 총참모부는 북방한계선(NLL) 무효화를 선포하면서 단호한 자위권 행사를 천명했다. 이에 앞서 해군 기동훈련을 강화하고 해안포와 스틱스(Styx) 함대함 미사일 발사훈련을 실시한 것으로 알려졌다. 스틱스 미사일 발사훈련은 1995년 이후 처음이라니, 이번에는 그냥 물러서지 않겠다는 의지를 시위하는 듯하다. 우리 군의 강경 대응자세와 맞물려 왠지 불길한 느낌이 든다

북한의 오사 · 코마급 초계정에 장착된 스틱스 미사일은 남북 해군력 균형 및 NLL 문제와 관련이 깊다. 북한 해군은 1970년대 초까지 케네디 대통령이 2차대전 때 타고 활약한 PT-109와 비슷한 소형 어뢰정이 주축이어서, 3,000톤급 구축함을 앞세운 우리 해군의 상대가 되지 못했다. 우리 해군은 NLL을 마음놓고 넘나들었고, 북한

은 NLL에 도전하기는커녕 해안 방어력 구축에 급급했다. 그러나 북한이 1973년 소련에서 미사일 초계정 몇십 척을 한꺼번에 들여오면서 순식간에 판도가 바뀌었다.

스틱스 미사일은 중동전에서 이집트 해군이 단 한발로 이스라엘의 5,000톤급 구축함을 격침, 서방에 충격을 준 최신예 미사일이었다. 함포밖에 없던 우리 해군은 졸지에 NLL부근을 피해 남쪽에서 맴도는 처지가 됐고, 북한은 유엔군이 일방적으로 설정한 NLL을 문제삼기 시작했다. 당시 박정희 대통령은 미국에서 낡은 함대함 미사일을 얻었으나 스틱스에 뒤지자, 포클랜드 전쟁에서 위력을 떨친 프랑스제 엑조세 미사일을 사기 위해 미국과 갈등을 겪었다.

미사일 균형을 다투던 20년 전과 달리 지금은 우리 해군력이 압도한다. 그러나 힘의 균형이 기울 때가 더 위험하다. 지난번에는 북한이 맞붙을 태세가 아니었지만, 우리 군이 다시 힘을 과시한다면 정면 대응할 공산이 크다. 결국 NLL 주변이 분쟁수역으로 부각돼 북한 쪽 명분만 키울 수 있다. 사태가 확산돼 우리 쪽 피해가 커지면 국민 반응도 전과 다를 것이다. 힘은 싸움보다 협상에 쓰라는 병가의 교훈을 유념해야 한다.

〈1999년 9월 4일〉

적을 위한 엘레지

서해 사태 와중에 북방 한계선(NLL) 등 생소한 개념과 함께 야릇한 용어들이 등장해 관심을 높였다. 해군의 충돌작전을 '배치기' '올라타기' 등으로 표현하더니, 급기야 국방부 대변인이 남북 교전을 부부 싸움에 비유했다가 쫓겨났다. 미묘한 상황을 쉽게 풀이하려는 충정이 북풍 알레르기에 묻혔다는 지적도 있지만, 피 흘리는 전투를 구경거리처럼 묘사하는 것은 군이든 언론이든 잊어서는 안 될 금기다.

높은 사람들이 더 들뜬 상황에서 "북한군이 썩은 무말랭이를 먹는 것이 측은했다"는 해군 사병의 말이 인상적이었다. 북한 수병들은 우리 고속정이 들이받자 당황한 나머지 신발짝 등 허섭스레기와 먹던 무말랭이까지 내던졌는데, 이게 역겨울 정도로 썩었더라는 얘기였다. 그들 형편에 썩은 무말랭이까지 먹는 것이 놀랄 일은 아니고, 오히려 생사를 다툰 신세대 병사가 배와 함께 수장됐을지 모를 또래 북한 수병을 동정하는 마음이 가상했다.

미국 보스턴 근교 콘코드의 독립전쟁 기념비 옆에는 총포를 마주 겨눴던 영국 병사들을 위한 작은 추모비가 있고, '대서양 건너 아니 들리는 영국 어머니들의 통곡소리…'라는 엘레지(輓歌)가 새겨져 있다고 한다. 이를 눈 여겨 본 수필가 피천득 선생은 적을 위해 엘레지를 짓는 아량과 인정미가 감격스럽다고 했다. 그리고 두 나라 젊은 이들은 같은 언어로 이런 엘레지를 배우기에, 세계 대전에서 같은 편이 됐을 것이란 어느 학자의 소견도 전하고 있다.

며칠 전 신문 광고면에는 해군 고속정에서 근무한 신세대 예비역 장교가 쓴 가상 전쟁소설 한편이 소개됐다. 우리 해군과 북한 특수 8군단이 일본의 독도 핵실험을 막기 위해 연합 특공대를 조직, 일본 자위대와 싸운다는 줄거리다. 일본이 부지런히 플루토늄을 비축하고 있는 현실과 역사의 변전을 생각하면 마냥 황당무계한 것은 아니다. 물론 석과 맞설 위험이 없는 후방에 앉아 호기롭게 대북 강경론을 외치는 이들은 한가한 객담으로 여길 것이다.

〈1999년 6월 24일〉

바르샤바 평양식당

호텔 방에서 꺼내 본
북한 접시는 또 왜 그리 초라한지
측은한 마음마저 들었다.

폴란드 대통령선거 취재를 위해 바르샤바에 모인 한국 특파원들이 가장 자주 드나든 곳은 바웬사나 마조비에츠키의 선거본부가 아니라 평양식당이었다. 묵고 있는 호텔의 식사는 조악하고 그나마 제대로 된 서양요리를 먹을 수 있는 최고급 호텔 레스토랑은 부담스럽고 동포식당은 없는 상황에서 이 레스토랑 '평양'은 무엇보다 반가운 존재일 수밖에 없었다. 이곳에는 우리 돈으로 4천원짜리 불고기를 비롯, 닭볶음·돼지고기구이·냄비찌개 등과 2인분에 7천5백원인 신선로에다 비록 양배추로 담근 것이나마 김치까지 있었다. 위치도 프레스센터에서 걸어서 5분거리에 있어 그야말로 안성맞춤이었다.

그러나 평양식당을 찾은 첫날 한국기자들은 신선로로 시작되는 메뉴에 즐거워하면서도 한편으론 가벼운 실망을 느꼈다. 북한측은 폴란드와 합작으로 운영하던 이 식당의 요리사 등 북한 종업원들을 동구 민주화의 물결 이후 오염을 우려, 모두 철수시킨 뒤였다. 북한 사람들의 철수경위 등을 들어볼 수 없었던 것은 물론이다.

"적자지만 소련과의 우호를 위해 사업하는 거지요"라고 스스럼없이 말하던 모스크바 평양식당의 옥류관 출신 여 지배인이 새삼 떠올랐다. 그래도 기자들은 끼니때마다 식당 한쪽 벽 전체를 장식하고 있는 해금강 그림 아래에 자리잡고 북한식 음식을 즐겼다. "북한 친구들 덕 톡톡히 본다"는 농담과 함께. 그리고 혹시나 북한 대사관원 등 북쪽 사람들과 만나게 될 것을 기대했다.

기자는 지난 2월, 12장이 모두 임수경 양 사진으로 된 달력이 걸린 모스크바 평양식당에서 정복차림의 북한 대사관 무관과 논쟁을 벌인 적이 있다. 임 양 얘기로 신나게 떠들던 이 무관은 기자가 "임 양 사건으로 남쪽의 진보세력이 거덜나다시피 했는데 왜 그렇게 좋아하느냐"고 묻자 갑자기 사고의 혼란을 일으킨 듯 "자주 만납세다"며 슬그머니 자리를 떠버리는 것이었다. 기자들에겐 어디에서든 북쪽 사람들과 얘기하는 것은 즐겁고 유익한 경험이다.

그러나 바르샤바를 떠나는 날까지 우리의 기대는 채워지지 않았다. 북쪽 유학생 등 일반인들은 모두 소환됐고 대사관원들마저 자본주의자들을 더 반가이 맞는 평양식당을 찾지 않는 듯했다. 마지막 끼니 때, 웨이터의 주머니에 달러를 찔러주고 평양 고려호텔 마크가 찍힌 접시를 하나씩 기념으로 집어왔다. 폴란드 웨이터는 뜻밖의 횡재에 흥분한 듯 땀을 흘리고 있었다. 그러나 기자는 왠지 허전했다. 호텔 방에서 꺼내 본 북한 접시는 또 왜 그리 초라한지 측은한 마음마저 들었다.

〈1990년 11월 29일〉

5

이제 한국을 떠날 때

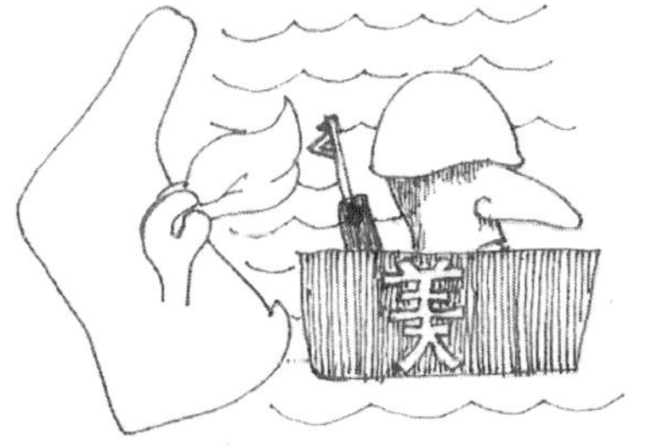

한반도 주변이 소란한 이유

북한 붕괴 때 개입권을 놓고
과거 미국, 소련과 비슷한 타협을
꾀한다고 볼 수 있다.

영국 리즈 대학의 북한 전문가 에이던 포스터카터 (Aidan Foster-Carter)는 1970년부터 북한 르포와 논평을 홍콩의 권위 언론에 줄곧 썼다. 냉전적 틀을 벗어난 안목이 돋보인 그는 요즘도 아시아 타임스(亞洲時報)의 '평양 워치' 칼럼에서 북한과 한반도를 조망하고 있다. 그의 35년 경륜은 이념과 시류를 좇아 객관적 분석보다 도덕적 비평을 일삼는 여느 전문가들과 구별된다. 민간 전문가의 한계를 지닌 그를 최고급 북한 관측통(North Korea Watcher)이라고 장담할 수는 없지만, 유럽 지식인 특유의 열린 사고와 상상력은 평가할 만하다. 그는 세상이 김정일 위원장을 그로테스크하게 그리던 시절, 오히려 북한 지도층에서 드물게 서방에 대한 식견을 지닌 이성적 인물로 보았다. 이를테면 서구 영화에 심취한 인물이 혁명세대의 낡은 의식과 행동양식을 답습할 리 없다는 분석이었다. 우리 사회의 인식 변화를 되돌아보면 좋을 것이다.

포스터카터가 일찍이 내놓은 한반도 전망 가운데 특기할 것이 있다. 첫째는 통일 한국의 외교노선은 북한 김일성 주석의 세력균형적 줄타기 외교를 닮을 것이란 전망이다. 미국과 중국이 동북아의 새로운 힘의 균형을 다투는 상황에서 우리 정부가 초보 줄타기 연습에 나선 듯한 모습은 시사적이다. 둘째는 북한에 친미 정권이 들어설 수도 있다고 전망한 것이다. 언뜻 황당무계하다. 그러나 한반도 현상(status quo) 유지가 가장 절실한 것이 북한과 미국이고, 북한이 고립무원으로 생존의 벼랑에 몰리면 미국이 내미는 손을 어떤 세력이든 잡을 수 있다는 가설은 마냥 소설 같은 얘기는 아니다.

어쨌든 그는 두 달 전 북한의 핵 보유선언을 논평하면서, 북한 붕괴에 대비하는 것이 한반도가 직면한 핵심이슈라고 지적했다. 애초 실패가 예정된 6자 회담은 물론이고 북핵 문제보다 중요한 과제는 북한이 언제 어떻게 무너질지 대비하는 것이며, 어느 주변국이 북한에 개입하고 누구는 물러나 있을 것인가를 미리 합의하는 것이 급하다고 주장했다. 대한제국 붕괴 때 주변국이 두 차례 전쟁을 치르는 것과 같은 국익 충돌을 피하려면 타협이 긴요하다는 것이다.

실감나지 않는 먼 훗날 얘기일 수 있다. 그러나 6자 회담 좌초에 이어 한반도 주변국이 갑자기 심각한 갈등으로 치달은 것을 우연한 일로만 볼 수 없다. 독도 문제와 역사 왜곡 등 오랜 분쟁 요인을 일본이 자극한 데 따른 우발적 충돌로 보기에는 한중일 정부의 대응이 강파르다. 저마다 국내정치에 이용하는 탓이란 지적처럼 우리 정부도 이라크 파병 등 한미 공조를 통한 북핵 정책 실패를 숨기려는 마음이 있겠지만, 갑작스레 동북아 균형자 역할론으로 미국 일본과 동시에 갈등하는 것은 물정 모르는 국민을 어리둥절하게 한다. 해묵은 대만 문제가 중국과 미·일의 날선 대결로 번진 것도 의아할 것이다.

　이렇게 한반도와 대만 문제가 함께 얽힌 상황은 엉뚱하지만 한국전쟁 주변의 전략적 게임을 떠올리게 한다. 당시 미국과 소련은 중국이 대만을 해방시켜 아시아의 강자로 떠오를 것을 우려, 한반도 전쟁을 부추겨 미국의 대만보호 명분을 강화하기로 담합했다는 것이 뒷날 공개된 영국의 전략적 분석이다. 하바드 대 역사학자 애덤 울램 등도 같은 견해를 피력한 바 있다.

　이런 과거에 비춰 미국과 일본이 대만을 놓고 실익 없는 중국과의 분쟁을 도발한 것은 한반도 전략차원에서 볼 만하다. 북한 붕괴 때 개입권을 놓고 과거 미국, 소련과 비슷한 타협을 꾀한다고 볼 수 있다. 정부도 이런 위기의식에서 독자적 북한 관리권을 내세워 미국과 갈등하는 것으로 짐작하고 싶다. 과제가 힘겨운 탓에 헤맨다고 해서 지닌 뜻마저 가볍게 볼 건 아니다. 모든 게 섣부른 상상일지 모르나, 미국과 북한이 10년 넘게 우리를 농락하다시피 한 북핵 문제를 넘어 큰 그림을 볼 필요가 있다. 그게 포스터카터의 충고다.

〈2005년 4월 26일〉

'영웅시대'와 주한미군

북한이 붕괴할 때
미군과 중국군이 질서유지를 위해 개입하는 문제가
국가적 고민을 안길 것을 상상할 필요가 있다.

MBC TV의 드라마 '영웅시대'는 지난주, 박정희 최고회의 의장의 미국방문을 다뤘다. 그는 5·16 쿠데타를 마지못해 용인하는 자세를 취한 케네디 정부에서 정통성 추인과 지원을 얻어내야 하는 절박한 과제를 안고 있었다. 그러나 비판적 미국언론을 앞에 놓고 "주한미군은 한국안보뿐 아니라 미국의 전략적 이익에 이바지하는 것이다"는 식의 직설적 발언을 거듭, 주변을 당황하게 한다. 김종필 정보부장이 가뜩이나 그의 좌익전력과 민족주의 성향을 의심하는 미국정부와 여론을 자극할 것을 걱정하자, "임자, 내 말이 뭐 틀린 게 있어?"라고 퉁명스레 면박 줄 뿐 태연스럽다.

40여년 전의 실제 상황과 크게 다르지 않을 극중 에피소드는 이병철과 정주영, 두 경제계 거인이 주인공인 드라마의 곁가지처럼 비친다. 그러나 개발독재로 불린 역사의 수레를 견인한 주역들의 비범한 현실인식과 전략적 사고를 부각시키려는 작가의 의도일 것이다. 케네디 정부가 예상보다 쉽게 군사정권을 승인한 것은 신생국가의 우익군부 집권을 부추긴 미국의 냉전 전략에 비춰 자연스럽지만, 이를 꿰뚫어 보고 언뜻 불리한 상황을 정면 돌파한 강단(剛斷)이 새삼 두드러진다.

그 뒤 냉전대치가 고착되고 한미 동맹이 견고해지면서, 주한미군의 역할을 미국의 이기적 국익차원에서 언급하는 것조차 금기시됐다. 박 대통령은 유신시대에 다시 미국과 갈등하면서 민족주의 성향과 전략적 인식을 표출했다. 그러나 그의 영웅시대는 지나고 있었고, 흔히 민족주의에 기우는 반체제 민주화 세력은 미국의 후원에 기댔다. 이들이 5공 정권을 목격한 뒤에야 극단적 반미로 돌아선 것은 아이러니다.

다 아는 얘기를 되뇐 것은 주한미군의 역할 논란이 다시 고비에 이른 듯해서다. 예전처럼 국내외 정치가 맞물려 나라가 시끄럽고 평범한 국민까지 심란한 상황은 아니다. 그러나 현대사의 구비마다 기록한 아이러니를 되풀이하지 않으려면, 지난 경험과 장차 직면할 문제를 냉정하게 살필 필요가 있다.

냉전이 종식된 1990년대에 들어와 주한미군의 존재와 역할에 관해 특기할 변화가 있었다. 한반도 분단도 곧 끝날 듯한 막연한 기대가 높을 즈음, 주한미군은 대북 억지뿐 아니라 동북아 평화를 위해 통일 이후에도 긴요하다는 논리가 미국에서 출발해 우리 사회에도 확산됐다. 이 논리에는 주한미군이 미국의 동북아 전략을 위한 것이라는 뜻이 숨어 있었지만, 우리 안보에 이롭다면 복잡하게 따지는 것은 불순하게 여기는 사회는 무심했다. 진보적 이념을 표방한 DJ와 노무현 정부에서는 진보세력도 정부의 주한미군 정책을 끝까지 시비하지 않았다. 보수세력과의 힘 겨루기를 먼저 염두에 둔 탓이다.

그러나 주한미군의 동북아 평화유지 역할에 대한 회의와 경고는 오래 전 미국에서부터 나오고 있었다. 그 중심은 미국의 동북아 전략에서 최대 가상 적국인 중국과의 분쟁 때, 한국이 중국의 공격표적이 될 것을 우려해 미국 편을 드는 것을 기피할 것이란 지적이다. 주한미군 철수와 일본의 중심기지 역할 강화론으로 이어지는 이런 주장은 언뜻 황당한 듯했지만, 우리 사회가 알게 모르게 소홀히 넘긴 전략적 인식을 담고 있다.

미군의 전략적 유연성을 높이는 재배치 움직임에 우리는 대북 억지력 약화를 논란하는 데만 매달렸다. 미군의 한반도 밖 분쟁개입, 이른바 지역역할을 확대한다는 데도 그저 그러려니 했다. 야당의원의 폭로로 문제가 불거져도 심각하게 여기지 않는 분위기다. 해묵은 대만 문제를 놓고 중국과 미국이 전쟁이야 하겠느냐고 생각하는 탓일 것이다.

그러나 작은 논란에서도 먼 장래를 내다봐야 한다. 큰 나라들의 움직임을 무작정 뒤좇다 보면 언젠가 낭패하기 십상이다. 미·중 분쟁을 상상조차 않는 이들은 북한이 붕괴할 때 미군과 중국군이 질서 유지를 위해 개입하는 문제가 국가적 고민을 안길 것을 상상할 필요가 있다. 미국 학자들은 이미 그런 논란을 하고 있다.

〈2004년 12월 7일〉

남북 공동안보가 평화 지름길

오래 전 주한 미 해군사령관 벙커, 전쟁상황실에서 근무한 적이 있다. 당시 작전지휘권을 가진 미군이 가장 신경 쓴 것은 서해 5도 상황이었다. 북방한계선(NLL) 부근 남북 해군의 대지와, 인천과 연평·대청·백령도를 오가는 여객선 호송작전이었다. 그때만 해도 우리 해군은 미사일과 고속정 전력에서 뒤졌다. 이 때문에 북 경비정은 걸핏하면 일부러 남쪽으로 고속기동, NLL을 넘어설 듯 위협해 비상을 걸도록 했다가 갑자기 방향을 바꿔 되돌아가는 장난질까지 했다.

그러나 전체 전력이 팽팽히 맞선 그 시절, 간첩선과의 교전을 빼곤 해상 무력충돌은 없었다. 미군이 남북 움직임을 감시한 탓도 있겠지만, 양쪽 모두 충돌을 겁냈다. 팀 스피리트 연합훈련이 서해 5도에서 전면전이 촉발되는 전쟁 시나리오를 토대로 했듯이, NLL 해역의 폭발성은 컸다. 20여 년이 지나 우리 전력이 크게 앞선 상황에서 휴전 이래 최대 해전이 터진 아이러니는 힘의 균형이 무너질 때 위험도 높다는 교훈을 일깨웠다.

그 두 차례 해전은 피할 수 있는 비극이었다. 1999년 연평해전은 북쪽이 긴장완화를 틈타 NLL 무력화를 노린 것이 발단이라지만, 당면 목적은 꽃게잡이였다. 여기에 우리 군은 함정세력과 성능 우위를 이용, 이른바 배치기로 낡은 북 경비정을 밀어냈다. 그러나 도발에 소극적이라는 비판이 거세자 한층 공세적 몸싸움을 감행, 당황한 북쪽이 총격으로 대응하자 기다렸다는 듯이 큰 타격을 주었다.

2002년 거꾸로 우리가 당한 서해교전은 연평대첩이 낳은 비극이다. 승리에 들뜬 분위기에서도 진짜 전문가들은 NLL과 꽃게잡이 분쟁을 국제법 원칙을 좇아 타협할 것을 충고했다. 이를 외면한 가운데 꽃게잡이 철이 돌아와 북 경비정이 NLL을 위협하자, 해군은 밀어내기 작전을 되풀이할 태세를 보였다. 그러자 악몽을 기억하는 북쪽은 선제공격으로 우리 쪽에 뜻밖의 피해를 안겼다. 그러나 강경론이 아무리 높아도 전면전을 각오한 보복은 할 수 없는 남북의 숙명은 그때나 지금이나 매한가지다.

이렇게 보면, 남북이 우발충돌 방지를 위해 공용주파수와 시각신호에 합의한 것은 뒤늦은 각성이다. 어렵게 이룬 화해국면에 걸맞지 않은 유혈충돌까지 치른 뒤에야, 피차 양보하고 협조하는 것이 상책임을 깨달은 셈이다. 공용무선통신을 보조하는 깃발과 불빛 신호는 쌍안경 거리 안에서만 식별할 수 있어 보안성이 높다. 이를테면 진주만을 기습한 일본연합함대는 무선침묵을 지킨 채 깃발과 불빛신호만 썼다. 이처럼 적을 기습하는 데 유용한 신호를 원치 않은 충돌을 막는 데 쓰게 된 것은 그만큼 획기적이다.

이런 진전은 크게 보면 남북이 공동안보에 첫 발을 내디딘 것이다. 이 안보개념을 주창한 브란트 전 서독총리는 동서 긴장이 극에 이른 때, 당장 현상(現狀)을 바꾸지 않으면서 현상극복을 지향하는 접근을 통한 변화를 비전으로 제시하고 그 평화전략의 요체는 적과의 신뢰구축을 통한 안보협력이라고 외쳤다. 전쟁은 곧 상호절멸을 부를 시대에 평화는 선택이 아닌 필수이며, 이는 서로 적대를 완화해도 위험하지 않다고 스스로 안심할 수 있을 때 비로소 실현된다고 보았다.

4년 전 역사적 남북정상회담의 감동은 잊혀지고 있다. 그러나 남북이 군사적 긴장완화를 넘어 상호협력에 이른 것은 더없이 값진 결실이다. 그 가치를 제대로 인식하고 항구적 평화로 이끌려면, 그 길을 앞서 개척한 브란트의 지혜에 귀 기울일 필요가 있다. 그는 이미 1960년대 초 이렇게 설파했다.

"안보를 강화하려면 동맹이 필요하다. 한층 안전한 것은 적을 격멸하는 것이지만, 이는 전쟁의 비극을 되풀이하는 것이다. 따라서 진정한 평화를 이루려면 신뢰구축을 통한 군축과 함께 적대적 군사동맹의 이완, 궁극적 해소가 동반해야 한다. 적이 스스로 안심할 수 없으면, 기적을 기대할 수밖에 없다."

〈2004년 6월 15일〉

동맹이 평화를 보장하지 않는다

미국이 못마땅해 동맹도 해소해야 한다고
떠드는 것이 위험하다면,
그것을 건드려선 안 될 숭고한 성역으로 여기는 것
또한 어리석고 무지하다.

주한미군과 한미동맹을 둘러싼 논란이 어지럽다. 휴전선 미군과 용산기지의 한강이남 이동 문제로 시끄럽더니, 미군 1개 여단의 이라크 차출이 우리 군 추가파병과 맞물려 국민을 혼란스럽게 했다. 앞의 문제는 럼스펠드 국방장관의 한 마디로 진정됐으나, 뒤의 문제는 우리끼리 탓하며 다투는 양상이 이어졌다. 이런 가운데 한미연합사 참모장이 한미연합군도 동북아 평화유지활동에 동원될 수 있다고 말해 혼란을 부추겼다. 곧 이어 주한미군 1만2,000명 감축이 예고되면서 혼란은 절정에 이른 느낌이다.

미국이 던지는 화두를 놓고 우리끼리 멱살잡이 하다가 급류에 빠져 허둥대는 듯한 현상은 우선 두 나라 정부가 안보에 유난히 민감한 한국민을 제대로 배려하지 않은 때문이다. 바로 그 안보 과민증 때문에 드러내놓고 논의할 수 없었다고 하겠지만, 국민을 이토록 혼란스럽게 해서는 논의를 올바로 이끌어 주한미군과 동맹의 장래를 옳게 설계할 수 없을 것이다.

그러나 혼란의 근본은 우리 사회가 동맹의 본질을 제대로 인식하지 못한 데 있다. 무슨 삐딱한 얘기냐고 할지 모르나, 무릇 한미동맹과 주한미군이 우리의 생존과 평화에 영구불변의 가치를 지닌 것처럼 믿는 것부터 옳지 않다. 미국이 못마땅해 동맹도 해소해야 한다고 떠드는 것이 위험하다면, 그것을 건드려선 안 될 숭고한 성역으로 여기는 것 또한 어리석고 무지하다.

동맹의 역사는 그것이 항구적 평화를 보장할 수 없다는 것을 증언한다. 중국 전국시대 동맹의 고전 합종연횡도 평화를 위한 원대한 국가전략이기보다, 적대적 동맹으로 생존을 모색한 임시방편적 외교술책이었다. 가까이는 1, 2차 세계대전 전의 동맹이 인류사상 최악의 전쟁으로 귀결됐고, 냉전시대 동서 동맹도 인류를 반으로 가른 적대를 장기화하는 데 이바지했을 뿐이다.

한미동맹을 합종연횡에 비유할 생각은 없다. 다만 모든 동맹은 국익이 교차하는 곳에서 한때 접점을 이루는 것일 뿐, 영원히 함께 가는 동반자 관계는 아니라는 점을 일깨우려는 것이다. 동맹은 흔히 안보에 도움되지만, 때로 안보를 위협할 수도 있다. 찰스 캠벨 한미연합사 참모장의 발언은 바로 이 점을 깨우친 것으로 볼 수 있다.

우리의 전문가들은 주한미군의 전략기동군화와 한미연합군의 동북아 분쟁개입이 주변국 관계에 문제를 야기한다고 에둘러 말한다. 그러나 미국의 주한미군 철군론자들은 이를 일찍부터 분명하게 지적한다. 동북아에서 미국이 가상하는 분쟁은 대만 문제를 비롯한 중국과의 갈등이 우선적이며, 이때 한국은 주한미군 때문에 중국의 공격표적이 될 것을 우려해 미국 편에 서기를 회피할 것으로 본다. 따라서 확고한 전략적 동반자인 일본과 동남아에 힘을 집결하는 대신, 한국에서는 철수하는 것이 국익에 도움된다는 논리다.

우리에겐 생소한 이런 논리는 한국이 북한을 국력과 군사적 잠재력에서 압도한다고 본다. 따라서 반미감정 등의 부담을 감당할 것 없이, 한국에 안보를 맡기라는 주장이다. 이런 주장은 자체 방어능력이 없는 북한이 오히려 미군주둔을 바라고 있고, 미국이 여기에 부응하는 기묘한 상황에서 벗어날 것을 요구한다.

미국이 이런 주변적 논리를 그저 따르는 것은 아니다. 그러나 미국 보수진영도 주한미군이 북한 억지에 반드시 필요하지 않고, 변화에 맞춰 새로운 주둔 명분을 찾아야 한다고 주장한다. 우리의 안보 현실에 대한 냉정한 인식 없이 습관적 안보불안 때문에 미국을 뒤쫓다 보면, 수십 년 지연된 변화조차 미국의 전략적 틀에 이끌리는 줄 모른 채 혼자 안도하는 꼴이 될 수 있다. 한미 연합군이 인도주의적 개입과 평화유지에 동참할 수 있다고 알듯 모를 듯 운을 뗀 의도가 북한 붕괴시 개입권을 미리 확보하려는 것일 수도 있다. 황당한 추리로 여길 게 아니라, 미국의 전략적 의도를 잘 헤아려야 한다.

〈2004년 6월 1일〉

조지 케넌의 봉쇄정책 비판

미국은 북한 핵 위협을 과장하면서도
조속한 해결과 북한의 붕괴 모두를 원치 않는다는 지적은
결코 황당무계한 게 아니다.

냉전시대 소련 봉쇄정책(Containment Policy)의 아버지로 불린 미국의 역사학자 조지 케넌(George F. Kennon)이 지난 주 100세가 됐다는 소식이 국내 언론에 스치듯 비쳤다. 1946년 모스크바 주재 대리대사 때 워싱턴에 보낸 장문의 정세분석 전문(long telegram)에서 소련 봉쇄를 주창, 전후 미국의 냉전 전략을 이끌었다는 상식을 되뇌는 수준이다. 그러나 역사적 인물의 진면목을 아는 것은 오늘 우리의 처지를 올바로 인식하는 데도 도움될 것이다.

결론부터 말해 조지 케넌은 자신의 구상을 벗어난 군사적 봉쇄정책이 냉전 대결을 부당하게 장기화했다고 줄곧 비판했다. 이 때문에 워싱턴 주류에서 소외된 채 비판적 학자로 생의 후반 50년을 살았다. 국제문제를 역사의 큰 틀에서 보는 예지(叡智)로 두 차례 퓰리처상과 여러 평화상을 받으며 냉전시대의 현인(賢人)으로 평가된 그를 네오콘, 신보수주의의 원조 정도로 오해하는 것은 실로 역사적 아이

러니다.

프린스턴 대에서 러시아를 공부한 케넌은 미국이 1933년 소련과 수교하기 전 베를린과 라트비아에서 소련을 살피는 임무를 수행한 최고의 러시아 전문가였다. 그의 유명한 전문은 워싱턴 요로에 회람돼 센세이션을 불렀고, 그는 국무성 정책기획실장에 발탁됐다. 그러나 정부가 군사적 봉쇄에 치중하자 갈등을 거듭하다가 1952년 모스크바 주재 대사를 끝으로 야인이 됐다.

그는 뒷날 저서 '세기말의 회고'(At A Century's Ending)에서 8,000 단어의 긴 전문은 미국이 주도한 국제통화기금 참여를 소련이 거부한 이유를 묻는 국무성의 무지에 답한 것이라고 밝혔다. 그는 2차대전 승리로 한껏 고양된 소련은 이념적 침투로 영향력을 확대할 욕심이고, 이념적 토대가 다른 경제 분야에서 미국의 주도를 따를 리 없다고 보았다. 따라서 서유럽과 일본 경제와 자신감을 회생시켜 공산이념 침투를 막고, 소련의 무모함을 인식시켜 전후 문제 타협을 유도하는 정치적 봉쇄를 제안했다는 것이다.

그의 제안은 마셜 플랜으로 구현됐다. 그러나 정치적 타협을 통한 독일과 유럽 분단 해소는 미국과 서유럽, 아데나워의 서독도 원치 않았다. 이들은 오히려 소련의 군사적 위협을 과장, 나토(NATO) 동맹을 조직했다. 케넌은 서독을 동맹에 묶는 것은 분단을 고착시킨다고 반대했으나 쓸모없었다.

일본과 한반도에 대한 케넌의 회고도 같은 맥락이다. 그는 맥아더의 당초 의도처럼 일본의 영구 비무장중립을 구상했다. 이는 일본을 군사기지로 삼지 않는 것이고, 이렇게 하면 소련도 한반도 문제의 정치적 타결에 동의할 것으로 보았다. 그러나 1949년 말부터 갑자기 소련의 3차 대전 도발이 임박했다는 근거 모를 위기론과 무기한 일본 주둔론이 워싱턴에 유포됐다.

이에 맞서 소련은 일본의 미국 기지화에 대한 지정학적 보상으로 한반도 입지를 강화하려 했고, 공교롭게도 미국은 한반도에 관심이 없는 듯이 행동했다. 이것이 케넌이 보는 한국전쟁의 기원이다. 그는 미국의 의문스런 행동의 바탕은 소련과의 타협에 뒤따를 일본 철수를 원치 않은 때문이라고 보았다.

냉전 전략에 정통한 그의 회고는 오늘의 한반도 상황에도 교훈적이다. 북한 핵 위기를 북한의 위협이란 냉전적 틀을 벗어나, 전략적 이해다툼의 역사적 맥락에서 볼 필요가 있는 것이다. 미국에게 북한 핵 위협은 일본의 군사기지 역할과 한미 동맹 유지에 도움된다는 분석과, 이 때문에 미국은 북한 핵 위협을 과장하면서도 조속한 해결과 북한의 붕괴 모두를 원치 않는다는 지적은 결코 황당무계한 게 아니다. 2차 6자 회담을 앞두고 객관적 전문가들이 북한 문제는 결국 남북한이 주도적으로 풀 수밖에 없다는, 언뜻 이상론에 불과한 충고를 되풀이 내놓는 연유를 진지하게 헤아려 보아야 한다.

〈2004년 2월 24일〉

평택의 지구 기병대

평택의 새 기지는 미국에 안성맞춤이다.
공군기지와 군항이 지척인 점부터
지구 기병대와 연꽃잎 전략에 더없이 편리하다.

용산 미군기지 이전을 둘러싼 논란이 어느 새 수
그러졌다. 안보 불안이 외국기업의 탈출 러시로 이어질 것이라고 호
들갑 떨던 이들이 언제 그랬나 싶게 조용한 것이 의아하다. "땅 몇만
평이 아까워 미군을 내보내다니…"라며 개탄한 것이 진정한 우려였
다면, 이대로 넘어갈 일이 아닌 것이다. 우리의 보수 계층은 철없는
반미와 어설픈 자주 탓에 안보와 동맹이 위태롭다고 비분강개했다.
그러나 럼스펠드 국방장관이 워싱턴 한복판에 외국군이 주둔한다면
말이 되겠느냐고 용산 기지 이전 의지를 천명하자, 갑자기 머쓱한 듯
목소리를 낮췄다. 공연히 흥분하다가 무안당한 느낌이었을 것이다.

겉만 보면 마냥 미국에 기대어 추종하는 정서가 두드러지지만, 세
상 변화에 아랑 곳 없이 이 사회의 애국적 주류를 자처하는 수작이
엿보인다. 이런 강박의식이 용산 기지 이전도 무작정 반대하고, 21
세기에는 필요 없는 자주가 국가적 불행을 부른다고 강변하도록 작

용하는 듯하다.

어리둥절한 것은 사심 없는 국민들이다. 자주국가의 체모를 되찾은 것을 기꺼워해야 할지, 안보를 새삼 걱정해야 하는지를 가늠하기 어려운 것이다. 기회주의적 언론과 전문가들은 뒤늦게 기지 이전이 미국의 전략 변화에 따른 것이라고 설명하지만, 표변한 논리로 변화를 제대로 살필 리 없다.

럼스펠드가 대표하는 네오콘, 신보수주의 세력이 추진하는 미군 재배치는 불량국가 등에 대한 선제공격 전략을 앞세운다. 이 전략은 남미 안데스 지역에서 적도를 따라 북아프리카 중동 서남아를 거쳐 인도네시아 필리핀에 이르는 환상(環狀)의 '불안지대'(arc of instability)를 상정한다. 미국과 세계를 위협하는 세력이 도사린 이 지역에 신속하게 미군을 투입, 선제 공격할 수 있도록 미군기지를 재배치하겠다는 것이다.

네오콘 전략가들은 '지구 기병대'(Global Cavalry)와 '연꽃잎'(Lily Pads)이란 제법 정의롭고 낭만적인 개념을 동원한다. 개척시대 뉴 프런티어에 정의의 상징 기병대를 배치한 것처럼 전 세계 위험지역 가까이 기지를 구축, 개구리가 물을 건널 때 연꽃잎을 징검다리 삼듯이 미 본토와 영국·일본 등 충직한 동맹국에 있는 미군 주력을 투입하는 발판으로 활용한다는 개념이다.

대의명분은 그럴 듯하지만, 적도주변 '불안지대'가 주요 유전지역과 겹치는 것부터 우연치 않다. 후진적 제3세계에 새 기지를 집중 건설하려는 것도 눈에 띈다. 루마니아, 폴란드, 불가리아, 파키스탄, 필리핀, 베트남, 모로코, 튀니지 등이 모두 그런 곳이다. 이에 비해 독일, 한국, 오키나와, 터키, 사우디 등의 냉전시대 주력기지는 감축

대상이다. 방대한 새 기지 건설과 유지를 감당하기 위해서지만, 반
미감정과 주둔군 지위협정 논란 및 환경규제도 고려했다. 미 본토
육군기지의 3분의 1, 공군기지의 4분의 1도 폐지 대상이다.

　대충 살펴봐도 냉전 종식으로 쓸모가 적고 부담은 많은 기지들을
향후 전략 가치가 크고 부담 적은 지역으로 이전하려는 계산이 드러
난다는 지적이다. 미국 본토와 독일, 한국 등에서 여건이 열악한 곳
으로 옮기기를 꺼리는 군부의 반대가 많은 점도 주목할 만하다. 엄
청난 비용과 본토기지 감축에 따른 지역경제 위축 우려도 장애 요인
이다.

　이렇게 볼 때 평택의 새 기지는 미국에 안성맞춤이다. 북한과 대
치한 상황을 고려했겠지만, 공군기지와 군항이 지척인 점부터 지구
기병대와 연꽃잎 전략에 더없이 편리하다. 건설과 이전까지 한국이
책임지기로 했으니, 이렇게 손쉽게 문제를 매듭지은 곳은 다시없을
듯하다.

　문제는 우리끼리 외곬으로 안보 영향만 논란하느라 입지와 비용,
미군기지의 장래 등은 도외시한 것이다. 당장 평택의 반대여론이 부
각되겠지만, 주한미군 문제를 넓고 길게 보고 자주적으로 대처하는
자세가 갈수록 절실해질 것임을 깨달아야 한다.

〈2004년 1월 27일〉

베를린과 서울의 미군

미군 잔류 주장에서 엿보이는 것은
영원한 후견인 미국과 미군의 곁에서
조금이라도 멀어지는 것이 불안한 심리다.

베를린 장벽이 무너지고 독일이 통일되던 때, 서베를린의 서방 연합군이 쓸쓸히 철수하는 모습을 지켜보았다. 그때까지 연합군이 공식 보유한 주권을 넘겨받는 행사에 즈음하여 독일 지도자들은 40여년 자유를 지켜준 연합군의 노고를 거듭 칭송하고 감사했다. 그러나 언론은 비로소 완전한 자주와 통일을 이뤘다고 감격해 하면서, 호숫가 넓은 숲 속의 안락한 주둔지를 떠나 귀국하는 미군 병사들의 미래에 대한 불안과 외국군 철수에 기꺼워하는 시민들의 반응을 전했다.

냉전시대 서베를린은 동독 한가운데 고립된 육지 속의 섬이었다. 1945년 독일을 분할점령한 전승국은 나치 제국의 심장부 베를린도 둘로 나눠 동쪽은 소련이, 서쪽은 미국과 영국·프랑스가 다시 분할해 점령했다. 이어 냉전 대결로 베를린을 유례 없이 기묘한 분단 도시로 만들었다. 그 시절 소련 지도자 흐루시초프는 "서베를린은 언젠가 썩은 사과처럼 떨어져 우리 손에 들어올 것"이라고 호언했다. 이에 맞서 미국의 케네디는 "전 세계 모든 자유인은 베를린 시민이다. 나도 베를린 시민이다"는 유명한 연설로 서베를린 수호를 다짐했다.

냉전 지도자들의 수사에 동서 베를린 시민은 각기 환호했다. 분단을 역사의 장난 탓으로 여긴 이들은 외세의 냉전 전략이 분단과 대치를 부당하게 장기화할 것이란 사실을 깨닫지 못했다. 민족의 영원한 수도 베를린을 얽어 맨 질곡은 그렇게 독일인 자신의 과오와 외세의 이기심이 합작한 것이었다. 그 강고한 분단과 냉전의 멍에를 상징한 것이 서베를린에 주둔한 미군 6,000명과 영국군 3,500명, 프랑스 3,000명의 존재였다. 연합군의 지위는 당초 점령군에서 보호자로 바뀌었다. 그러나 이는 서베를린을 에워싼 소련과 동독의 바르샤바조약군의 전력이 압도적인 상황에서 순수한 군사적 차원보다는 정치 심리적 성격이 두드러졌다.

독일과 소련의 주도로 분단이 해소되는 순간, 소련군보다 서방 연합군이 먼저 베를린을 떠난 아이러니도 이런 바탕에서 비롯됐다. 무엇보다 중요한 것은 완전한 주권을 되찾은 독일의 역사적 수도에 외국군이 계속 머물 수는 없었다는 사실이다. 냉전의 절정기 30만명에 달했던 서독 주둔 미군은 통일 뒤에도 나토 동맹을 명분으로 7만명이 잔류했다. 이들도 이제 공동의 적이 사라진 정세변화와 동맹의 갈등을 이기지 못하고 상당수가 철수할 전망이다. 독일 언론은 미군 재배치가 실행의지를 갖춘 것인지, 아니면 변화의 대세를 비껴가려는 제스처인지를 주의깊게 가늠하고 있다.

우리도 서울 용산의 한미 연합사와 유엔군 사령부를 포함한 모든 미군부대를 한강 이남으로 이전하는 문제를 놓고 논란이 많다. 미군이 서울에서도 철수하면 북한의 도발에 미군이 자동 개입하는 인계철선(Tripwire)이 사라져 수도 서울의 안보가 불안하다는 주장이 나온다. 정서적으로 이해 못 할 것은 아니지만, 군사적으로 불합리한 논리를 강변하며 많은 국민이 겨우 잊은 안보 불안감을 억지로 일깨우는 것은 문제다.

미군의 인계철선 역할은 이미 오래 전 상징적 차원으로 바뀌었다. 국력이 북한의 수십 배에 이르고 군사력 또한 앞선 상황에서, 미군이 굳이 서울에 머물러야 한다고 주장하는 것은 현대전의 속성조차 도외시한 것이다. 한국군 지휘부가 남쪽으로 옮겨간 마당에 미군이 서울에 남아야 할 당위성은 없다. 미군 잔류 주장에서 엿보이는 것은 영원한 후견인 미국과 미군의 곁에서 조금이라도 멀어지는 것이 불안한 심리다. 민족 자존 등의 다른 가치는 아랑곳없이, 현상에 안주하려는 완고한 이기심마저 두드러진다.

외세 배척과 미군 철수를 외쳐야 마땅하다는 것이 아니다. 민족의 자주를 얽어맨 남북대치가 반세기를 훌쩍 넘겨 북한이 저 지경으로 허물어진 지금도 미군의 지위와 역할에 어떤 변화라도 있으면 큰일 날 것처럼 떠드는 것은 시대착오적이라는 얘기다.

〈2003년 12월 2일〉

자주국방과 어른다운 나라

자주국방을 영원히 이루지 않는 것에
이해가 일치하는 세력이
한미 양국에 있다.

노무현 대통령이 8·15 경축사에서 자주국방을 역설한 것이 논란을 부르는 상황에 1970년대말의 낡은 기억을 떠올렸다. 그때도 박정희 대통령의 자주국방 구호가 드높았다. 인권외교 기치 아래 주한 미군 철수 카드까지 빼든 카터 미국 행정부의 압박에 맞서 유신 독재를 수호하려는 계산에서 비롯됐다지만, 특히 갓 임관한 필자와 같은 군인들에게는 민족적 정서를 자극하는 구호였다. 장교 정보교육에서 미국과의 군사적 갈등 비화를 소개하던 교관이 "미국 놈들이…"라고 열 올리던 기억이 생생하다.

강대국에 휘둘리고 매달렸던 나라의 자주 국방은 감동적이기까지 했다. 그 시절 군에 있던 이들은 철모와 M16 소총, 장갑차, 초계함 등에 이르는 국산 장비와 무기를 대하면서 가슴 벅찼던 기억이 있을 것이다. 그러나 미사일 등 첨단 무기 개발을 견제한 미국과의 갈등을 떠나서도 자주 국방은 힘겨웠다.

해군 함정 포술장교(Gunnery Officer)로 근무할 때다. 국방과학연구소(ADD)가 개발한 국산 어뢰가 첫 발사 시험에서 엉뚱한 곳으로 흘러가는 바람에 탐색을 맡은 함정 여러 척이 며칠 동안 바다 밑을 훑고도 찾지 못하는 체험을 했다. 국산 함포와 포탄은 사격 도중 포탄이 포신에 녹아 붙는 소착탄 발생률이 높았고, 미제 포신과 포탄을 아껴두었다가 전투검열 때만 꺼내 쓰는 요령도 배웠다. 사병들 사이에는 새로 지급된 국산 철모는 총알에 잘 뚫린다는 낭설도 나돌았다.

그만큼 그 즈음의 자주국방 노력은 무모할 정도였다. 그러나 주권 국가의 진정한 자주 독립이 절실하며, 힘겨운 만큼 커다란 자긍심을 동반한다는 각성과 비전을 남겼다. 박 대통령은 이기적 목적을 떠나 방위 산업의 초석을 놓았고, 한국군 현대화 지원과 팀스피리트 연합 훈련 등을 이끌어 냈다.

그러나 이는 일종의 위장된 타협이었다. 2차 대전 이후 최대규모의 전쟁연습 팀스피리트 훈련은 미국의 세계 전략에 이바지하는 것이었고, 공포에 질린 북한의 핵 개발을 촉발해 한반도 안보의 불안 요인이 됐다. 이 훈련 시작 이듬해 박 대통령이 비명 횡사하자, "자주 국방 시도로 미국의 이해를 거스른 것이 배경"이란 분석이 혼돈 속에서도 설득력을 얻었다.

어쨌든 이후 자주국방은 금기처럼 외면되고 잊혀진 구호가 됐다. 한미 동맹이 회복되고 미국 무기 도입에 의존한 군 현대화는 한층 대규모로 계속됐으나, 자주국방 달성 시기는 한국과 미국 두 나라 정치·군사 지도자들에 의해 거듭 뒤로 미뤄졌다. 박 대통령 때는 80년대 초반이던 것이 5,6공에서는 90년대 초, YS 때는 90년대 후반, DJ 정부의 국방개혁 5개년 계획에서는 2010년으로 잡혔다. 미국 학자 셀리그 해리슨은 "자주국방을 영원히 이루지 않는 것에 이해가 일치하는 세력이 한미 양국에 있다"고 지적한 바 있다.

새 세대 민주 진보 세력을 대표하는 노 대통령이 30여 년의 공백을 깨고 자주국방을 공개 표방한 사건은 역사의 아이러니와 감회를 함께 느끼게 한다. 미국의 세계 전략 변화에 따라 안보 불안과 국론 분열에 휩싸이는 악순환을 벗어나겠다는 의지는 그의 취임 후 대미 자세에 비춰 가상하기까지 하다. 그러나 문제는 예나 지금이나 자주국방 구호가 위장적인 것에 그칠 수 있다는 점이다. 대미 자주를 바라는 국민 정서에 영합하면서, 다른 한편 미군 재배치 등에 따른 전력 공백을 메운다며 미국 무기 수입에 세금을 쏟아 붓는 명분으로 이용될 수 있는 것이다. 진지하게 자주국방을 지향하는 경우에도 보수세력의 반대는 완강할 것이다.

다가올 논란과 관련, 미국 쪽의 주한미군 철군론자들의 주장이 다른 무엇보다 도움될 수 있다. 한국은 이미 북한과는 비교할 수 없는 경제적·군사적 거인으로 성장했고, 이제 스스로 안보를 책임지는 정치적 어른이 되어야 한다는 지적이다. 혼란스런 논쟁을 준비하는 이들이 먼저 경청해야 할 충고다.

〈2003년 8월 19일〉

NMD, 어리석은 논쟁

독일을 비롯한 유럽은
NMD 계획을 배신할 수 없는 친구가
강요하는 독배(毒杯)로 본다.

인간이 만든 가장 우스꽝스러운 물건은 무엇일까. 온갖 이상야릇한 것을 떠올리겠지만, 이 퀴즈의 정답은 핵무기다. 단 두 차례 일본인 몇십만 명을 한꺼번에 살상하는 데 사용한 것이 처음이자 마지막이니, 이렇게 쓸모없이 위험하기만 한 물건은 앞으로도 다시 등장하지 않을 것이다. 반핵론자들은 이런 핵무기를 잔뜩 쌓아둔 채 안보와 평화 전략을 머리를 싸매고 연구하는 어리석음을 개탄한다. 이들에게는 냉전시대 미국과 소련의 핵전쟁 방지노력의 초석인 탄도탄 요격미사일(ABM) 제한협정도 기묘하다. 이 협정은 방어체제를 완비하면 보복 두려움 없이 선제공격 유혹에 빠지고 공격 무기 경쟁을 촉발하므로 서로 수비를 조금씩만 하자는 합의다. 핵전쟁이 겁나면 공격무기를 줄이고 없애면 될 게 아니냐는 상식과 분명 어긋난다. 여기서 핵에 관한 모든 논쟁은 이성이나 논리와 무관하다는 지적이 나온다.

최근 우리 사회가 얽힌 ABM 협정과 국가 미사일방어체제(NMD)
논란도 같은 맥락에서 볼 필요가 있다. 안팎의 보수세력은 한·러
정상이 공동성명에서 "ABM 협정의 유지 강화를 희망한다"고 밝힌
것은 미국의 NMD 계획에 반대한 것이고, 이는 한미 동맹을 위협하
는 잘못이라고 비난했다.

그러나 이는 무지한 오해거나, 의도적 왜곡이다. 문제된 표현은
협정유지를 원하는 러시아의 입장과, NMD를 위한 협정개정을 '강
화'라고 주장하는 미국의 논리를 타협해 두 나라가 이미 사용한 것
이다. 이걸 잘 아는 미국 언론이 "한국이 NMD에 반대했다"고 떠든
것은 한국이 논쟁에 끼어 든 사실 자체를 시비한 것이다. 타산지석
이 있다. NMD에 부정적인 독일 국방장관도 러시아에서 ABM 협정
을 언급했다가 미국 언론에 호되게 당했다. 그 뒤 독일 정부는 ABM
협정은 당사자인 미국과 러시아가 해결할 문제라며 언급을 피하고
있다. 우리 정부의 잘못이 있다면, 러시아와 이 문제를 거론한 것이
다. 미국과 성명을 냈으면, 반응은 달랐을 것이다.

문제는 우리 보수세력까지 NMD의 타당성과 국익에 미칠 영향,
정부의 고민은 돌아보지 않은 채 미국에 반대하면 큰일 날 것처럼 난
리 친 것이다. 미국은 NMD로 북한 등 불량국가의 핵 공격에서 미국
을 방어하고, 러시아와 중국의 우발적 공격에도 대비한다는 명분이
다. 그러나 북한이 핵미사일을 갖는다고 해서 미국을 향해 자살공격
을 감행하는 것은 상상하기 어렵고, 우발적 핵 공격도 헐리우드 영화
에서나 있을 법한 일이다. 이게 객관적 전문가들의 냉정한 평가다.

그러면 미국의 진정한 의도는 무엇인가. 불량국가를 마음놓고 제
재하기 위해서라는 호의적 분석과, 경제적 이득을 노린 군·산 복합

체의 음모라는 극단적 비판까지 있다. 그러나 설득력 높은 것은 러시아와 중국을 견제하고, 우호 동맹세력을 결속시켜 세계질서 주도권을 굳히려 한다는 평가다. 러시아와 중국, 유럽이 반대하는 주된 이유도 바로 이 때문이다.

독일을 비롯한 유럽은 NMD 계획을 배신할 수 없는 친구가 강요하는 독배(毒杯)로 본다. 정치·안보적 독자행보가 어렵게 되고 막대한 비용부담이 따를 게 뻔하지만, 우호동맹 관계를 저버릴 수 없는 것이 고민이다. 이 때문에 독일과 프랑스는 러시아가 대미 협상용으로 내놓은 러-유럽 미사일방어체제 구축안에 솔깃한 체하면서, 두 나라가 ABM 개정문제를 타협할 것을 권하고 있다. NMD와 ABM 논쟁이 진정한 안보 논리보다는 정치 논리에 따라 결론날 것으로 보고, 추이를 지켜본다는 계산이다.

NMD에 얽힌 우리의 국익과 고민은 유럽보다 훨씬 크고 심각하다. 이런 처지는 아랑곳 않는다는 듯이, 한미 동맹에만 집착하는 것은 어리석다. 전쟁과 평화의 문제는 너무나 중대해 정부와 전문가에게 내맡겨서는 안 된다고 했다. 그러나 보수언론과 학자들이 정부 아닌 미국의 논리를 추종하는 것은 도대체 누구와 무엇을 위한 것인지, 사회가 함께 심각하게 따져 볼 일이다.

〈2001년 3월 8일〉

이제 한국을 떠날 때

우리가 진정 우리의 운명을 주도하겠다면,
생각부터 보호자가 필요 없는
어른이 돼야 한다.

1970년대 후반 미국 카터 행정부의 한반도 정책
변화로 한미관계가 경색되던 시절에 있었다는 비화다. 미국이 소리
소문 없이 주한미군을 조금씩 빼내자, 박정희 대통령은 "미국이 그
렇게 나오면 나도 생각이 있다"고 위협했다고 한다. 미국이 박 대통
령의 복안이 무엇인가를 분석한 결과, 강단 있는 그가 수틀리면 북
한을 먼저 공격해 국지분쟁을 유발할 것이란 결론을 얻었다. 이렇게
되면 미군도 분쟁에 말려들어 철군(撤軍)은 꿈도 못 꿀 형편이었다.

놀란 미국은 한국군 전력증강 등 유화책으로 박대통령을 달래 겨
우 갈등을 수습했다. 그러나 서로 못마땅하게 여기던 두 사람은 이를
계기로 피차 돌아올 수 없는 강을 건넜다. 그게 뒷날 10·26사태로 이
어졌다는 설도 있으나, 어디까지 사실인지는 알 수 없다. 다만 흔히
인계철선(Tripwire)으로 불린 주한미군의 성격을 잘 설명해 준다. 덫
에 연결된 철사나 도화선 등을 뜻하는 Tripwire는 북한이 잘못 건드

리면 화(禍)를 입게 되는 주한미군의 도발 억지력을 일컫는 동시에, 미국이 국지분쟁에 자동 개입하는 부담스런 체제를 상징했다.

20여년이 지나 인계철선은 낡은 개념이 됐다. 대신 "주한미군은 동북아 안정에 필수적"이란 새로운 논리가 별 논란 없이 수용됐다. 냉전이 끝나고 남북한 힘의 균형이 크게 기운 마당에 주한미군이 누구를 겨냥한 것이냐는 회의는 무시됐다. 그만큼 우리 사회가 미군의 존재, 그 보호막에 익숙한 것이다.

남북 정상회담으로 주한미군 문제가 새롭게 부각되자 우리 정부와 미국은 "주한미군은 통일 뒤에도 필요하다"고 거듭 천명했다. 중국과 북한도 이를 수긍했다고 강조한다. 그러나 주한미군 지위변경 등이 조심스레 거론되는 사실은 어느 순간 논쟁이 불붙을지 모를 가변성이 잠재해 있음을 시사한다. 이런 상황에서 미국 쪽에서 먼저 철군론이 나오고 있어 주목된다. 케이토(Cato) 연구소와 우드로 윌슨 평화연구센터 등의 리버럴한 학사들은 "이제 한국을 떠날 때(Time to leave Korea)"라는 주장을 잇따라 내놓고 있다. 이게 우리 국익과 합치하는지 여부를 떠나, 고정관념을 벗어나 앞을 내다보는 데는 도움이 될 것이다.

철군론은 우선 북한의 위협을 부정한다. 북한군은 숫자만 많을 뿐 만성적 식량·연료·훈련부족 상태이고, 무기와 장비 또한 낡을 대로 낡았다. 무엇보다 인구는 남한의 절반, 국민총생산(GNP)은 30분의 1, 국방비는 5분의 1에 불과해 국력에서 비교가 안 된다. 또 한국과 접근한 러시아나 중국이 전쟁을 지원할 리 없고, 핵과 미사일도 자멸을 각오하지 않는 한 쓸모없다는 것이다. 인류 역사상 자살을 감행한 나라는 없었음을 철군론자들은 상기시킨다.

　이들은 주한미군의 동북아 안정판 역할에도 회의적이다. 제임스 릴리 전 주한대사가 지적했듯이, 주한미군의 주된 역할은 최대 잠재 적국 중국을 견제하는 것이다. 그러나 철군론자들은 중국과 분쟁에 대비해 굳이 미군을 한국에 전진 배치할 필요가 없고, 오히려 중국의 공격표적이 되는 것을 우려한 한국이 분쟁 때 미국 쪽에 서는 것을 기피하게 만들 것이라고 주장한다.

　주한미군이 한국과 일본의 분쟁을 억지한다는 논리도 공허한 것으로 본다. 일본이 강력한 한국을 침략할 가능성은 화성인 침공에 비유한다. 또 한국을 떠나도 미국은 여전히 동아시아 안정유지 세력으로 남을 것임을 지적한다.

　철군론은 무엇보다 한국이 21세기 미국 국익에 주변적이라고 본다. 한반도는 이제 정치적 어른이 돼야 할 한국에 맡기고, 더 중요한 지역에 힘을 집중하자는 것이다. 고립주의 전통을 좇는 미국 사회 외곽의 주장으로 치부할 일만은 아니다. 변화는 항상 예비되어 있다. 남북관계를 한국에 맡기라는 주장은 이미 현실화하고 있다. 이들은 미군철수를 대가로 북한이 쓸모없는 병력을 줄이고, 휴전선에서 후퇴하도록 하자는 구상까지 제시한다. 우리가 진정 우리의 운명을 주도하겠다면, 생각부터 보호자가 필요 없는 어른이 돼야 한다.

〈2000년 6월 28일〉

6

이라크 해방인가, 정복인가

용병에 하청 준 전쟁

국익을 내세워 부도덕한 전쟁에 끼어들면서,
안으로만 도덕성을 떠드는 것은
몰염치한 일이다.

총선 소용돌이가 지나가자 이라크 추가파병이 다시 논란되고 있다. 시민사회단체와 민주노동당이 파병 철회를 주장하자, 열린우리당도 파병을 재검토할 듯한 자세다. 그러나 진정성은 아직 의심스럽다. 사생결단한 총선 싸움을 도운 시민운동세력이 탄핵 철회를 함께 제기한 마당에, 파병 철회만 정색하고 거부할 수는 없는 노릇일 것이다.

흥미로운 것은 일자리 없는 제대군인 파병론을 꺼냈다가 여론의 질타를 당한 열린우리당 정책위의장이 파병 재검토를 언급한 것이다. 무도한 발언으로 손상된 체면을 만회하려는 것인지, 올바른 국가적 선택을 진정 고민해야 할 도리를 깨친지는 지켜볼 일이다. 누굴 꼬집어 흉보려는 게 아니라, 이라크 상황 악화에 발단이 된 제대군인 용병 얘기를 하려는 것이다.

미군의 무차별 공격과 봉쇄로 뉴스의 중심이 된 팔루자 사태는 수니

파 저항세력이 미국인 용병 4명을 참혹하게 살해한 데서 비롯됐다. 점령당국을 추종하는 언론은 이들을 보안계약요원(security contractors)으로 부르지만, 비판적 언론은 직설적으로 용병(mercenaries)이라고 지칭한다. 이들은 대개 미국, 유럽, 남아공 등의 특수부대출신 제대군인이다. 현재 1만8,000명이 미 국방부의 하청용역을 맡은 해리버튼 등 미국 기업에 고용돼 미군시설 경비와 요인 경호, 군수물자 호송 등을 맡고 있다.

정규군보다 훨씬 잘 훈련되고 전투경험도 많은 이들은 미군을 대신해 저항세력의 공격을 일선에서 감당하고 있다. 이에 따라 최근 2주 사이 미군 전사자보다 많은 80여 명이 사망, 미국이 전쟁도 아웃소싱한 덕을 보고 있다는 얘기가 나올 정도다. 이 같은 용병 활용은 제국주의 영국이 식민지 경략에 동인도회사를 앞세운 선례와 닮았다. 병력부족을 메우는 것보다, 정규군이 저항세력과 맞닥뜨리는 것을 줄여 점령통치를 평온하게 보이게 하려는 목적이다. 용병 희생은 거의 공개되지 않아 미국 여론에도 영향이 없다.

저항세력이 미국 용병을 유난히 잔인하게 살해, 공개한 사건도 이런 맥락에서 살필 필요가 있다. 저항세력에게 점령군 용병은 한말 일제 침략의 앞잡이로 나선 일본 낭인 무리 같은 존재다. 미군 주력이 잘 방어된 기지에 머물며 점령통치 정착을 서두는 상황에서, 저항세력은 결연한 저항의지를 안팎에 알리기 위해 미국 용병을 표적삼은 것이다. 여기에 맞서 미군은 인명살상용 대지공격기 AC-135까지 동원해 팔루자 시를 무차별 공격, 부녀자와 어린이 2백여명을 포함해 700명을 죽였다. 대량학살이란 비난이 쏟아진 연유다.

미국이 팔루자를 유린한 것은 이런 저항의지를 꺾어 민족해방투쟁으로 확산되는 것을 막기 위한 집단응징, 전형적 테러 전술로 간주된다. 그러나 팔루자 사태는 미국이 민주주의를 심는다고 떠드는 점령통치가 이라크 민중의 뜻과 이익과는 무관한 것임을 분명하게 확인시켰다. 애초 허울뿐인 주권이양으로 점령통치의 성격이 바뀔 수 없다. 전쟁 명분조차 거짓으로 드러난 지금, 그 목적이 석유 패권 확보임을 부정하는 것은 부질없다.

미국은 이라크 장악을 넘어 사우디의 반미 격변 등에 대비, 이라크를 지역중심기지로 만들고 있다. 바그다드에 3,000명이 일할 대사관을 설치하고 10만 병력을 수용하는 영구기지를 구축, 이라크군 통제권까지 계속 행사한다. 이런 마당에 우리 정부와 파병론자들이 이라크 평화와 재건 지원을 되뇌는 것은 공허하다. 국민적 공감을 얻는 데 필수적인 확고한 명분과 전략적 목표는 제시하지 못한 채, 사태 흐름에 따라 안팎의 눈치만 살피는 것은 기회주의적이다. 그게 외교 전술이라면 가상하지만, 아무래도 이 정부의 철학 부재와 위선적 면모를 상징하는 듯한 것이 서글프다. 국익을 내세워 부도덕한 전쟁에 끼어들면서, 안으로만 도덕성을 떠드는 것은 몰염치한 일이다.

〈2004년 4월 19일〉

이라크와 베트남은 다르다

베트남인 수백만명을 살상한
추악한 전쟁에 적극 가담한 것은
참전장병 33만명의 애국적 헌신과는 별개로
부끄러운 과거다.

미국과 얽힌 일이면 무작정 미국을 지지하는 것을 능사로 아는 이들에게서 이성적 논리를 기대하는 것은 늘 헛되다. 이라크에 전투부대를 추가 파병하라는 요구에 선뜻 동조하는 논리도 예외가 아니다. 특히 추가 파병이 북한 핵 문제와 연계돼 있어 거부하기 어렵다는 말은 무슨 소린지 난해하다. 굳이 말뜻을 헤아리자면, 이라크에서 미국을 도와야 미국도 북한 핵 문제의 평화적 해결을 바라는 우리의 절실한 이해를 돌봐 줄 것이란 얘기로 들린다. 언뜻 그럴 듯하지만, 미국의 요구를 거절하면 북한을 공격해 한반도를 불바다로 만들기라도 한다는 얘긴지 황당하다. 이런 논리대로라면 미국은 우리의 안전을 볼모로 북한 핵 게임을 벌이고 있는 셈이다. 친미 보수적 논리치고는 도무지 이상야릇하다.

이런 역리(逆理)를 스스로 아는지, 파병 불가피론은 미국이 40년 전 베트남전 때와 같이 주한 미군 감축 또는 철수를 추가 파병과 연계시키고 있다는 설을 새로 들고 나온다. 아직도 많은 한국인이 미군이 나간다면 앞뒤 가릴 여유 없이 불안해 할 것이란 점을 알고 있는 것이다. 그러나 이 문제는 미국이 한반도에서 철수할 조짐은 없는 점에 비춰 길게 논란할 게 못된다. 미국이 이라크 때문에 한국 주둔을 포기하는 것은 상상하기 어렵다. 미국이 이라크 상황과 관계없이 추진하는 주한 미군 재배치를 추가 파병과 연결짓는 것도 어색하다. 재배치에 따른 미군 일부 감축을 막겠다고 더 큰 규모의 해외 파병을 감행하는 것이 안보 역량을 유지하는 방책인지 의문이다.

결국 군더더기 논리를 배제하고 나면 한미 동맹을 지키는 것, 바꿔 말해 미국을 따르는 것이 국익에 도움된다는 구태의연한 명분이 남을 뿐이다. 전후복구 참여로 경제적 이익을 얻을 수 있다는 얘기 따위는 유치하다. 문제는 40년 전처럼 미국의 전쟁에 동참하는 것이 모호하기 이를 데 없는 국익에 정말 도움될 것인가를 제대로 헤아리는 것이다.

우리 사회는 뒤늦게 인식했지만, 베트남전 때도 미국은 국제사회에서 정당성을 인정받지 못했다. 통킹만 사건을 조작하면서까지 전쟁 명분을 확보하려 했지만, 공산주의 팽창을 저지한다는 논리에 적극 동조한 것은 필리핀, 태국, 한국 등 몇몇 나라뿐이었다. 미국이 우방을 전쟁에 끌어들인 주된 목적은 바로 그 취약한 명분을 보강하기 위해서였다.

그 전쟁은 결국 미국사회의 양심조차 피폐하게 만든 부도덕한 전쟁으로 기록됐다. 베트남인 수백만명을 살상한 추악한 전쟁에 적극 가담한 것은 참전장병 33만명의 애국적 헌신과는 별개로 부끄러운 과거다. 그러나 그 시절 우리의 여건과 의식은 전쟁의 도덕성을 따질 형편이 되지 못했다. 군사 · 경제적으로 우세한 북한의 위협이 실재했고, 미국의 지원에 목을 매단 처지에서 파병은 그야말로 생존을 위한 선택이었다.

그 절박한 선택으로 우리는 국군 현대화 등 안보역량을 크게 강화했다. 특히 첫 전투부대를 파병한 1965년 수출액이 2억 달러도 되지 않던 시절, 참전 장병들은 한해 수천만 달러씩 피에 젖은 달러를 고국에 보내 경제적 도약에 기여했다. 1970년 참전 외국군 지원을 다룬 미국 상원 청문회는 그때까지 한국군에 지원한 돈을 10억 달러 규모로 집계하면서, "귀국 한국군이 가장 탐내는 물품은 TV 세트, 전투식량 C 레이션, 미제 화장지"라고 덧붙였다.

미국이 이라크에 다국적군을 끌어들이려는 주된 목적도 이라크 점령 통치의 명분을 쌓는 것이다. 그러나 테러 척결이나 대량살상무기 위협제거 등의 명분은 석유를 노린 제국주의적 침략의 허울에 불과하다는 것을 국제 사회는 이미 확인했다. 이런 마당에 다시 국익을 좇는다며 미국의 전쟁에 동참하는 것은 베트남 참전보다 훨씬 부도덕한 선택이 될 것이다. 안정적 석유공급 확보 따위를 속삭이는 것은 C-레이션과 미제 화장지의 치욕을 되풀이 감수하자는 것과 다름없다.

〈2003년 9월 16일〉

이라크 해방인가, 정복인가

미국의 전쟁 명분은
대량살상부기의 흔적조차 발견하지 못함으로써
낡은 선전 주제로 전락했다.

아프간 수도 카불을 점령한 미국과 추종적 언론은
아프간 여인들의 전통 의상 부르카(Burka)를 전쟁 명분을 드높이는
상징 조작의 수단으로 삼았다. 머리부터 발끝까지 검은 천으로 가리
는 부르카를 회교 원리주의 집단 탈레반이 강요한 야만적 질곡의 상
징으로 규정, 이를 벗어 던진 카불 여인들의 모습을 문명 세력이 안
겨준 해방의 표상으로 선전했다.

국제 여론을 더러 감동시킨 이 해방은 그러나 실질과는 거리가 먼
허구에 불과했다. 이슬람 전통 의상은 사막과 유목 생활의 극악한
생존 환경에서 건강과 정조를 지키려는 지혜가 낳은 오랜 관습이다.
탈레반이 이를 새삼 강제한 것은 외세 침략과 내전으로 도탄에 빠진
사회를 정화, 혁명적 갱생으로 이끌려는 의지의 표현이었다. 탈레반
은 원래 무자헤딘 군벌의 부녀자 납치 등 탐학과 횡포에 맞서 봉기
한 민중혁명 집단이었다.

테러 지원세력 척결을 내세운 미국의 아프간 침공은 숱한 인명을 살상하고 카불에 친미 괴뢰정권을 세우는 것으로 끝났다. 테러 원흉이라던 오사마 빈 라덴은 종적조차 찾지 못한 상태에서, 부르카를 고리 삼은 여성해방 논리는 명분과 실질의 괴리를 숨기는 미디어 선전이었다. 여기에 동원된 미모의 카불 여인들은 일찍이 서방 문물을 맛본 극소수 상류층 출신들이다. 미국과 결탁한 군벌이 다시 발호하는 가운데, 아프간 여인들은 전혀 변하지 않은 삶에 고통받으며 부르카를 고수하고 있다고 한다.

아프간 침공을 징검다리로 1년여 만에 다시 이라크의 고도 바그다드를 점령한 미국과 서구 언론은 이번에도 해방논리를 외쳤다. 4월 9일 바그다드 중심부에서 시민 수백 명이 미군 탱크의 도움을 받아 독재자 후세인의 동상을 쓰러뜨린 것을 그 해방의 상징으로 세계 여론을 향해 선전했다. 아프간 침공을 야만과 문명의 대결로 포장했던 것처럼, 이번에는 독재에 시달린 이라크 민중에게 민주의 축복을 안겼다는 논리다.

그러나 미국의 전쟁 논리를 면밀히 추적한 시각에는 이라크 해방론 또한 명백한 허구다. 미국의 당초 전쟁 명분은 대량살상무기 위협 제거였다. 이 명분은 유엔 무기 사찰단이 대량살상무기의 존재를 부인하고, 유엔 안보리와 국제 여론이 전쟁 지지를 거부한 것으로 진작에 설득력을 잃었다. 그리고 무력한 이라크를 마음껏 유린, 바그다드까지 장악하고서도 대량살상무기의 흔적조차 발견하지 못함으로써 낡은 선전 주제로 전락했다. 해방 논리는 이처럼 허술한 전쟁 명분을 보강, 이라크 점령 통치의 정당성을 그나마 확보하려는 새로운 기만 술책인 것이다.

전쟁 내내 바그다드를 지킨 영국 인디펜던트지의 베테랑 종군기자 로버트 피스크는 동상 철거 시위가 서구 언론이 집단으로 머문 팔레스타인 호텔 앞에서 벌어진 것부터 미디어 쇼로 보았다. 시위에 앞장 선 시민 몇백명은 후세인 반대 세력인 시아파 빈민들이었고, 동상 철거를 실제 주도한 것도 미군 탱크였다. 미군은 이어 이들의 무차별 약탈행위를 방관했다는 것이다.

미국의 의도는 애써 추리할 것도 없다. 아랍권 언론은 침략을 선행으로 포장하고 점령 통치를 합리화하려는 속셈으로 본다. 해방은 정복의 선전적 표현에 불과하다는 지적이다. 이런 지적대로 미국은 그토록 노리던 후세인 추적에는 별로 열성적이지 않은 채 21세기에 새로 획득한 뉴 프론티어, 이라크 경략에 골몰한 모습이다. 나라를 아예 세 지역으로 나눌 궁리와 함께 이스라엘 하이파로 이어진 옛 영국지배 시절의 송유관을 복구하는 등 석유 이권을 마음대로 요리할 준비만 서두르고 있다.

세상을 제국주의 시절로 되돌린 듯한 전쟁을 두고 온 나라가 참전 여부를 논란한 것조차 참담하게 느껴지는 세월이다.

〈2003년 4월 15일〉

거짓에 휘둘린 전쟁 보도

"오전 11시10분, 영국 경기병 연대는 햇빛에 위용을 번쩍이며 러시아 진영으로 돌진했다. 러시아군 야포가 불을 뿜고 포연과 비명 속에 말과 병사들이 쓰러졌으나, 기병들은 군도를 휘두르며 적진을 헤집었다. 적이 뿔뿔이 흩어지고 기병대가 되돌아서는 순간, 측면 언덕의 적이 집중 사격을 가했다. 11시35분, 죽거나 죽어 가는 병사만 남았을 뿐 러시아군과 마주 선 영국군은 한 명도 없었다."

크리미아 전쟁이 한창이던 1854년, 영국 더 타임스의 윌리엄 하워드 러셀이 쓴 기사다. 그때까지 정부 발표나 참전 군인의 기고에 의존하던 언론이 파견한 첫 종군기자였던 러셀의 전쟁 보도는 언론사에 획을 그었다. 여왕폐하의 충용한 경기병 연대가 전멸한 전투를 비롯해 피아를 가림 없는 전쟁의 참상을 전해 국민의 안이한 전쟁 인식에 큰 충격을 주었다.

그의 보도는 나이팅게일의 간호부대 파견에 계기가 되고, 무모한 전략을 고집한 전쟁 내각이 퇴진하는 빌미가 됐다. 군과 정부는 그를 박대하고 압력을 가하다 보도 규제까지 가했다. 그러나 규제 지침이 일선에 전달되기 전에 전쟁은 끝났고 러셀은 대중의 스타, 언론사의 신화가 됐다.

150년이 지나, 전쟁 보도는 오히려 후퇴했다고 분별 있는 언론인들은 개탄한다. 전쟁 수행자들은 통제와 거짓 선전과 조작을 일삼는 반면, 언론은 그릇된 애국심과 무지와 편견에 갇혀 진실 아닌 거짓을 열심히 전한다. 최악의 사례, 걸프전의 진정한 패자는 언론이라는 지적에 항변할 언론은 많지 않다.

언론이 거짓에 휘둘린 단적인 증거는 정밀폭격으로 인명피해가 적다는 보도다. 실제 미군이 쓴 정밀유도폭탄은 전체 폭탄 8만8,000톤의 7%에 불과했다. 무차별 폭격에 희생된 이라크 군과 민간인은 미군 집계로 사망 10만, 부상 30만 명이다. 바그다드 방공호 한 곳에서 민간인 1,600명이 몰살했다.

그러나 그 잔혹상은 전쟁이 끝날 때까지 은폐됐다. 방공호 오폭을 전한 언론은 후세인의 선전에 놀아난 것으로 매도됐다. 미군의 유조선 폭격으로 기름이 유출된 것도 후세인의 악마적 환경 파괴로 왜곡됐다. 전쟁의 참상과 책임을 숨기고, 고상한 명분으로 치장한 선전이었다. 진정한 전쟁 목적, 냉전 종식 뒤 국제 질서 변화를 통제하려는 의도는 제대로 조명되지 않았다.

전쟁을 주도하는 미국과 영국 언론은 그렇다 치고, 우리 언론이 그들의 논리와 시각을 추종해 실패한 전쟁 보도를 되풀이하는 것은 자괴하지 않을 수 없다. 미국이 아프간과 이라크를 침공한 목적이 석유 이권 등 전략적 패권을 노린 것이라는 분석을 과거보다 부지런히 전하기는 한다. 세상 여론과 사회의 이념적 지평의 변화를 반영한다. 그러나 막상 본격 전쟁 보도에 접어들면, 상식과 객관은 순식간에 사라진다.

미국이 정밀 폭격을 크게 늘려 민간 피해가 없을 것이란 선전을 곧장 보도 주제로 삼고, 첫날 폭격으로 대뜸 후세인이 죽거나 다쳤다고 근거 없이 추리하는 주장에 매달린다. 21세기 전쟁이 명색이 한 나라 지도자의 목을 노리는 야만과 무법으로 치닫는 것에 무심한 것도 문제지만, 한 나라와 국민을 유린하는 전쟁의 실체를 흐리는 술책임을 깨달아야 한다. 우리에게도 크게 영향을 미칠 전쟁을 부시와 후세인의 대결로 단순화하는 따위의 삼국지적 안목으로는 정부가 참전 명분 삼은 국익이 무엇인지조차 가늠할 수 없다.

정부와 언론이 할 일은 따로 있다. 미국과의 동맹을 지키는 것이 국익이라고 떠드는 것은 유치하다. 정부와 여론 사이에서 언론이 할 일은 오직 전쟁의 진상을 탐구하는 것이다. 보수와 진보의 구분보다, 진상과 거짓을 가리는 분별이 언론에는 한층 중요하다. 바그다드의 살육과 파괴는 지금부터 본격화할 것이다. 그 실상을 바로 봐야 한다.

〈2003년 3월 25일〉

석유를 위한 전쟁

전쟁과 국제 관계의 숨겨진 진실을 늘 천착해야만,
국익 게임의 험로를
올바로 헤쳐 나갈 수 있다.

전쟁의 명분을 세우는 일은 흔히 전쟁 자체보다 힘들다고 한다. 그래서 동서고금의 전쟁 수행자들은 야만적 전쟁을 합리화하기 위해 온갖 궁리를 한다. 그 결과 상식을 비웃는 기발한 궤변과 거짓이 진실의 탈을 쓴 채 등장한다. 전쟁 어저리에 난무하는 얘기를 곧이 믿는 것은 그만큼 어리석다.

1991년 걸프전 문턱에 등장한 거짓말 가운데 압권은 이라크가 포신 길이가 수십m에 이르는 거포(巨砲)를 만들고 있다는 주장이었다. 지나간 대포 전성시절 몽상가들이 꿈꾼 것처럼, 보통 대포보다 몇 배 굵은 포신을 여럿 연결해 사거리와 파괴력을 수백 배 키운 사상 최대 거포를 몰래 조립하고 있다는 얘기였다. 위장한 화학 공장에 즐비한 대형 쇠파이프들이 증거로 제시됐고, 연결용 리벳 구멍이 숭숭 뚫린 이것들이 독일제란 사실도 강조됐다.

국제 언론이 열심히 전파한 이런 주장은 몰상식하다. 쇠파이프를 아무리 단단하게 연결해도 포신 노릇을 할 수 없다는 것은 자명하다. 그런데도 전쟁 수행자들과 추종적 언론이 황당한 얘기를 떠든 이유는 이라크가 핵무기와 장거리 미사일 없이도 유럽까지 위협한다고 선전, 독일을 비롯한 유럽의 거센 반전 여론을 누르기 위해서였다. 막상 전쟁이 시작되자 거포 얘기는 사라졌다. 쇠파이프가 실제 화학 공장용이었던 것은 물론이다.

미국이 준비하는 새로운 이라크전의 몰상식은 유엔 무기사찰단이 찾아냈다는 화학탄두 얘기가 상징한다. 대량살상무기 은닉 증거를 찾기 위해 후세인의 거처까지 샅샅이 뒤진 사찰단이 발견한 그럴 듯한 물건은 122mm 화학탄 빈 케이스 10여 개가 고작이다. 이 걸 두고 대뜸 독가스탄이라도 발견한 것처럼 호들갑이지만, 탱크전 등에 쓰는 연막탄도 화학탄이고 이런 포탄의 사거리는 수십km에 불과해 대량살상무기와 거리가 멀다. 숱한 군대가 보유한 화학탄 껍데기 몇 개를 대단한 증거물처럼 선전하는 것은 그만큼 거짓 명분을 동원해서라도 전쟁을 해야 할 절실한 필요가 있음을 말한다.

그 긴요한 전쟁 목적이 석유자원 확보라는 사실은 이제 소곤댈 비밀도 아니다. 부시 행정부는 대량살상무기 위협 제거와 이라크 민주화를 말하지만, 정부 안팎 전략가들은 사우디에 이어 세계 2번째 석유 매장량을 지닌 이라크 장악이 진정한 목적임을 숨기지 않는다. 부시 전 대통령이 걸프전 때 이라크를 무력화하는 데 그친 것은 큰 실책이며, 이번에는 아예 이라크를 직접 장악해 21세기의 안정적 석유 조달 기반을 마련해야 한다는 논리다.

이런 전략은 사우디와 이슬람권에서 미군 장기주둔과 이라크 고사(枯死) 정책에 반발하는 반미 여론이 높아지는 상황에서 비롯된

다. 또 미국 석유자원이 곧 바닥날 처지에서 이라크가 미국 석유 수
요의 절반 이상을 채워줄 유일한 나라이고, 이라크 장악으로 사우디
의 시장 지배력도 약화시킬 수 있다는 계산이다. 이라크 전쟁을 원
대한 제국주의적 포석으로 보는 배경이다.

지난 주말 미국과 세계 각지에서 물결 친 반전 시위의 키워드는
'No War for Oil'(석유를 위한 전쟁 반대)이었다. 그러나 미국과 영
국, 러시아, 프랑스 등은 벌써 전쟁 뒤 이라크의 석유자원 배분을 열
심히 다투며 협상하고 있다. 우리도 저마다 국익을 좇는 강대국의
전쟁 놀음을 모른 체 따르는 것이 당장은 국익에 도움될 것이다. 그
러나 전쟁과 국제 관계의 숨겨진 진실을 늘 천착해야만, 국익 게임
의 험로를 올바로 헤쳐 나갈 수 있다. 민족이나 동맹 따위보다 오로
지 국익을 좇아야 한다는 이도 있지만, 민족과 동맹의 차이를 잊은
채 국익을 제대로 분별할 수 없을 것이다. 동맹은 언젠가 전설이 되
지만, 민족은 영원히 신화가 될 수 없다.

〈2003년 1월 22일〉

루스벨트의 휠체어

테러와의 전쟁을 표방한 미국이
아프간에 이어 이라크와 이란 공격까지 논란하는
근본에 도사린 것은 석유 이권이다.

미국 국방부 자문기구인 국방정책평의회 세미나에
서 사우디아라비아를 '악의 핵'으로 규정한 정책 제안이 나왔다는
보도가 얼마 전 있었다. 이 정책 제안은 사우디를 이슬람 원리주의
테러의 최대 후원국으로 지목했다. 이어 테러 세력에 대한 이념적 ·
재정적 지원을 전면 중단할 것을 최후 통첩하고, 사우디가 따르지
않으면 사우디 유전을 무력 점령할 것을 주장했다.

이런 제안은 사우디가 미국의 공고한 지역 우방인 점에 비춰 난데
없다. 그러나 보수우익 진영에서 사우디 점령 논의가 확산되고, 부
시 행정부에도 지지가 늘고 있다는 얘기는 심상치 않다. 당장은 미
국의 이라크 공격에 반대하는 사우디를 압박하려는 것으로 보이지
만, 미국의 중동 경략 방식이 바뀌는 조짐으로 볼 수 있다. 그 변화
는 그럴듯한 명분을 동원하는 번거로움마저 피한 채, 적나라한 힘의
행사로 나타날 것임을 예고하는 듯하다.

50여년 전, 미국이 사우디에 처음 다가간 모습은 달랐다. 2차대전이 막바지로 치닫던 1945년 2월, 소련 크리미아 반도 얄타에서 스탈린, 처칠과 종전 이후 국제질서 분할을 타결한 루스벨트 대통령은 곧장 이집트 수에즈 운하로 날아갔다. 그 곳에는 미국 해군 군함을 타고 온 이븐 사우드 사우디아라비아 국왕이 기다리고 있었다. 첫 외국 나들이를 한 사우드 국왕은 갑갑한 귀빈실을 마다한 채 노천 갑판에 둘러친 천막에 카펫을 깔고 기거했다. 텐트에는 국왕과 수행원들에게 젖과 고기를 제공한 양떼가 함께 머물렀다.

루스벨트는 사우드를 극진히 배려했다. 그는 체인 스모커였으나 이슬람 교리에 따라 흡연을 죄악시하는 사우드와 한나절 회담하면서 담배 파이프조차 내보이지 않았다. 식당으로 각기 이동하면서 엘리베이터를 중간에 세워놓고 권련 두 대를 연거푸 피우는 불편을 감수했다. 전상(戰傷)으로 보행이 곤란한 사우드에게 자신의 휠체어 여벌을 선불하는 호의도 보였다. 사우드는 비슷한 나이에 소아마비로 장애까지 닮은 루스벨트를 형제라 불렀고, 휠체어를 리야드 왕궁으로 가져가 애지중지했다고 한다.

에피소드는 사소한 듯하지만, 회동의 역사적 의미는 크다. 이 만남으로 최대 석유 매장국 사우디가 미국의 영향권에 편입됐다. 미국은 전후 석유자원 확보 등 중동 경략에 사우디를 축으로 삼았고, 사우디는 이 지역의 옛 지배자 영국과 주변국을 견제하기 위해 미국에 기댄 것이다. 이해 타산이 앞섰지만, 휠체어 선물이 상징하는 루스벨트의 배려가 적잖이 작용했다.

에피소드는 이어진다. 이 회동에 놀란 처칠은 외무성을 다그쳐 사흘 뒤 이집트 사막 오아시스 호텔에서 사우드 국왕을 만났다. 대세를 뒤집을 가능성은 애초부터 희박했다. 오히려 처칠은 만찬 석상에서 시가를 마구 피워대 사우드를 불쾌하게 했다. 주변의 만류에도 "이슬람은 이슬람이고, 내가 믿는 종교에서 흡연과 음주는 신성한 관례"라고 고집, 제국주의 영국의 오만과 이기주의에 대한 기억과 경계심을 일깨워주었을 뿐이다.

루스벨트가 죽기 두 달 전 거둔 마지막 외교 결실은 미국이 석유가 지탱하는 세계경제를 지배하는 데 든든한 자산이었다. 이것이 사우디를 미국의 보호 아래 묶어두어야 하는 당위성의 근원이다. 미국이 쿠웨이트를 침공한 이라크를 걸프전으로 초토화하고 지금껏 목을 죄는 가장 큰 목적도 사우디를 지키고, 그 지배권을 고수하는 데 있다.

테러와의 전쟁을 표방한 미국이 아프간에 이어 이라크와 이란 공격까지 논란하는 근본에 도사린 것은 석유 이권이다. 이라크의 대량살상무기 저지와 독재 타도를 떠들지만, 논리적으로나 도덕적으로 진정한 지지를 받지는 못한다. 이런 상황에서 사우디 침공까지 거론하는 모습은 처칠의 오만한 처신을 닮았다. 그것은 곧 도덕적 매력 없는 이기적 제국주의 행보다.

〈2002년 8월 15일〉

전쟁과 크리스마스

역사상 모든 전쟁이
평화를 명분 삼지만,
인류에 축복을 안긴 전쟁은 없다.

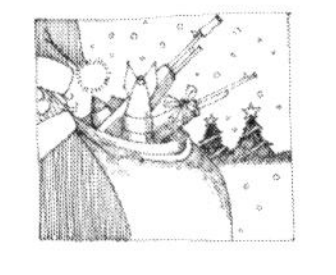

1차 세계대전이 터졌을 때, 전쟁을 겪지 않은 많은 유럽인들은 환호했다고 한다. 독불 국경에는 '파리로 가자!'는 외침과 '베를린으로!'라는 구호가 엇갈렸다. 쌓인 원한을 시원스레 풀 수 있을 것이란 기대가 팽배했다. 전선으로 향하는 앳된 병사의 총구에 꽃을 꽂아준 애인과 부모, 전쟁 지휘자까지 크리스마스에는 그들이 귀환할 것으로 믿었다.

그러나 무기 발달로 속전속결될 것이라던 전쟁은 인류 사상 가장 참혹한 소모적 지구전(持久戰)이었다. 독가스까지 무차별 사용한 참호전에서 수백만명이 스러졌고, 살아남은 병사들이 돌아오기까지 네 해째 크리스마스가 전쟁 속에 지나갔다. 인간의 어리석음을 극명하게 실증한 전쟁으로 유럽은 승자와 패자 모두 쇠퇴했고, 세계 질서 주도권이 미국에 넘어갔다.

모든 전쟁은 재앙이다. 크리스마스는 축복이다. 그래서 총소리에 환호한 유럽인들도 크리스마스에는 평화와 사랑의 도래를 찬양하는 캐럴 송을 부르기를 기대했을 것이다. 며칠 전 영국의 한 논객은 이를 '모든 좋은 전쟁은 크리스마스 전에 끝나야 한다'고 시니컬하게 규정했다. 21세기 첫 전쟁, 아프간 전쟁도 서구인들에게 '좋은 전쟁'으로 인식되는 상황을 개탄한 것이다.

아프간 전쟁은 서구 문명세계에는 좋은 전쟁일 수 있다. 야만적 테러 세력을 응징한다는 목적을 이룬 때문만이 아니다. 이슬람 세계에 반 서구적 극단주의가 확산되는 것을 막고, 중앙아시아의 전략적 통제권과 안정된 석유 공급원을 확보하는 숨은 의도도 달성했다. 비록 전쟁의 최대 표적으로 선전한 오사마 빈 라덴은 놓쳤지만, 예년처럼 기쁜 성탄을 노래할 만하다.

그러나 전쟁으로 얻는 평화는 예외 없이 숱한 희생을 바닥에 깔고 있다. 아프간도 자유와 축복을 얻었다고 선전하지만, 산타클로스가 세상 모든 어린이를 행복하게 한다는 설화를 곧이 믿으라는 것과 다름없다. 언론 접근이 봉쇄된 전쟁 와중에 얼마나 많은 아프간 인이 희생됐는지 누구도 모른다. 또 수백만명이 난민으로 떠돌고 있다. 국제구호단체들은 산악 오지에서 추위와 굶주림으로 숱하게 희생될 난민들 걱정이 태산 같다.

여성 해방도 가공에 불과하다. 억압의 상징인 전통 의상 부르카를 벗어 던진 극소수 도시 상류 여성이 국제 언론을 장식했지만, 아프간 여성 대부분이 탈레반 집권 전과 마찬가지로 부르카를 고수하고 있다. 여성이 가장 자유로웠던 때는 공산 정권 시절이고, 질서와 치안이 가장 좋았던 때는 탈레반 치하였다는 지적은 정곡을 찌르는 아이러니다. 포악한 군벌과 이기적 외세가 장악한 아프간에서 진실로 축복할 구석은 도무지 보이지 않는다.

미국은 크리스마스 시즌이 지나 소말리아와 수단, 이라크 등으로 테러와의 전쟁을 확대할 태세다. 온 누리에 충만한 사랑과 평화의 메시지는 이미 복 받은 자들을 위한 것일 뿐, 힘이 지배하는 인류 사회에서 소외되고 핍박 받는 이들에게는 머나먼 앨라배마의 종소리에 불과한 것이다. 전쟁 명분을 쌓기 위해 미 육군 연구소에서 나온 탄저균을 이라크와 북한이 공급했다고 허황된 역정보를 퍼뜨린 전쟁 세력과 추종적 언론은 이제 북한제 무기가 탈레반에 흘러갔다고 떠든다. 탈레반의 최대 지원국은 파키스탄을 앞세운 미국과 사우디였던 사실을 왜곡하고 국제 여론을 현혹하는 황당한 선전이다.

역사상 모든 전쟁이 평화를 명분 삼지만, 인류에 축복을 안긴 전쟁은 없다. 이를 잊은 채 전쟁 논리에 귀 기울인다면, 테러와의 전쟁도 크리스마스를 수십 번 지나도 끝나지 않을 것이다. 거리의 캐럴송에 들뜨기에 앞서, 축복에서 소외된 아프간과 이라크와 북한 민중을 위한 진정한 사랑과 평화의 선택이 무엇인가를 고민하는 마음이 아쉽다. 힘 센 나라와 약한 나라, 가진 자와 못 가진 자의 평화 공존을 기원한 글을 보낸 어느 독자의 따뜻한 마음을 함께 나누는 크리스마스가 되었으면 한다.

〈2001년 12월 20일〉

빈 라덴과 영웅신화

배트맨 시리즈의 특징은
영웅과 맞서는 악당이
소외되고 억압받는 인간 유형과 인류 공동체의 모순을
상징하는 것이다.

영화 '배트맨과 로빈' 시리즈는 미국과 지구를 파괴하거나 지배하려는 악당을 물리치는 미국적 영웅 신화를 즐겨 창조하는 할리우드의 대표작이다. 이 배트맨 시리즈의 특징은 영웅과 맞서는 악당이 단순히 극악 무도한 스테레오타입을 벗어나 소외되고 억압받는 인간 유형과 인류 공동체의 모순과 병폐를 상징하는 것이다. 그래서 그들의 왜곡된 야욕은 비록 공동선을 위해 응징하지만, 인물 자체는 연민과 동정의 여지를 남긴다. 조커와 펭귄 맨, 캣 우먼의 악역을 맡은 잭 니콜슨과 미셸 파이퍼 등은 인간적 매력마저 지닌다.

이 배트맨의 상대 악역들은 본질적으로 가공할 악당이지만, 선을 구현하는 주인공보다 영민하고 화려하고 신비롭다. 대중적 스타성이 훨씬 탁월한 셈이다. 기성 질서를 전복하려는 악행 때문에 참혹한 최후를 맞지만, 강렬한 이미지와 메시지를 남긴다. 이것이 영웅

신화 시리즈를 떠받치는 초석이다. 이를 통해 드라큘라 시리즈 주인 공처럼 되풀이 부활한다고 할 수 있다. 영원히 죽지 않고 결코 죽어서도 안 되는, 영웅신화의 진짜 주인공인 것이다.

미국이 뒤쫓는 테러리즘의 상징 오사마 빈 라덴은 이 영웅신화의 악역을 닮았다. 이미지와 메시지도 그렇지만, 임박한 듯 비친 최후 또한 영화 속처럼 미스터리로 남을 공산이 크다. 미국이 정예 특수 부대와 첨단 감시장비로 물샐 틈 없이 포위했다던 토라보라 협곡에서 자취도 없이 사라졌다면, 그는 이제 대 테러 전쟁속편에나 돌출하지 않을까 싶다. 지금 그가 잡히거나 사살된다면, 영화 아닌 현실의 드라마에 재출연할 수는 없는 것이다.

이렇게 보면 며칠 전 미국이 공개한 빈 라덴의 인터뷰녹화 비디오는 시리즈 후속을 미리 알리는 예고편으로 볼 만하다. 진위 논란이 분분하지만, 누가 비디오를 만들었든 간에 관객은 저마다 원하는 것만 듣고 본다는 평가가 그럴 듯하다. 미국 쪽은 생포나 사살이 어려워진 빈 라덴의 죄상을 확인하고 적개심을 불태울 것이고, 이슬람권 민중은 당당하게 테러를 자랑한 것에 환호할 것이란 지적이다. 빈 라덴 신화는 갈수록 흥미진진하다.

〈2001년 12월 18일〉

탈레반

수만명이 탈레반 기치 아래 모여들어
질풍노도처럼 나라를 휩쓴 바탕을
외세 지원만으로 설명하기 어렵다.

탈레반(Taliban)은 원래 아프간의 이슬람 교리학당 학생(talib) 집단을 뜻한다. 전쟁으로 피폐한 시골 마을과 파키스탄 난민촌에도 이런 학당, 마드라샤(madrassas)가 산재한다. 이슬람 교리를 지식과 수양의 유일한 원천으로 삼는 점에서 우리의 옛 서당과 비슷하다. 종교 지도자 뮬라(mullah)의 훈도 아래 선지자 모하메드를 숭상하고, 그가 1400년 전 창시한 이슬람 이상 사회로 민중을 이끄는 길을 고민하는 점에서 유교 서원 성격을 함께 지녔다. 탈레반을 유교 선비나 불교 학승 집단에 비할 수도 있다.

탈레반 지도자 모하메드 오마르는 1959년 옛 왕조의 고도 칸다하르 근처에서 빈농의 아들로 태어나 뮬라가 된 인물이다. 물론 처음은 시골의 초라한 서당 훈장 같은 뮬라였다. 80년대 후반 침략자 소련을 상대한 무자헤딘 항전에 백의 종군, 오른쪽 눈을 잃었다 소련군 철수로 성전이 끝나자 흙벽돌로 지은 움막과 같은 시골 학당 겸

집으로 돌아왔다. 그 시골 학당은 최근까지 문을 열었고, 세 부인이 낳은 다섯 자녀도 모두 여기서 가르쳤다.

시골 훈장 오마르가 다시 총을 잡은 계기는 1994년 칸다하르에서 발호하던 군벌의 횡포에 맞서 봉기한 사건이다. 무자헤딘 군벌 수하들이 이웃 소녀 둘을 납치해 머리를 삭발한 뒤 윤간한다는 탄원을 듣고, 소총 10여 자루로 무장한 학생 30명을 데리고 무자헤딘 캠프를 습격한 것이다. 소녀들을 구한 뒤 무자헤딘 지휘관을 목매단 이 사건으로 농민들의 구원 호소가 잇달았고, 핍박받는 농민을 돌보는 오마르는 로빈훗과 같은 존재로 부각됐다고 한다.

이런 전설은 아프간 사회의 정화와 구원을 표방한 탈레반 운동의 정통성을 세우기 위한 신화일 수 있다. 그러나 나라 안팎에서 수만 명이 탈레반 기치 아래 모여들어 질풍노도처럼 나라를 휩쓴 바탕을 외세 지원만으로 설명하기 어렵다. 탈레반 지도부는 태반이 오마르와 비슷한 이력의 상이용사 뮬라였다. 그들이 여성과 민중을 억압하고 테러를 지원한 악의 무리로 몰려 역사의 뒤안으로 퇴장하는 것에 동정심을 갖는다면 반문명적 시대착오로 탓할 것인가.

〈2001년 12월 10일〉

아시아의 투계장

뉴욕 테러 훨씬 전부터 열강은
중앙아시아 석유자원과 전략적 이익을 놓고
새로운 큰 게임을 벌인 것으로 지적됐다.

아프가니스탄을 '아시아의 심장'이라고 부른 인도 시인이 있다고 한다. 일제 식민지 한국을 '동방의 등불'로 찬양한 것처럼 연민 어린 과장일 수 있다. 그러나 고대 이래 아프가니스탄이 동서양 여러 문명이 만나고 충돌하고 어울린 실크 로드의 중심이었던 사실에 비춰 공허한 수사만은 아니다. 이번 전쟁으로 알려진 북부 도시 마자르 이 샤리프는 페르시아와 투르크, 불교 문명이 어울려 번성한 인류 최고(最古) 도시의 하나다. 이란과 접경한 헤라트는 3,000년 역사와 아프간 문명의 정수(精髓)를 간직하고 있다. 국토를 가르는 힌두 쿠시 산맥 남쪽의 카불은 유명한 카이버 패스를 거쳐 인도로 향하는 길목에 위치했다. 신라 승려 혜초(慧超)가 8세기 카불 북쪽 바미얀을 순례한 사실은 아프간의 문명사적 위치를 가늠하게 한다.

문명의 교차점에 위치한 아프간은 수천 년 전부터 문명 정복자들의 발길이 빈번했던 전략 요충이다. 기원전 마케도니아의 알렉산더 대왕을 시초로 페르시아와 칭기즈칸의 몽골 제국이 일대를 차례로 장악했다. 몽골 후예 티무르 제국은 16세기 아프간 토착 세력과 연합해 광대한 인도 아프간 제국을 형성했다. 대영제국에 앞서 인도를 통치한 무굴 제국도 그 분파다. 오늘날 아프간은 18세기 중반 파슈툰 부족 연합세력이 칸다하르에 세운 아프간 왕국이 뿌리다. 그러나 부족과 파벌 갈등으로 이내 쇠퇴했고, 19세기 남진을 노리는 러시아와 인도를 지키려는 영국의 제국주의 영역 다툼에 휘말려 주체적 존립 능력을 잃었다.

아프간을 경계로 한 두 나라의 대결은 큰 게임(Great Game)으로 불렸다. 한 세기 가까운 게임 과정에 영국의 3차례 침공을 물리친 아프간 신화가 탄생했지만, 그 배경은 러시아의 지원이다. 그러나 두 강대국은 위험한 무력대결보다는 아프간 부족과 파벌을 상대로 은밀한 지원과 매수와 암살 등 공작에 주력했다. 이를 통해 아프간 왕조를 무력한 꼭두각시로 만들어, 상호 진출을 저지하는 안충 방벽으로 삼았다.

소련의 아프간 침공과 무자헤딘 항전이 얽힌 20년 내전도 시대 배경과 동원된 명분이 다를 뿐, 지정학적 위치와 외세 개입이 결정한 비극적 운명의 반복이다. 오랜 외세 침탈과 고난을 겪으면서 아프간은 국가와 민족적 정체성을 상실했다. 대소 항전의 영웅 무자헤딘도 전통적 생존 방식인 외세 결탁과 모반, 살육과 약탈로 파벌의 안녕과 이익을 좇는 타락한 무리로 전락했다.

옛 왕조의 고도 칸다하르에서 태동한 탈레반은 이 운명적 질곡 타파를 표방하고 실천했다. 내전과 군벌의 탐학에 고통 받는 민중을 구제하고 사회를 정화하기 위해 이슬람 원리주의를 내세웠고, 혁명적 수단을 동원했다. 쇠잔한 나라를 다시 세우려 했던 청나라 말기 의화단 운동이나 한말 동학 운동과 같은 맥락에서 볼 수 있는 것이다. 회교권 특유의 여성 차별의 가혹함만으로 탈레반 운동의 정당성을 온통 폄하할 일은 아니다.

그 탈레반을 외세가 간단하게 제압한 것은 당연하다. 고립되고 피폐한 약소국 혁명 집단의 항전은 B-52 폭격기 앞에 닭싸움 자세를 취하는 것과 마찬가지란 비유마저 있다. 소련의 악몽과 베트남전의 수렁을 지레 떠든 것은 탈레반의 악마성과 위험을 과장한 선전이었다. 오히려 탈레반은 무력한 패주를 통해 결코 광신 집단이 아님을 입증했다는 냉소적 평가가 나온다.

뉴욕 테러 훨씬 전부터 열강과 아프간 주변국은 중앙아시아 석유 자원과 전략적 이익을 놓고 새로운 큰 게임을 벌인 것으로 지적됐다. 이 전략적 게임을 원만하게 타협하려면, 탈레반 세력을 온건한 거국 정부로 대치해야 한다는 시나리오도 제시됐다. 아프간 전쟁은 이 시나리오를 벗어나지 않았다. 러시아의 괴뢰 북부 동맹이 카불을 장악하고 열강이 꼭두각시 정부 구성을 논의하는 가운데, 외세가 이권 분점을 노린 파병을 다투는 양상은 한 세기 전 제국주의 시대를 빼닮았다. 그 20세기 초, 인도주재 영국 총독은 아프간을 '아시아의 투계장'이라 불렀다고 한다. 피 흘리는 싸움은 아프간인끼리 하고, 판돈은 게임 주역인 외세가 챙긴다는 얘기다. 역사는 되풀이된다고 했다.

〈2001년 11월 22일〉

아프간 전쟁은 정당한가

역사학자 아서 슐레진저 등이
부도덕한 베트남전쟁의 교훈을 일깨우는 것에
귀 기울여야 한다.

미국 일리노이에서 돈 킴이란 독자가 이메일을 보냈다. 지난 주 지평선에 쓴 '선전전과 언론'을 욕하는 내용이다. 아프간 탈레반이 민간인을 인간 방패삼는다는 미국의 주장은 민간인 오인폭격 책임을 떠넘기는 상투적 거짓 선전이라고 쓴 것이 특히 터무니없다고 비난했다. 논평과 질책은 독자의 권리지만, 곧장 노동신문 주필이나 하라고 매도한 것이 얄궂다. 메일로 답할 일을 공개하는 이유는 미국을 비판하면 반미이고, 반미는 용공이란 식의 고약한 논법을 공개 시비하기 위해서다.

이 독자의 주장은 객관적 사실과 주관적 가치관을 분별하지 않고, 전제에 관한 논증 없이 준비한 결론에 달려가는 논법이다. 색깔론이나 매카시즘이 전형인 이런 사고는 국제정세를 보는 우리 사회의 안목까지 협소하게 얽맨다. 이 병폐를 일깨우는 것은 당장 아프간에 전투 병력을 파견하는 문제를 논란하는 데도 도움될 것이다.

지난 걸프전 때 미국은 바그다드의 민간인 방공호를 오폭, 몇백 명을 살상한 뒤 후세인의 위장 지휘벙커라고 주장했다. 그러나 주택가 방공호는 지휘 벙커에 필수적인 통신시설조차 없었으며, 희생자는 대부분 부녀자와 어린이였다. 은폐할 군사 표적이 없는 판에 인간 방패 비난은 애당초 허황한 것임을 밝힌 증거는 언론과 학자들이 숱하게 인용했다.

유고 공습 때도 피난 농민의 트랙터와 마차 행렬을 오인 폭격한 뒤 인간 방패 선전을 동원했으나, 유럽 언론이 현장을 기록한 비디오 화면 어디에도 유고 군 차량과 병력은 없다. 트랙터를 군 기갑 차량으로 오인한 것이 명백했다. 아프간에서는 국제 적십자사 시설이 오폭 대상에 포함된 것이 객관적 증거가 됐다. 미국도 별 수 없이 오폭을 시인했으니 인간 방패 주장은 섣부른 모략 선전인 셈이다.

미국의 전쟁을 비판하는 것을 반미 용공으로 모는 무모함을 경계하기 위해 우습지만 사적인 얘기를 덧붙인다. 필자는 오래 전 주한 미해군 사령관 지휘벙커에서 통역장교로 근무했고, 팀 스피리트 한미 연합 상륙훈련에 함포연락장교로 참여해 적진 공습과 포격의 이론과 실제에 무지하지 않다.

일리노이 독자는 비난만으로 미진했는지 덕 패튼이란 보수 논객의 글을 첨부했다. 언론이 뉴욕 테러 희생자들을 제쳐둔 채 아프간 국민의 참상을 보도하는 것은 잘못이란 요지다. 전쟁의 목표는 오로지 승리하는 것이며, 민간인 피해를 뜻하는 이른바 부수적 피해(collateral damage)에 신경 써서는 안 된다는 것이다. 민간인 몇십만 명이 희생된 히로시마 원폭 투하도 더 큰 인명피해를 막은 것으로 정당화한 글이다.

아프간 전쟁을 보는 우리 사회의 보수적 시각도 크게 다르지 않을 것이다. 그러나 세계인의 시야를 흐렸던 뉴욕의 잿빛 콘크리트 분진이 가라앉으면서, 노한 응징론의 기세에 눌렸던 이성적 분별력을 되찾는 조짐은 미국사회에서도 나타나고 있다. 탁월한 논평가 윌리엄 파프는 전쟁 상대를 테러리즘에서 아프가니스탄으로 바꾸거나, 둘을 동일시하는 섯은 부당하다고 규정했다. 빈 라덴 체포와 탈레반 전복이 어렵다고 해서, 미국에 위협이 될 수 없는 아프간 국민에게 분노를 터뜨리는 것은 본말을 뒤집는 잘못이라는 것이다.

일리노이 대학의 저명한 국제법학자 프랜시스 보일은 한층 직설적이다. 그는 독일 슈피겔지 인터뷰에서 미국이 빈 라덴의 테러 범행과 탈레반 정권의 연루 증거를 제시하지 못한 채 아프간을 공격하는 것은 국제법 위반이라고 지적했다. 또 미국이 국제법 절차를 무시한 전쟁을 감행하는 진정한 동기는 중앙아시아의 석유 이권 장악이라고 진단했다.

이런 진단은 독단적 견해가 아니다. 아프간에 정통한 언론인과 학자들은 오래 전부터 아프간이 미국과 열강의 석유와 전략적 이익 쟁탈전의 중심이 된 상황을 주목했다. 국제 언론의 주류도 전쟁의 진정한 의미를 천착하는 변화를 보이고 있다. 역사학자 아서 슐레진저 등이 부도덕한 베트남전쟁의 교훈을 일깨우는 것에 귀 기울여야 한다. 전투병력 파병논의에 정부는 국익을 먼저 고려하겠지만, 맑은 책무가 다른 언론의 자세는 달라야 할 것이다.

〈2001년 11월 8일〉

전쟁의 가면

전쟁은 흔히 탈을 쓴다. 일찍이 제국주의 열강은 해외 영토와 자원을 노린 식민전쟁을 문명의 세례를 베푸는 선행으로 미화했다. 두 차례 세계대전도 평화와 정의를 표방했으나 근원은 세력균형 다툼과 자원 쟁탈전이다. 냉전시대 인민해방 전쟁과 반공전쟁도 이념의 탈을 쓴 패권 경쟁이 작용했다.

20세기 후반을 지배한 냉전이 끝났을 때, 역사의 종말을 선언한 미국 학자가 있다. 이념대결 종식을 언어·경제적으로 표현한 재치이거나, 장구한 인류사를 천박한 역사인식에 녹여버린 치기였다. 그러나 시류에 민감한 지식인들은 말 한 마디로 대박을 터뜨린 것에 시샘을 감춘 채, 이제 강대국의 이념과 이익 다툼은 없고 시대착오적 망나니 국가와 집단을 다스리는 일만 남았다고 덩달아 떠들었다.

그 말잔치가 파하지도 않은 1990년, 이라크가 쿠웨이트를 침공하자 이들은 예언이 적중했다고 환호했다. 그리고 침략 야욕과 독가스와 핵 의지로 무장한 악마 후세인을 응징하는 전쟁을 평화와 정의가 지배하는 신국제 질서를 위한 인류 공동의 과업으로 규정했다. 전쟁의 뿌리와 줄기와 열매가 모두 석유라는 검은 이권임을 공연히 호도하는 가면이었다.

10년이 지나 21세기 첫 전쟁이 시작됐다. 이라크와 비교할 수 없이 피폐한 아프간을 상대한 전쟁이지만, 인류의 공적 테러리즘과의 전쟁이란 명분을 내걸었다. 가공할 테러 참사를 목격한 관객은 이번에는 그 가면을 의심할 엄두조차 내지 못한다. 상식과 도리에 어긋난다고 느끼는 것이다.

그러나 이 전쟁에도 분명 가면은 여럿 출연한다. 전쟁에 흔한 모략선전이나 심리전 차원이 아니다. 전쟁을 주도하는 미국과 영국은 이 전쟁을 인도주의 전쟁이라고 선언했다. 아프간 공습과 함께 구호 식품 상자를 투하한 부시 대통령은 아프간 국민이 미국의 관대함을 알게 될 것이라고 자랑했다. 미국 공군이 투하한 구호식품 레이션은 한 사람이 하루 지탱할 2200칼로리 열량의 식품이 담겼다. 그러나 첫날 투하한 레이션 3만7000개는 물론, 미국이 보유한 레이션 250만 개를 모두 뿌려도 굶주린 난민 수백만 명을 구호하는 효과는 미미할 것이다.

그나마 6000미터 상공에서 험준한 산악에 흩어질 구호품이 얼마나 난민 손에 들어갈지 의문이다. 한가한 계산에 앞서, 국제구호단체까지 몰아낸 공습을 인도주의로 포장하는 용기가 놀랍다. 이는 아프간인을 향한 심리전이 아니다. 국제 사회의 양심을 속이는 위선이다.

가면이 가린 진면목을 밝히려는 관객은 왕따 당하게 마련이다. 중동 석유 이권이 걸린 가면극 걸프전은 미국이 20년 앞을 내다본 원대한 사업이란 음모론은 공연장 주변 소음으로 치부됐다. 중동 평화와 이라크 국민의 압제 해방 등의 공연 주제와 달리, 평화는 여전히 멀고 서방의 경제 제재로 이라크 국민이 도탄에서 신음하는 비극성도 외면했다.

그러나 진실을 영원히 가릴 가면은 없다. 무대 뒤에는 늘 진실이 넘친다. 1990년대 후반 아프간과 중앙아시아의 전략적 중요성이 부각되면서 미국은 아프간의 테러리즘 수출을 이라크 등 불량국가의 대량 살상무기 위협과 비슷한 반열에 올렸다. 그리고 러시아와 서구 사이에서 방황하는 중앙아시아 국가들을 반 아프간 연대로 묶는 노력을 기울였다. 카자흐스탄, 우즈베키스탄, 아제르바이잔, 그루지야 등 카스피해 연안 중앙아시아 국가들과 방위조약을 맺고 합동군사 훈련까지 실시하고 있다. 이 연례 CENTRAZBAT 훈련의 주축이 바로 아프간 공격 선봉에 설 미군 공수사단이다.

무대 뒤 진실은 카스피해 연안의 막대한 석유자원과 이를 둘러싼 열강과 주변국의 이권 다툼이다. 블레어 영국 총리가 어눌한 부시를 제치고 전쟁 명분 설득과 지원에 앞장선 동기도 그 때문일 것이다. 역사의 종말을 말한 프랜시스 후쿠야마는 사이비 역사가로 매도됐다. 이에 비해 헨리 키신저가 아프간 통과 송유관 이권을 다투는 미국 기업 고문을 맡은 것은 실전 정치학의 대가답다. 그래서 전쟁의 가면극은 끊임없이 리메이크 되는 모양이다.

〈2001년 10월 11일〉

왜 아프가니스탄인가

미국은 냉전 종식 뒤
격변하는 유럽과 중동 정세에 몰두하느라 보류했던
중앙아시아의 본격 경략에 나섰다.

미국학자 디미트리 사이메스는 1979년 옛 소련이 아프간 공산정권 지원을 위해 무력 개입한 직후, '데탕트의 죽음' (The Death of Detente)이란 논문을 발표했다. 이 분야 권위자인 그는 소련의 침공에 미국의 냉전 전략가들은 내심 환호했다고 말했다. 아프간을 소련의 힘을 소진시킬 냉전의 마지막 전장으로 보았다는 것이다. 따라서 소련이 스스로 개입하지 않았으면 이를 유도해야 할 정도의 호재로 반겼다는 풀이다.

소련의 아프간 침공은 소련군이 무자헤딘의 항전에 시달리다 10년 만에 자진 철수하고, 소련 붕괴 요인으로 작용한 것으로 호재였음이 입증됐다. 그로부터 다시 10년이 지나, 이번에는 무자헤딘을 지원했던 미국의 아프간 침공이 임박했다. 이 기묘한 역사의 변전을 어떻게 이해할지 난감하다.

겉만 보면 사태의 핵심은 가공할 뉴욕 테러와 아프간의 테러 지원혐의다. 그러나 미국이 어떤 항변과 이견도 무시한 채, 대규모 전쟁을 감행하는 명분을 테러 응징 차원에서만 이해하기는 석연치 않다. 테러 직후 대뜸 오사마 빈 라덴과 아프간을 지목한 미국이 사소한 살인 사건보다 빈약한 증거를 열거하면서 테러범 색출보다 아프간 장악에 목적을 둔 듯한 모습은 더욱 그렇다.

이런 의문을 푸는 실마리를 아프간의 지정학적 위치와 역사적 경험에서 찾는 것은 의미 있다. 파키스탄, 이란, 투르크메니스탄, 우즈베키스탄, 타지키스탄 등에 둘러싸인 척박한 땅 아프간은 인도, 러시아, 중국 등 주변국과 서구 열강의 세력균형 게임에 유용한 완충국가로 존립해 왔다. 또 그 대가로 정치·경제적 지원에 의지해 국가 명맥을 이어왔다.

소련군 철수와 냉전 종식 뒤 이 같은 열강의 이해를 조정하는 체제는 새로 마련되지 않았다. 주변국은 오히려 평화정착보다 내전을 부추겨 아프간의 고난은 이어졌다. 이런 과도적 상황에서 새로운 변화는 아프간을 장악한 탈레반이 적대국은 물론이고 오랜 후원국에도 통제하기 어려운 집단이 된 사실이다.

탈레반의 내전 승리를 도운 것은 러시아와 인도, 이란을 견제하려는 파키스탄과 미국이다. 그러나 혁명적 방식으로 정권과 국가 기반을 확립하려는 탈레반의 과격정책은 과거 이란의 회교 혁명처럼 주변 이슬람 국가에 위험한 모델이 될 우려가 커졌다. 이란 혁명 열기를 격리한 것과 같은 대응이 필요해진 것이다.

여기에 아프간을 둘러싼 중앙아시아 지역의 정치·경제적 중요성이 21세기가 진행될수록 한층 커질 것이란 분석은 주목된다. 중앙아시아는 유럽과 아시아를 잇는 수송로로 옛 실크 로드와 같은 역할을 할 것이고, 아프간은 그 요충지의 지위를 되찾을 것이란 전망이다. 이 전략적 지역을 더 이상 내전과 통제불능 상태로 방치할 때는 지난 것이다.

미국의 국제 에너지 전략과 관련해 아프간이 핵심지역으로 떠올랐다는 지적은 한층 의미 있다. 중앙아시아의 석유 및 천연 가스 매장량은 전 세계 매장량의 10% 미만이지만, 아시아 지역 에너지 수급에 장기적으로 큰 비중을 가질 것이란 예상이다. 이 때문에 중앙아시아에서 아프간을 거쳐 파키스탄에 이르는 파이프라인 건설을 놓고 미국 텍사스 유노칼(Unocal)사와 일본 이토추, 한국 현대건설 등이 참여한 컨소시엄과 아르헨티나, 러시아, 사우디가 합작한 컨소시엄이 치열하게 경합했다. 연간 수익규모 수백억 달러로 추정되는 이 파이프라인 통과 수수료로 미국 컨소시엄은 연간 1억 달러 정도를 탈레반에 제안했으나, 사우디와 가까운 탈레반의 거부로 유보된 상태다.

미국의 대 테러 십자군 전쟁에 숨겨진 전략적 이도는 이미 조금씩 드러나고 있다. 미국은 냉전 종식 뒤 격변하는 유럽과 중동 정세에 몰두하느라 보류했던 중앙아시아의 본격 경략에 나섰다는 분석이 나오고 있는 것이다. 이에 따라 경제적 이득을 챙길 나라는 많겠지만, 숱한 희생과 평화 질서파괴는 데탕트의 죽음에 비해 결코 가볍지 않을 것이다.

〈2001년 9월 27일〉

전쟁의 첫 희생자는 진실

우리가 국제질서와 군사동맹을 주도할 게 아니라면,
지금부터라도 진정한 평화 메시지를 좇는
분별력과 참된 용기를 가져야 한다.

'전쟁의 첫 희생자는 진실'이라는 말이 있다. 유럽 대륙에서 한창이던 1차 세계대전을 지켜본 미국 상원의원 히럼 존슨이 남긴 명언이다. 이후 전쟁 때마다 흔히 인용되는 격언이 됐고, 여러 언론인과 학자들이 전쟁과 전쟁보도에 관한 책 제목을 '첫 희생자'(The First Casualty)라고 붙였다. 전쟁에서 진실을 유린하는 거짓선전의 대표적 전형은 적의 잔혹성과, 이를 응징하는 전쟁의 정당성을 부각시키는 것이다.

1차대전 때는 벨기에 점령 독일군이 요람의 갓난아기들을 공중에 던진 뒤 총검으로 꿰는 장난을 했다는 영국의 거짓선전이 국민의 전쟁의지를 북돋웠다. 그러나 실제 1차대전의 잔혹상은 참호전이 중심이었던 전쟁터에서 극에 달했다. 양측은 독가스 등 잔인한 살상무기를 무차별 사용, 젊은 목숨 수백만이 지푸라기처럼 스러졌다. 영국 총리 로이드 조지는 맨체스터 가디언지 편집장 C.P. 스코트에게

"국민이 진실을 안다면, 전쟁은 내일 당장 끝날 것"이라고 털어놓을 정도였다.

냉전종식에 따라 강대국의 열전마저 역사의 유물이 된 듯하던 90년 돌출한 걸프사태는 온통 거짓말 전쟁이었다. 이라크의 쿠웨이트 침공명분을 둘러싼 논란이 본격화할 틈도 없이 이라크군이 쿠웨이트 병원 신생아실의 인큐베이터에서 미숙아들을 꺼내 팽개쳤다는 1차대전 식 거짓선전이 난무했다. 이라크를 악마화한 흑색선전은 미 의회 청문회에도 올랐다. 쿠웨이트 소녀가 미숙아 학살 목격담을 눈물로 증언, 부시 행정부가 무력응징의 정당성을 설득하는 데 기여했다. 그러나 소녀는 주미 쿠웨이트 대사의 딸이고, 조작극은 부시의 전직참모들이 경영하던 홍보회사가 꾸민 것으로 드러났다.

미국은 민간인 방공호를 오폭하고는 후세인이 민간인을 인간방패로 삼았다고 욕했고, 대부분 언론이 이를 추종했다. 제대로 된 언론인들은 언론이 미디어 전쟁의 인간무기로 전락했다고 개탄했으나, 대세를 바꾸진 못했다.

옛 애기가 장황한 이유가 있다. 지난 주말 유엔 국제전범재판소가 지난해 유고 코소보에서 자행된 집단학살의 진상조사 결과를 공개했다. 코소보 무력개입을 주도한 미국과 영국은 대규모 공습을 전후해 세르비아계가 알바니아계 주민 몇십만 명을 학살했다고 주장했다. 그러나 전범재판소와 유럽안보협력기구(OSCE) 등의 조사팀이 집단학살 매장지로 지목된 수백 곳을 파헤쳐 일일이 검시한 결과, 주검은 3,000명 미만으로 확인됐다. 그것도 학살 증거는 거의 없고, 알바니아계 코소보 독립군(KLA)이 다수 포함된 것으로 추정됐다.

나치식 집단학살을 막는다는 전쟁 명분부터가 거짓에 근거했던 것이다. 그 전쟁에서 나토는 내전 때보다 훨씬 많은 민간인을 살상하고도 다시 인간방패설 등으로 호도했다. 현장취재가 봉쇄돼 코소보 국경에 모인 TV 기자들은 본사에서 보내준 나토 발표문을 그대로 복창했다. 숱한 목격자도 KLA의 사주를 받은 것으로 드러났고, KLA는 미국 CIA가 내전 이전부터 훈련시킨 사실이 베테랑 전쟁 전문기자들의 추적으로 밝혀졌다.

영국의 국제문제 대기자 필립 나이트리는 이렇게 확인된 전쟁의 숱한 거짓을 저서 ‘첫 희생자’ 증보판에 담아 올 초 내놓았다. 전범재판소와 민간인권기구들은 이를 뒤늦게 확인하고 있을 뿐이다. 그게 지금 무슨 의미가 있느냐고 말할 수 있다. 그러나 영국 언론인 존 필거의 말처럼, 전쟁과 평화의 기로에서 거짓이 지배하는 대세를 따르는 순한 양(¥)이 되면 평화와 진정한 정의는 멀어진다. 걸프전과 코소보 전쟁을 주도한 세력은 정의와 인권을 외쳤지만, 목적은 냉전 종식 뒤 신 국제질서의 주도권 장악과 나토 군사동맹의 유지·확대였다.

이 땅의 보수언론과 학자들은 이 전쟁들과 북한 핵 위기 등에서 정의를 위장한 전쟁 메시지를 추종했다. 그렇게 해서 우리가 국제질서와 군사동맹을 주도할 게 아니라면, 지금부터라도 진정한 평화 메시지를 좇는 분별력과 참된 용기를 가져야 한다.

〈2000년 8월 23일〉

전쟁 불감증

우리 사회가 전쟁을
지금처럼 치열한 논쟁 없이 수용한다면
이스라엘과 같은 극적 이미지 개선은 기대할 수 없다.

텔아비브 힐튼호텔의 프레스센터에는 국제적 반전 평화운동단체인 '핵전 방지를 위한 국제의사협회'의 반전 유인물이 공개 비치돼 있다. 호전적 이미지를 지닌 이스라엘에서도 걸프전 반대시위는 많았다. 그러나 군이 관장하는 프레스센터의 반전 유인물에는 솔직히 놀라지 않을 수 없다.

언론도 놀랄 만큼 냉정한 보도자세를 보이고 있다. 더러 보복을 주장하는 언론도 있지만 후세인에 대한 저주와 같은 매도는 찾아보기 어렵다. 전황 보도도 미국의 위력을 부각시키기보다는 회의와 경고가 주류를 이룬다.

이런 현상을 전쟁에 익숙한 사회의 냉철한 현실주의라고만 볼 수는 없다. 그것은 외부를 향한 부정적 자세에도 불구하고, 이 사회 자체는 건강하고 지혜롭게 움직이고 있다는 것을 보여 주는 것으로 이해하고 싶다.

여기에 비춰 우리 사회가 걸프전에 보인 반응은 착잡한 느낌을 갖게 한다. 멀리서 본 탓도 있을 것이다. 그러나 의료단 파견 등 병력 지원과 관련, 사회 어느 일각에서도 확신에 찬 평화의지로 반전과 참전반대 움직임을 보이지 않고 있다. 유럽과는 비교할 수 없다 치더라도 이스라엘 정도의 반전시위도 없다. 다만 미국의 위력에는 어느 사회보다 먼저 감탄하는 듯한 인상이다.

이스라엘은 이번 걸프전을 계기로 국가적 이미지를 크게 바꾼 것으로 평가되고 있다. 유럽은 이스라엘의 평화 의지를 높이 평가, 다시 유럽의 일원으로 받아들일 태세이다. 유럽의 평균인들에게 한국의 이미지는 경제 성장과 올림픽 등에도 불구하고 이스라엘보다 나을 게 없다. 아마도 베트남 참전, 쿠데타, 광주사태, 만성시위 등이 부정적 인상을 남겼을 것이다. 우리 사회가 전쟁을 지금처럼 치열한 논쟁 없이 수용한다면 이스라엘과 같은 극적 이미지 개선은 기대할 수 없다. 국내의 반전여론을 전쟁경비 부담 등 실리를 다투는 외교 게임에 업고 나갈 수 없게 되는 것 등은 차라리 부차적 문제다.

〈텔아비브에서: 1991년 2월 1일〉

7

평화는 대가를
치러야 한다

영국이 키운 알카에다

실체 없는 알카에다 이념을 추종하는 테러범은

영국 사회의 모순과

서구의 탐욕이 키웠다.

영국 슈퍼마켓 육류코너에 처음 가면 'home grown' 표지가 눈에 띈다. 쇠고기든 뭐든 'Irish home grown' 또는 'Scottish home grown'이 가장 값비싼 특등육이다. 우리로 지면 '집에서 기른' 한우나 토종 닭고기에 해당하는 고급 먹거리를 상징한다.

그런 영국 사회가 'home grown' 테러 충격에 휩싸였다. 영국 초유의 자살폭탄테러 용의자들이 모두 영국에서 태어나 자란 파키스탄 및 자메이카 계로 드러난 때문이다. 4명 중 3명이 20세 안팎에 대학생, 교사 등 평범한 삶을 살던 젊은이들이 사회를 향해 잔혹한 자살테러를 감행한 사실이 당혹스러운 것이다.

이에 따라 당초 외부에서 침투한 알카에다 소행으로 단정하고 이라크 참전 책임 등을 논란하던 영국 사회는 자살 테러범을 키운 사회적 토양을 심각하게 고민하는 모습이다. 정부와 국제언론이 사건 직후 누군가 인터넷에서 '유럽 알카에다' 이름으로 범행을 주장한 것에 집착하는 것과는 사뭇 다르다. 사건 성격을 어떻게 규정하는 가에 따라 명분과 이해가 엇갈리기 때문이다.

비판적 언론과 지식인들은 범행의 근본 동기를 소수민족 젊은이들이 사회에서 소외된 데서 찾는다. 사회 변방에서 불만을 키우다가 정체성을 찾아 파키스탄 이슬람 학당에서 교리를 배우는 과정에서, 서구 중심의 국제질서 속에 핍박 받는 이슬람의 고난 등 집단적 명분에 눈떴으리라는 풀이다. 2001년 영국을 휩쓴 인종 분규에서 표출된 소수민족사회의 깊은 분노가 바탕이고, 팔레스타인, 아프가니스탄, 이라크에서 영국과 서구가 이슬람을 짓밟은 데 대한 저항의식이 이념적 뇌관이 됐을 것이라는 분석이다.

물론 이들이 어떻게 정교한 계획을 세우고 정밀한 폭발장치를 마련했는지는 오리무중이다. 따라서 정부와 국제언론이 알카에다 배후를 추적하는 데 몰두하는 것은 언뜻 당연하다. 그러나 알카에다 연계 흔적은 전혀 없다. 테러 용의자들이 살던 리즈 시에 머물다가 사건 직전 출국한 이집트 출신 생화학자가 배후처럼 알려졌으나, 이 인물을 조사한 이집트 정부는 런던 테러나 알카에다와 아무 관련 없다고 부인했다. 그 밖에 언론에 나도는 알카에다 관련 의혹도 모두 밑도 끝도 없는 얘기일 뿐이다.

그러면 도대체 범행 배후는 누구인가. 결론부터 말해 국제테러를 조종한 세력의 정체는 대개 미스터리로 남는다. 하수인들이 흔히 배후세력이 노린 것과는 엉뚱한 명분을 믿고 목숨을 던지기도 하는 것이 국제테러의 속성이다. 실제 국제언론이 런던 테러와 닮은 알카에다 소행으로 단정한 지난해 스페인 열차테러도 알카에다 연관성은 확인되지 않았다.

마드리드의 권위지 엘 문도(El Mundo)의 빅토르 델라 세르나는 런던 테러 뒤 쓴 칼럼에서 마드리드 테러범은 현지 조무래기 범죄자들이고, 폭발물도 현지 밀매업자가 공급한 것으로 드러났다고 전했다. 또 외부개입 흔적은 모로코 정보기관과 연계된 것뿐이라고 썼다. 국제언론은 기본전제부터 틀린 채 알카에다 위협을 떠드는 셈이다.

음모와 공작이 난무하는 국제테러의 본질을 살필 계제는 아니다. 다만 테러 후폭풍으로 벌어지는 논란의 실체나마 잘 헤아려야 한다. 미국 MSNBC는 부시 정부는 런던 테러를 '테러와의 전쟁' 명분을 되살릴 호기로 삼고 있다고 전한다. 이라크 점령 정당화와 대 테러 공조를 둘러싼 유럽과의 갈등해소에 도움 될 것이라는 설명이다.

그러나 영국의 비판적 지성을 대표하는 신문 가디언 등은 알카에다의 존재 자체를 부정하는 논평을 내놓고 있다. 알카에다는 기껏해야 실체 없는 이념에 불과하며, 그 이념을 추종하는 테러범은 영국 사회의 모순과 서구의 탐욕이 키웠다고 지적하고 있는 것이다. 알카에다는 종적조차 묘연한 빈 라덴이 아니라, 바로 영국과 서구가 키웠다는 통렬한 반성이다.

〈2005년 7월 19일〉

이란 때리기와 역사 왜곡

아흐마디네자드 집권은
회교 혁명이념을 되살려 체제개혁과 국민통합을 이루려는
회교지도부와 민중의 의지가 낳은 것이다.

1979년 이란의 팔레비 독재왕정을 무너뜨린 회교 혁명의 역사적 정당성을 부인하는 것은 몰이성적이다. 혁명 이후 26년 연륜이 쌓인 이란 체제의 정통성을 부정하는 것도 이념적 편견이다. 이런 사리를 일깨우는 이유는 이란 대통령 선거에서 승리한 아흐마디네자드에 대한 서구의 비방선전이 엄연한 역사적 현실을 왜곡, 이란의 변화를 올바로 인식하는 것을 방해하기 때문이다.

아흐마디네자드 비방은 선거의 공정성을 시비하는 것으로 시작됐다. 보수 회교지도부가 선거개입을 일삼았고, 따라서 아흐마디네자드는 민중의 자유의지로 선택한 지도자가 아니라는 주장이다. 그러나 이런 비방은 그가 민중의 압도적 지지를 얻은 사실을 넘어서지 못한다. 또 이란과 친한 러시아 중국뿐 아니라 독일, 프랑스 등이 선거결과를 수용하면서 부정선거 시비는 이내 잦아들었다.

정통성 논란에 이어 아흐마디네자드가 회교혁명 당시 테헤란 주재 미 대사관 점거사건의 주범이고, 인질 학대를 주도했다는 미국 언론의 폭로가 뒤따랐다. 이에 미국 사회가 격앙했고 부시 대통령이 CIA에 진상조사를 지시했다는 보도는 구색처럼 덧붙인 반론을 쉽게 억누른다. 그러나 혁명의 학생 지도자였던 아흐마디네자드가 대사관 점거를 주도한 것은 이미 알려진 사실이다. 이걸 새삼 부각시켜 주범 운운하는 것은 이란을 테러시원국가로 분류해 봉쇄와 압박을 계속하는 당위성을 확인시키려는 의도가 엿보인다. 국제사회에 부정적 인식을 심으려는 선전공작의 흔적이 두드러지는 것이다.

이런 비방선전은 회교혁명의 역사적 맥락에 비춰 파렴치하기까지 하다. 회교혁명의 주된 동인은 1950년대 초 민족주의적인 모사데그 민주정권을 미국이 CIA 공작을 통한 쿠데타로 전복시키고 세운 팔레비 독재왕정이 이란 민중의 이익을 철저히 외면한 것이다. 미국과 서구는 모사데그의 석유자원 국유화를 저지, 석유이권과 부를 독재왕정과 나눠 가졌다. 회교혁명은 그렇게 짓밟힌 민중의 의지와 사회적 정의, 민족적 자존을 되찾으려는 민중 혁명이었다. 그리고 미 대사관 점거는 혁명과 주권에 대한 불간섭 다짐을 받으려는 것이었다. 미국이 결국 이를 수용하는 굴욕적 타협을 감수한 역사를 잊은 양, 아흐마디네자드를 테러집단의 수괴처럼 부각시키는 것은 세월과 망각에 기댄 역사 왜곡이 아닐 수 없다.

미국이 이란의 강경보수파 집권은 이 지역의 민주확산 추세와 멀어지는 것이라고 비판한 것도 황당하다. 미국이 점령한 이라크는 제쳐두더라도, 사우디·쿠웨이트 등 친미 회교국가 대부분이 독재 왕정인 이 지역 민주주의가 이란보다 앞선 것처럼 말하는 것은 우습다. 특히 이들 독재 왕조와 미국이 무엇보다 경계하는 것이 민중의 열망과 회교원리가 결합한 대중정치의 확산이란 사실을 상기하면 황당무계함은 더욱 두드러진다.

아흐마디네자드 비방, 이란 때리기의 깊은 속내를 이런 맥락에서 헤아리는 시각은 주목할 만하다. 미국은 그의 집권을 대중정치의 확산으로 인식, 그 의미를 흐리기 위해 비방선전에 몰두한다는 풀이다. 이런 시각에서는 아흐마디네자드 집권은 세월과 함께 쇠퇴한 혁명이념을 되살려 체제개혁과 국민통합을 이루려는 회교지도부와 민중의 의지가 낳은 것이다. 미국과의 적대 속에 대내외적 온건노선을 좇는 사이, 지배계층의 부패와 빈부격차가 커지고 민중의 소외와 불만이 깊어진 현실을 개혁하려는 시도라는 것이다. 그리고 개혁을 절박한 과제로 만든 것은 미국의 이라크 침공과 핵개발 논란을 둘러싼 위협이다. 회교지도부와 이란 민중은 안팎의 위협이 체제의 정체성과 국민적 단합을 흔드는 위기상황에서 선명하고 강력한 지도력과 개혁 구호를 내세운 아흐마디네자드를 선택한 것이다.

이렇게 볼 때, 이란 대선의 의미를 깊이 있게 분석하는 노력에 앞서 이란체제의 정통성을 헐뜯는 비방선전에 먼저 이끌리는 것은 어리석다. 특히 우리가 이란의 몇 손가락 안에 드는 교역상대국이란 사실은 석유자원을 중심으로 전략적·경제적 이익을 다투는 국제적 논란을 객관적 안목으로 보는 자세를 한층 절실하게 한다.

〈2005년 7월 5일〉

우즈베키스탄의 개새끼

후진사회의 모순과 외세 다툼이 뒤얽힌 혼돈을
통치자 개인의 독재성을 부각시키는
상투적 시각을 좇아 헤아리는 것은 무모하다.

중앙아시아 우즈베키스탄의 유혈사태 속에 영국언론의 '개새끼' 논평에 눈길이 갔다. 쌍스러운 말이 거슬리겠으나, 루스벨트 대통령을 인용한 이 논평은 서구언론의 시각을 대표한다. 루스벨트는 니카라과의 악명 높은 우익독재자 소모자를 지원하는 데 대한 비난을 "그가 개새끼(son of a bitch)라도 우리 개새끼"라고 일축, 강대국의 국익중심 외교를 '개새끼주의'(Sonofabitchism)라고 일컫는 계기가 됐다. 미국이 전략적 이해 때문에 카리모프 우즈벡 대통령의 독재를 용인한 것도 그런 맥락이라고 비판한 것이다.

그러나 이런 비판은 크게 두 가지 사실을 외면하고 있다. 첫째는 미국이 러시아·중국과의 영향력 경쟁과 관련, 이미 카리모프 정권과 노골적으로 갈등하고 있는 사실이다. 둘째는 안디잔 지역의 소요사태가 민중시위에 끼어든 정체불명 무장세력의 교도소와 정부기관 공격으로 악화한 사실이다. 이를 간과한 채 사태를 독재와 민주의 대결로 보는 것은 이 지역 정세가 격동하는 근본이 강대국의 석유패권 다툼이란 사실을 애써 무시하는 것이다.

아프가니스탄 침공을 계기로 우즈벡에 군사기지를 확보한 미국의 영향력은 러시아, 중국의 반격으로 위축된 상황이다. 이 지역의 미국세력 확장에 맞서 중국과 러시아가 조직한 상하이협력기구(SCO) 정상회의가 지난해 6월 우즈벡에서 열린 것은 상징적이다. 여기서 러시아는 우즈벡과 전략적 동반관계를 맺었고 중국은 15억 달러 원조를 제공했다. 이를 통해 미국에 기울던 전략적 균형을 반전시키고, 우즈벡 석유가 중국에 공급되는 것을 막으려는 미국의 의도에 타격을 주었다는 평가다.

이런 변화의 중대성은 그 다음달 미국과 유럽이 우즈벡 인권상황을 이유로 경제원조를 동결한 것으로 확인됐다. 이에 따라 미국은 체제 변혁을 꺼리는 카리모프 정권 붕괴를 통해 영향력 회복을 노린다는 관측이 나왔다. 반면 러시아, 중국, 일본은 지역 중심국 우즈벡까지 미국이 장악하면 전략적 다극화가 무산될 것을 우려, 카리모프를 적극 지원하는 것으로 풀이된다.

이런 배경과 사태 자체 의혹에 비춰 볼 때, 카리모프를 개새끼로 규정하고 미국의 개새끼주의를 비난하는 시각은 사태를 제대로 보는 데 오히려 방해된다. 후진사회의 모순과 외세 다툼이 뒤얽힌 혼돈을 통치자 개인의 독재성을 부각시키는 상투적 시각을 좇아 헤아리는 것은 무모하다. 옛 소련체제를 승계한 카리모프 정권이 독재적이고 족벌지배 폐해가 큰 것은 사실이다. 또 잡다한 부족으로 갈린 사회에서 지역 계층간 격차가 확대되면서 갈등과 불안이 커지고 있다. 그러나 카리모프가 우즈벡의 이익을 해치는 개새끼인지는 쉽게 단정할 수 없다. 그는 소련붕괴 직후의 경제적 추락에서 일찍 벗어나 성장을 이뤘고, 전략적 요충 지위를 활용하는 능력도 과시하고 있다.

독재자를 변호하려는 게 아니다. 우즈벡이든 어디든 외세 다툼이 노골적인 나라의 정치적 격동은 언제나 지정학적 큰 틀에서 봐야 한다는 얘기다. 그루지야, 우크라이나 등을 휩쓴 현란한 상징색깔의 시민혁명을 지레 기대했다가 실망하는 자세로는 강대국들이 21세기 전략적 판도를 놓고 맞부딪치는 중앙아시아의 격변을 제대로 이해할 수 없을 것이다.

이런 가운데 우즈벡 정부가 안디잔의 무장소요를 촉발한 배후세력을 아프간의 탈레반이라고 규정한 것은 흥미롭다. 자취도 없이 사라진 탈레반을 지목한 것은 미국이 최근 확산된 아프간의 반미 유혈 시위를 탈레반이 부활한 탓으로 선전하는 것과 마찬가지로 근거 없지만 편리한 빙계다. 이슬람 근본주의세력을 끌어대면 어떤 과오도 가릴 수 있는 방패막이가 되는 것이다. 이런 혼돈 속에서 진짜 개새끼가 누군지는 그야말로 역사가 심판할 것이다. 다만 강대국의 피비린내 나는 탐욕을 외면한 채 민주와 인권을 떠드는 것은 지나치게 한가하다.

〈2005년 5월 24일〉

레몬 혁명

중앙아시아의 잇단 민중혁명은
러시아 변방을 장악하려는
미국의 전략적 포석의 산물이다.

러시아 변방의 독립국가 정부를 잇따라 무너뜨린 민중봉기가 중앙아시아 키르기스스탄에 이르렀다. 2003년 그루지야의 장미 혁명, 지난해 우크라이나의 오렌지 혁명에 이어 3번째다. 이번에는 레몬 혁명이다. 반정부 시위대가 레몬과 황색을 상징으로 내세운 데서 비롯됐다. 키르기스의 튤립이 유명한 데서 튤립 혁명이라고도 부른다. 소련 붕괴 직후 동유럽을 휩쓴 민주화 도미노를 벨벳 혁명으로 찬양했듯이, 민중의 민주화 의지가 혁명의 원천임을 과시하고 치하하는 것이다.

그러나 키르기스 사태는 배경과 성격이 그 상징만큼 선명하지 않다. 독립 후 15년간 집권한 부패 독재정권이 선거조작까지 자행한 것에 분노한 민중이 봉기한 외형은 민주혁명이다. 하지만 집권세력이 의석을 독차지한 총선결과는 민중봉기의 근본원인이 아니라는 분석도 있다. 그보다는 수도 비쉬켁 등 북부지역에 권력과 경제력이 편중된 데 불만이던 남부의 반정부세력이 주지사와 경찰을 몰아내고 수도까지 밀고 올라온 것에 정권이 맥없이 무너진 우발적 사태라는 것이다. 그루지야나 우크라이나 때와 같은 외세개입 흔적도 아직은 뚜렷하지 않다.

다만 이 지역에 정통한 유럽 언론이 장미, 오렌지, 레몬, 튤립 등 혁명의 상징에 맹목적으로 매달리지 않는 것은 눈여겨볼 만하다. 이 지역 영향력을 다투는 미국, 유럽연합(EU), 러시아 등이 민중혁명에 어떻게 개입하고, 어떤 전략적 목표를 추구하는가를 정밀하면서도 거시적인 안목으로 분석하는 것이다. 이에 따르면 그루지야와 우크라이나에서는 미국과 영국 등이 반정부 세력에 막대한 자금과 선전선동 노하우를 지원했다. 폴란드 등의 시민운동그룹이 여러 나라를 옮겨 다니며 반정부 시위를 이끄는 것도 서방의 개입과 같은 맥락이라는 지적이다.

이런 관점에서는 중앙아시아의 잇단 민중혁명은 러시아 변방을 장악하려는 미국의 전략적 포석의 산물이다. 영국 더 타임스의 저명한 논평가 사이먼 젠킨스 등은 그래서 시어빠진 레몬(Sour lemons)이라고 평가 절하한다. 반면 더 가디언의 티모시 가튼 애쉬 같은 이들은 민주주의 확산은 어쨌든 바람직하다고 반박, 자못 열띤 논쟁을 하고 있다. 이런 가운데 주목할 것은 중앙아시아에서 미국이 벌이는 전략적 게임의 궁극적 목표도 중국 포위라는 분석이다. 대륙 반대쪽의 격변과 혼돈도 유심히 살펴야 한다.

〈2005년 3월 28일〉

양안(兩岸) 교류의 지혜

중국과 대만의 경제적 유착이
주변세력의 전략구상까지
쓸모없게 한다는 진단도 나온다.

1989년 대만(臺灣)의 대륙 탐친(探親) 관광 열기를 취재한 적이 있다. 중국 본토의 일가친척을 찾는 여행을 양쪽 정부가 허용, 이산가족도 찾아보고 그리던 고향산천도 둘러보는 대륙관광 붐이 일었다. 타이베이(臺北)의 여행사마다 탐친관광 포스터가 어지럽게 나붙은 가운데, 양쪽 정부는 대륙관광을 적극 지원하면서도 정치적 의미는 낮추고 있었다. 무엇보다 인상적인 것은 이른바 양안(兩岸) 인적 교류에 안팎의 관심이 쏠린 상황에서, 정부와 재계 지도자들이 하나같이 중화(中華) 경제권 형성을 강조하는 모습이었다.

그때나 지금이나 중국과 대만은 공식적 적대관계를 한치도 허물지 않았다. 대만은 아직도 중국을 공비(共匪)지역으로 부르고, 중국은 대만을 언젠가 평정할 반란지역으로 간주한다. 그러나 당시 취재에서 나름대로 느낀 것은 중국인들은 역시 자신들의 문제를 어떤 외부세력보다 길고 넓은 안목으로 보고 있다는 것이었다. 역사적으로 중앙과 변방의 변화무쌍한 적대와 복속 관계에 익숙한 때문인지, 명분과 현실을 조화시키는 타협을 최선의 방책으로 삼고 있는 듯했다. 궁극적 지향점도 그 언저리에 있고, 따라서 외부세계보다 오히려 느긋할 수 있는 듯했다.

16년 세월이 흐른 지금, 양안 관계는 각박한 것으로 비친다. 대만 토착세력에 기반한 집권 민진당이 심심하면 독립을 외쳐 중국을 자극하고, 미국의 새로운 포위전략을 의식한 중국은 언제든 무력통일을 감행할 듯한 제스처로 정치적 파고를 높인다. 그러나 어느 순간 파격적으로 진전된 교류를 이뤄, 파국을 주제로 가상 시나리오를 쓰던 외부인들을 머쓱하게 만든다. 올 설 명절 춘제(春節)를 앞두고 중국이 제의한 직항 전세기 운항을 대만이 수용, 반세기 만에 처음으로 3주일 동안 직항로가 열린 것도 그런 사례다.

그 배경은 역시 양안의 경제교류다. 대만의 대륙투자가 1,000억 달러에 이르고 기업활동을 위해 본토에 머무는 대만주민이 100만명이나 되는 마당에, 양쪽의 어떤 불통(不通)정책도 현실적 편익을 앞설 수 없는 것이다. 이 경제적 유착이 주변세력의 전략구상까지 쓸모없게 한다는 진단도 나온다. 잊을 만하면 남북 정상회담을 들고 나오는 우리 정치 지도자들도 유념할 필요가 있다. 이미 퇴색한 정상회담의 상징성에 대단한 집념조차 없이 매달릴 게 아니라, 실질적 교류에 힘을 쏟는 것이 현명하고 정직할 것이다.

〈2005년 2월 2일〉

테러, 근본을 봐야 한다

목숨을 내던진
절망의 몸부림을 탓할 수 있는
진정한 도덕적 명분은 찾기 어렵다.

러시아 북오세티야 공화국 베슬란의 인질사태가 유례 없는 참사로 끝나자 세계는 경악하는 반응을 보였다. 인질 500명이 희생된 최악의 결말에 충격과 비탄을 나타내는 것은 언뜻 당연하다. 그러나 독일의 권위지 쥐드도이체 차이퉁은 전혀 놀랄 일이 아니라고 논평했다. 엉뚱한 듯하지만 냉철하고 정연한 논리를 살필 필요가 있다. 자폭 테러를 서슴지 않는 체첸 반군이 일부러 어린 학생들을 인질로 삼은 판에 절제된 행동을 기대하는 것은 부질없다. 테러에 굴복하지 않는다는 원칙을 고수해 온 푸틴 러시아 대통령이 체첸 철군 요구를 들어줄 리도 없다. 2년 전 모스크바 극장 인질사태 때 독가스를 무차별 살포한 강경 진압으로 100명 넘는 인질이 희생된 것을 상기하면 참극은 예고됐다는 얘기다.

이렇게 보면 국제사회가 비인도적 인질극을 비난하다가, 참혹한 결말에 놀란 듯 강경 진압을 시비하는 것은 정직하지 않다. 체첸과 러시아가 극단적 증오와 무자비한 살육으로 얽힌 사실은 외면한 채, 인명을 존중한 타협이나 신중한 진압을 기대하는 것은 위선적이다. 헛된 위선을 숨기기 위해 진압경위를 논란하지만, 이마저 러시아의 해명에 치우쳐 진상을 왜곡할 뿐이다.

러시아 관변 언론의 공식 버전 대신 독립언론과 외부언론의 객관적 보도에 따르면, 러시아는 애초 강경 진압을 준비했다. 인질범들은 사태 첫날 인질들에게 물과 유아용 분유까지 나눠주었다. 그러나 러시아 측은 협상을 거부, 물 공급을 끊게 했다. 사태 장기화를 피하려는 조치다. 그리고 셋째 날인 금요일 아침, 현장봉쇄를 강화하고 특수부대를 근접 배치했다. 이어 인질범의 허락으로 구호반이 첫날 희생된 인질 시체를 인수하기 위해 학교 체육관에 들어가는 순간, 체육관 벽과 지붕이 폭발과 함께 무너지며 총격전이 벌어졌다.

공식 버전은 인질범이 몸에 두른 폭탄과 지뢰를 터뜨렸다고 전한다. 그러나 벽과 지붕 폭파가 진압병력을 기습 투입하기 위한 것임은 논란할 필요 없는 상식이다. 현장보도를 피한 관변 언론과 달리 현장을 지킨 기자들은 폭파 순간 헬기 여러 대가 진압병력을 공중 투입했다고 전했다.

진상이 불분명한 가운데도 국제사회는 참극의 발단은 인질테러라고 지탄한다. 그러나 압도적인 러시아군에 맞서 투쟁하는 체첸 반군에게 정규 전투행위만 요구하는 것은 넌센스다. 톨스토이도 찬양했다는 영웅적 저항투쟁에도 불구하고 제정 러시아에 강제 편입된 체첸은 소련 붕괴와 함께 독립을 이루는 듯했으나, 푸틴 집권 뒤 소련 시절보다 가혹한 탄압에 시달리고 있다. 그 혹독한 시련은 인구의 10%에 가까운 10만명이 희생된 사실이 상징한다. 러시아는 우격다

짐으로 괴뢰정부를 세우고, 대중 속 불순세력을 암살로 솎아내고 있
다. 이에 따라 체첸의 정체성을 말살하려 한다는 위기감이 팽배했다.

　체첸의 좌절을 깊게 한 것은 미국의 테러와의 전쟁에 편승, 러시
아가 체첸의 저항을 테러리즘으로 모는 것을 국제사회가 용인한 것
이다. 러시아를 비난하던 외부 목소리조차 잦아든 가운데, 경제 봉
쇄와 언론 통제로 체첸은 망각 속에 고사(枯死)할 지경이다. 이런 상
황에서 국제적 관심을 끌 최후수단으로 체첸을 벗어나 자폭테러와
인질극을 감행하고 있는 것이다. 목숨을 내던진 절망의 몸부림을 탓
할 수 있는 진정한 도덕적 명분은 찾기 어렵다.

　러시아가 체첸 독립을 막는 것은 막대한 석유가 묻힌 코카서스 지
역을 지키려는 지정학적 이해 때문이다. 위대한 러시아 부활과 강력
한 지도력을 내건 푸틴의 개인적 이해도 작용한다. 그러나 러시아
안에서도 피의 악순환을 끝내라는 양심의 외침이 커지는 마당에, 우
리 사회가 테러 비난에만 열 올리는 것은 어색하다. 특히 알 카에다
가 연루됐다는 러시아의 뻔한 왜곡선전을 언론이 앞장서 전파하는
것은 도대체 어떤 명분을 위해서인지 짐작하기조차 어렵다. 복잡한
세상을 바로 보려면 국제 테러의 근본을 봐야 한다.

〈2004년 9월 7일〉

베이징의 겨울연가

미국 외교의 알트마이스터 키신저에 의하면
미국도 중국의 구애에 화답하는 것이
국익에 어울린다.

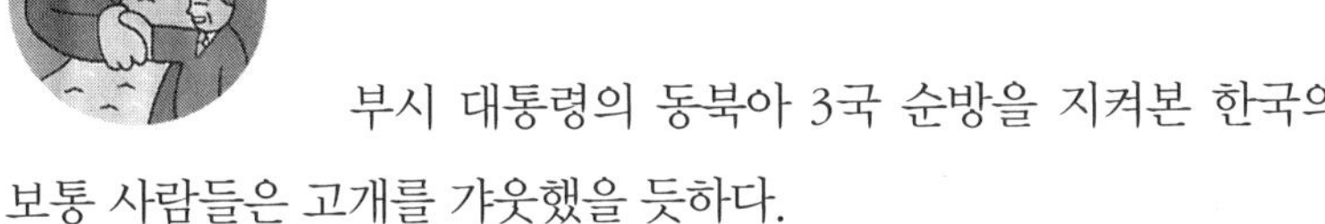

부시 대통령의 동북아 3국 순방을 지켜본 한국의 보통 사람들은 고개를 갸웃했을 듯하다.

오랜 우방 한국과 전에 없이 서먹한 감정을 나눈 미국대통령이 서울보다 베이징에서 화기애애한 분위기를 연출한 것이 야릇한 것이다. 중국이 21세기 미국의 패권에 도전할 유일한 나라이고, 이 때문에 미국이 미사일방어(MD)계획 따위로 견제한다는 이론을 떠올리면 의문은 커진다.

사리로만 따지면, 부시 대통령은 중국에서 문전박대 받아 마땅하다. 중국을 잠재적 적으로 규정한 국방정책을 내놓고, 체제와 인권을 노상 시비한 그를 중국인들이 반길 일은 도무지 없을 듯하다. 그런데도 중국은 부시 방문을 앞두고 죽(竹)의 장막을 처음 헤친 닉슨 대통령의 상하이 코뮈니케 30주년을 성대하게 자축, 이를테면 첫 사랑의 기억을 일깨우는 모습을 보였다.

부시도 정상 만남에서 마냥 우호적인 것은 물론이고, 인민들과도 스스럼 없이 어울렸다. 만리장성 관광 길에 수학여행 어린이들과 사진을 찍고, 베이징 칭화(淸華) 대학생들과도 격의 없는 대화 모임을 가졌다. 시비하던 인권과 종교 자유 등은 원칙적 언급에 그쳤고, 강력하고 번성하는 중국의 출현을 환영한다는 수사마저 남겼다.

이 베이징의 겨울연가를 시샘만 할 계제는 아니다. 얽힌 사연을 헤아리는 것이 버림받은 심정을 추스르는 데 도움될 것이다. 그러자면 중국의 첫사랑 상대 닉슨의 3각외교 전략부터 되돌아볼 필요가 있다.

공산주의 팽창을 저지하기 위한 인도차이나 개입의 참담한 유산을 물려받은 닉슨은 냉전시대를 지배한 이상주의 외교를 벗어나, 국익에 입각한 현실주의 외교를 추구했다. 소련과 겨루면서 동시에 중국을 고립시킨 전략이 국력만 소모시킨 어리석음을 떨치려 했다. 거대한 잠재력을 지닌 중국과 화해, 소련의 위협에 함께 맞섬으로써 아시아에서 3각 세력균형을 이루려 했다. 이를 위한 중국과의 동거 약속이 바로 1972년 2월의 상하이 코뮤니케다. 두 나라 모두 아시아 태평양 지역에서 패권을 추구하지 않고, 다른 세력의 패권장악을 공동 저지한다는 약속이었다.

30년 세월이 흐른 마당에 무슨 첫사랑 타령이냐고 말하는 이들은 상하이 코뮤니케를 기초한 헨리 키신저의 냉전 종식 후 국제 정세진단을 유념할 필요가 있다. 키신저는 전통적으로 국익 외교를 펼친 중국이 경제성장에 필수적인 정세 안정, 러시아와 일본, 인도가 도사린 아시아의 세력균형을 위해 미국의 잔류와 개입을 환영한다고 보았다. 다만 미국이 중국의 권위와 체면을 해치지 않고, 체제변화를 강요하지 않는다는 조건이다.

미국 외교의 알트마이스터(Altmeister) 키신저에 의하면 미국도 중국의 구애에 화답하는 것이 국익에 어울린다. 유일 초강대국도 이질적 세력과 이념이 경쟁하는 아시아에서 일방적 패권을 추구할 수 없고, 욱일승천하는 중국과 암묵적으로 전략적 협력을 해야 한다는 것이다.

부시행정부는 대 테러전쟁을 명분으로 중앙아시아 등에서 러시아 및 우방과 함께 중국 포위망을 형성하고 있다. 그러나 중국을 직접 상대해서는 세계 경제질서편입 등의 호의를 베풀고 있다. 언뜻 모순되지만, 키신저가 권고한 비스마르크 류의 공세적 세력균형 외교의 요체는 여러 나라와 중첩적 연대를 구축하는 것이다.

어쨌든 문제는 미국이 일방적 패권과 세력균형, 어느 쪽을 추구하든 간에 북한뿐 아니라 우리까지 소외되는 상황이다. 키신저는 국익 외교가 도덕적 부장해제로 인식되면 안팎의 지지를 얻기 어렵다고 경고했다. 부시가 북한 등 '악의 축' 타도를 외친 것은 이 경고를 좇아 국익 추구에 도덕적 명분을 덧씌운 셈이다. 결국 베이징의 겨울 연가는 한반도가 강대국 체스판의 희생마(馬)가 될 수 있다는 우려를 확인시킨 현실의 드라마다.

〈2002년 2월 28일〉

타블로이드 세상 보기

마르코스 금괴가 김일성 주석 이름으로
스위스 은행에 예치됐다는 황당한 보도 역시
김 위원장의 여행을 겨냥한 역정보의 소산으로 의심된다.

타블로이드(Tabloid)는 원래 최초로 나온 정제(錠劑) 알약의 상표 이름이다. 먹기 번거롭고 때로 고통스러운 가루약에 비할 수 없이 간편하고 단맛까지 입힌 이 절묘한 타블로이드 개념을 현대 대중언론이 답습한 것도 같은 이치다. 신문 판형을 대폭 줄여서 들고 보기 편하게 하고, 천박한 호기심을 자극하는 얘기와 사진으로 독자의 입맛을 돋우려는 발상이다.

그 원조격인 영국 타블로이드 신문의 선정성은 극단적이다. 다이애너 비의 불륜 행각을 1면 전단 사진과 함께 도배하면서, 국제 정상회담 뉴스는 1단 기사로 끼워 넣는 식이다. 국제문제를 다룰 때도 이를테면 독일통일에 곧장 나치 악몽을 떠올리고, 적대진영이나 제3세계 지도자를 드라큘라 등으로 매도한다. 사실과 논리는 관심 없고 오직 말초적 흥미를 자극하는 것이다. 오죽하면 타블로이드가 선정적이란 뜻의 형용사로 쓰일까.

이런 타블로이드 언론은 현안에 대한 진지한 관심 대신 고정관념과 편견을 조장하고, 지배 이데올로기에 영합해 개방적 대안 모색을 막는다. 국제문제도 극우 국수주의 시각으로 보기 일쑤여서 평화와 화합에 역행한다. 그러나 바로 이런 특성 때문에 타블로이드 언론은 냉전시대 모략 선전, 역정보(disinformation) 공작에 애용됐다. 서방 정보기관은 타블로이드 언론을 중심으로 모략 정보를 전파한 사실이 미국 상원 청문회에서도 확인됐다. 공산권과 서방 권위 언론도 각기 이런 공작에 기여한 것은 물론이다.

서론이 긴 이유는 북한 김정일 위원장의 러시아 여행에 즈음한 국제 언론 보도를 음미하기 위해서다. 대체로 냉소적이고 부정적인 가운데, 노골적 모략 성격이 짙은 보도도 있다. 대표적인 것이 김 위원장의 전용열차가 AK 자동소총 저격을 받은 흔적이 있다는 러시아 타블로이드 신문 보도다. 이 사진 보도는 당연히 널리 전파됐고, 뭔가 분명지 않으나 김 위원상의 유상한 러시아 여행에 반발하는 세력이 있다는 인상을 남겼다. 뒤늦게 외곽 접근조차 불가능한 전용열차와는 무관한 사진으로 확인됐지만, 부정적 이미지는 지워지지 않는다.

문제는 거짓 보도가 단순히 센세이션을 노린 것인지, 모략 의도가 작용했는지가 가려지지 않는 것이다. 마르코스 금괴가 김일성 주석 이름으로 스위스 은행에 예치됐다는 뜬금없이 황당한 보도 역시 김 위원장의 여행을 겨냥한 역정보의 소산으로 의심된다. 김 위원장이 김 주석의 항일 유적을 더듬어 간 사실과 김 주석의 부정적 이미지를 되살린 보도가 무관치 않으리란 얘기다.

이 보도는 무엇보다 사실관계부터 확인된 게 없다. 유일한 자료인 예치증서는 종이쪽에 쉽게 만들 수 있다. 1970년 베트남 전쟁을 고

리로 한국과 연대한 반공 일선에 섰던 마르코스가 김 주석과 교감하
거나 이름을 빌린다는 것도 우습다. 그 밖의 추리는 어차피 근거 없
는 가설에 기초한 것이다. 과거 캐나다 은행 예치증서를 내세운 제
보자가 있었던 사실은 결정적 반대 증거인 셈이다.

　냉전 종식 뒤 여전한 역정보 공작은 그 통로를 가리지 않는다. 그
리고 냉전 명분을 내세운 과거와 달리 특정 이슈에 관한 국제 여론
을 유리하게 이끌어 국익을 확대하려는 이기적 목적을 좇는다. 영미
언론이 미사일 방어(MD) 문제 등 민감한 현안이 걸린 북·러 정상
회담을 앞둔 김 위원장의 열차 여행을 시대착오적이라고 냉소하는
것부터 맹목적으로 따를 일이 아니다. 스탈린 시대를 연상케 하는
비밀여행이라고 매도하지만, 공개된 행보로 개방의지를 과시했다는
평가와 어긋난다.

　영국이 타블로이드 언론 천국이 된 것은 최고 권위지들이 좌우 이
념으로 갈려 치열하게 논쟁하는 풍토에서 잠시 일탈하려는 심리가
바탕이란 분석도 있다. 그러나 우리의 심각한 이익이 걸린 사안에서
그들의 선정성을 좇는 것은 처지와 분수를 잊은 어리석은 짓이다.

〈2001년 8월 9일〉

중국의 변혁 드라마

이념의 틀과 서구의 시각을 벗어나
중국의 세기석 변혁 드라마를
주시해야 한다.

중국을 배경으로 한 영화 '붉은 수수밭'과 '마지막 황제'는 20세기초 비슷한 시대를 산 농촌 여인과 청나라 마지막 황제의 극명하게 다른 삶을 그렸다. 붉은 수수밭은 누대에 걸쳐 상속한 궁핍과 봉건적 질곡, 외세 침탈에 맞서 운명을 개척하는 여인이 주인공이다. 반면 마지막 황제는 역사의 수레바퀴에 운명을 맡긴 채 호사와 전락(顚落)의 극단을 산 무력한 제국의 계승자에 조명을 비췄다.

어쭙잖은 영화 평을 하려는 게 아니라, 두 영화의 메시지만 살펴보자. 중국인 장이머우 감독의 '붉은 수수밭'은 척박한 토양을 딛고 선 민중을 부각시킨 점에서 좌파 색채가 짙다. 반면 베르나르도 베르톨루치 감독의 '마지막 황제'는 봉건질서를 타파한 중국 인민이 공산주의를 택한 것은 잘못이란 인식을 은연중에 내비친다.

이 영화들은 나름대로 중국에 대한 이해를 높였다. 그러나 중국의 개혁 개방이 열매 맺기 시작한 1980년대 후반 두 영화가 나온 지 10여 년이 지난 지금, 외부 세계는 여전히 엇갈린 시각으로 중국을 보고 있다. 이는 베이징 올림픽을 둘러싼 논란에서 잘 드러났다. 중국 체제의 정당성을 부정하는 시각은 베이징 올림픽을 나치 독일의 베를린 올림픽에 비유한다. 인권을 억압하는 중국 공산당이 올림픽을 체제 정당화의 빌미로 삼도록 허용한 잘못이라는 것이다. 올림픽은 중국 지도층이 아닌 인민을 위한 선물이라는 논리를 내세워, 중국이 국제 사회의 인권 감시를 수용하라는 주장도 있다. 공통점은 모두가 중국 인민의 인권과 복지를 앞세우는 것이다.

이처럼 중국 체제와 민중을 떼놓는 논리는 새삼스러운 게 아니다. 청조 말기, 서구 제국주의 열강은 청조와 민중의 역량이 결합하는 것을 두려워했다. 계기는 아편전쟁 등을 거쳐 대륙을 마음껏 침탈하던 서구 열강에게 농민들이 부청멸양(扶淸滅洋)을 외치며 도전한 의화단 운동이다. 청조는 이 의화단의 난(亂)을 뒤에서 지원하고 열강에 선전포고까지 했다. 서구는 8개국 연합군으로 베이징을 침공해 난을 잔혹하게 진압했다. 그러나 민중의 힘에 경악, 청조를 무력하고 타락한 채 유지하는 것을 민중 견제의 안전판으로 삼았다. 외세에 고삐 매인 마지막 황제는 그 상징이다.

그 마지막 황제를 반역죄로 투옥한 공산혁명 지도자 마오쩌둥은 1949년 인민 공화국을 선포하면서, "이제 누구도 중국을 능멸하지 못할 것"이라고 외쳤다. 중국 인민이 공산주의에 기운 바탕, 민중을 핍박한 봉건질서와 외세에 대한 분노와 변혁 열망을 집약한 셈이다. 그는 죽의 장막을 치고 자력 갱생을 꿈꾸다 문화혁명의 광란을 일으켰으나, 중국 사상 가장 큰 변혁의 초석을 놓은 것은 틀림없다.

마오쩌퉁을 이은 덩사오핑이 20년전 발진시킨 개혁과 개방은 중국의 국운과 민중의 삶을 근본적으로 바꿔놓았다. 이념을 경계로 시비가 많지만 오늘날 중국이 사상 가장 강성하고 인민의 삶이 어느 때보다 풍요한 것은 부인할 수 없다. 올림픽 유치에 중국인들이 열광하는 것은 지난 20년의 노고로 이룬 결실을 자랑하는 것이자, 한 세기 이상 억눌렸던 민족 자존심의 회복을 자축하는 것이다. 중국의 축복을 서구가 용훼하는 데는 오랜 편견과 위선이 작용한다.

기원전 중앙집권 국가가 들어선 중국의 정치체제를 서구 기준으로 재단할 수는 없다. 개혁 개방이 민중의 이반(離反)을 부추길 것으로 보는 것도 성급하다. 이념의 틀과 서구의 시각을 벗어나 중국의 세기적 변혁 드라마를 주시해야 한다.

〈2001년 7월 19일〉

재벌 포로 된 이탈리아?

이탈리아 국민이 베를루스코니를 택한 것은
2차대전 이후 거의 계속해 집권한 좌파의
방만한 국정운영에 신물난 때문이다.

독일 기업인들이 프랑스와 이탈리아 관료 및 기업인을 촌평한 글을 읽은 적이 있다. 먼저 프랑스. "그러고도 나라가 잘 돌아가는 것이 놀랍다"는 평가다. 일은 대충 하면서, 식사는 두 시간 넘게 즐기는 것에 질렸다는 것이다. 아침 7시반이면 관공서 일을 시작하고 소시지만으로 10분이면 식사를 끝내는 독일인에게는 사랑과 음식을 즐기는 것이 인생의 목적인 듯한 프랑스인들이 한심하면서도 경이로운 것이다.

다음은 이탈리아. "아직 나라가 망하지 않은 것이 신기하다"는 혹평이다. 수시로 바뀌는 정부는 부패 무능하고, 관료와 기업은 따로 놀고, 공권력을 비웃는 마피아가 판을 치고, 국민은 저마다 제멋대로인 나라를 규율과 질서가 몸에 밴 독일인들은 외계 세상처럼 느낀다는 것이다.

이 평가대로 이탈리아는 유럽연합(EU) 주축 멤버 가운데 골치 아픈 존재다. 재정 건전성과 복지 수준 등이 EU 기준에 미치지 못해 경제사회 통합에 걸림돌이 되기 일쑤다. 인구 5,000만이 넘는 핵심 국가가 이 모양이니, 체제이념 차이로 딴지를 거는 영국과는 다른 차원에서 밉상이다.

이런 이탈리아가 며칠 전 의회 총선에서 한층 큰일을 저질렀다. 주요 회원국 정부를 좌파가 장악한 상황에서 우파정권을 선택한 것이다. 그게 무슨 큰일이냐고 할지 모르나, 주요 회원국의 경제사회 정책이 좌에서 우로 돌아서면 EU 단일 정책 결정이 어려울 게 뻔한 노릇이다. 유럽의 표면적 우려는 과격 민족주의 세력과 네오 파시스트 정당이 우파 연정에 가담한 때문이다. 그러나 속내는 이탈리아에서 2, 3위를 다투는 재벌 총수가 정권을 거머쥐고 유럽의 이념적 지향과는 다른 정책을 추진할 것이 못마땅한 것이다.

새 총리가 된 베를루스코니는 원래 마피아 결탁설이 파다하고, 돈세탁과 탈세 등 여러 범죄혐의로 기소된 전력이 있다. 그러나 유럽 언론이 총선에 앞서 "범죄자기 집권해선 안 된다"며 베를루스코니 때리기에 열올린 바탕도 우파 이념의 오염과 득세를 꺼린 탓이다.

이런 사정을 잘 아는 이탈리아 국민이 베를루스코니를 택한 것은 2차대전 이후 거의 계속해 집권한 좌파의 방만한 국정운영에 신물 난 때문이다. 특히 세계화와 경제구조 개혁물결에 적응하지 못한다는 불안감이 '시장 혁명'을 약속한 재벌 총수에 기울게 했다는 것이다. 베를루스코니는 성장을 위한 세금감면, 은행 구조개혁, 노동시장 유연화 등 부시 미 공화당 정부의 정책을 답습하고 있다. 그는 기업 이익을 지키기 위한 미국의 기후협약 탈퇴와 미사일방어 구상도 지지하면서, 미국의 최대 우방을 지향한다고 공언했다. 하나같이 유럽연합의 노선과 어긋나는 것이다.

그러나 착각은 금물이다. 베를루스코니를 지칭하는 것이 아니라, 우리 사회에서 '유럽의 이념적 지향이 바뀌고 있다'는 따위의 해석이 나올 것을 경계해서다. 흔히 시장경제와 민주주의를 논할 때 유럽마저 미국과 한 통속으로 묶어 '서구 선진국은…'이라고 왜곡하는 보수 논객들이 재벌 규제완화를 비롯한 경제정책 논쟁에서 이탈리아를 들먹일 법하다. 그러나 이는 역시 유럽의 현실을 아전인수격으로 왜곡하는 것이다.

이탈리아는 기본적으로 유럽식 사회주의가 체제의 근간이다. 역사가 오랜 나라가 그렇듯이 국가의 권위를 거부하는 세력이 많지만 경제사회적 견제와 균형 장치는 우리와 비할 바 아니다. 사회보장 등 복지체제는 말할 나위가 없다. 이를테면 하이에크식 시장의 자유에 필수 전제조건인 케인즈식 국가의 규제가 확고하다. 그러고도 세계 6번째 경제력을 유지하고, 미국과 독일에 버금가는 세계화를 진척시켰다. 이런 배경에서 베를루스코니는 좌파의 실패를 틈타 집권했지만, 이탈리아가 재벌의 포로가 되는 일은 없을 것이란 전망이 지배적이다.

오히려 그가 곧 망할 듯하면서도 번성하는 이탈리아의 저력, 그 견제와 균형의 틀에 이내 적응할 것이란 예상이다. 그게 유럽과 미국의 차이다.

〈2001년 5월 17일〉

쿠데타와 민중혁명

마닐라의 허울뿐인 민중혁명 드라마는
거듭된 외세지배 속에 정체성을 상실한 채
극단적으로 계층이 갈린 후진사회의 비극이다.

영국의 국제문제 대기자 마틴 월러코트는 오래 전 '쿠데타와 지진'(Coup and Earthquakes)이란 책을 썼다. 국제언론의 제3세계 보도가 정변(政變)이나 천재지변 때만 반짝하는 탓에 흔히 천박하고 부정적으로 흐른다는 내용이다. 이 책은 제3세계의 진정한 현실과 고민을 왜곡하는 국제보도 관행을 시비하는 신국제정보질서 논쟁에도 자주 인용됐다.

1986년 마르코스 독재를 무너뜨린 필리핀 민중혁명은 이런 제3세계 보도관행도 함께 허문 듯했다. 마르코스 정권 말기부터 경제 피폐상과 공산화 위기 등을 집중 보도한 국제언론은 민중의 힘, 피플파워를 화려한 수사로 찬탄했다. 뒷날 필리핀 민중혁명이 동구권 시민혁명을 촉발했다는 과장된 평가도 주저하지 않았다. 월러코트가 저서를 다시 쓴다면, 제목부터 '쿠데타' 대신 '민중혁명'으로 바꿀 법했다.

지난 달 부패하고 무능한 영화배우 출신 대통령 에스트라다를 밀어낸 피플 파워 속편은 언뜻 15년전 첫 작품에 버금가는 축복이다. 우리 언론 보도만 보면 그렇다. 그러나 속편은 대개 첫 작품에 못 미친다. 허울만 속편일 뿐, 내용은 엉뚱한 경우도 있다. 피플 파워 속편이 바로 이런 범주에 든다.

워싱턴 포스트 등 국제언론은 부패혐의에도 불구하고 정통성을 지닌 대통령을 기득권 세력과 음모적 군부가 작당해 축출한 위헌성을 지적했다. 탄핵 반대여론이 우세한 상황에서 군중시위를 동원한 사실상의 군부 쿠데타란 규정도 있다. 오랜 독재 경험 탓인지, 민중 혁명론에 쉽게 경도하는 우리 사회도 되짚어 봐야 할 평가다. 에스트라다는 갖가지 스캔들로 도덕성을 상실한데다 국정에도 소홀, 외국 투자자까지 등 돌리는 바람에 재계와 중상류 계층의 불만이 컸다. 여기에 불법복권업자 등에게서 수천만 달러 뇌물을 받은 의혹이 폭로돼 탄핵위기에 이르렀다. 그러나 상원이 표결로 탄핵절차를 중단한 것은 형식상 하자가 없고, 에스트라다가 헌정질서를 무시한 것도 없다. 이런 상황에서 정권을 뒤엎은 결정적 힘은 피플 파워가 아니라 정계와 재계 엘리트 세력과 군부였다.

영국 BBC 방송은 재계가 주도한 거리시위에 섞인 서민대중은 음료수 행상뿐이라고 전했다. 그러나 구질서를 대변하는 아키노와 라모스 두 전직 대통령과 하이메 싱 추기경 등이 노골적으로 군부의 모반을 촉구하고, 군이 호응해 통수권자의 사임을 요구하고 나서 대세가 갈렸다. 대법원이 여성 부통령 아로요의 권력승계를 결정한 것은 헌법과 무관하게 대세를 추인한 것에 불과했다.

여기서 이번 사태가 '민중 없는 정변'이란 규정이 나온다. 영화 속

서민 대중의 우상 에스트라다가 기득권세력 후보를 제치고 집권한 것에 불만인 지배 엘리트들이 오랜 모색 끝에 탄핵정국과 민중혁명을 연출했다는 분석이다. 이는 새 대통령 아로요와 아키노 라모스 등이 모두 필리핀의 지배족벌과 기득권세력 출신인 데 비해, 에스트라다는 평민 출신인 점이 뒷받침한다. 그의 부패혐의도 필리핀 정치에 뿌리깊은 부패상의 단면에 불과하다는 지적이다.

정당성이 공인된 15년 전 피플 파워 I도 기실 온전한 민중혁명은 아니었다. 민중지지를 잃고 통제불능이 된 마르코스 정권을 우호세력으로 대체하려는 미국과, 미국 육사출신 라모스가 대표한 정통군부가 실제 흐름을 이끌었다. 민중혁명의 상징 아키노는 마르코스가 집권 초 개혁을 꾀하다 좌절한 구질서의 이익대표였다. 정권실세는 라모스였고, 그는 6년 뒤 대통령에 올랐다. 이들의 집권 12년 동안 필리핀 국정과 민중의 삶에 이렇다 할 개혁은 없었다. 변화가 있다면, 마르코스 문민독재에 눌렸던 군부가 정치세력화한 것이다.

마닐라의 허울뿐인 민중혁명 드라마는 스페인, 미국, 일본 등의 거듭된 외세지배 속에 정체성을 상실한 채 극단적으로 계층이 갈린 후진사회의 비극이다. 아로요 정부가 더욱 강력해진 군부에 휘둘린다는 소식은 비극의 연속상영을 예고한다. 필리핀은 바나나 공화국으로 한층 깊게 추락하고 있다.

〈2001년 2월 8일〉

국민이 함께 부르는 노래

푸틴은 개혁과 재건작업의 정신적 지주를
국민이 한때 민족적 자존과 정체성을 느꼈던
옛 소련에서 찾고 있다는 분석이다.

우리 애국가보다 일본 기미가요가 진취적이라고 평한 글을 오래 전 문화계 저명인사의 수필집에서 읽었다. '동해물과 백두산이 마르고 닳도록'과, '모래가 바위가 되고' 하는 가사가 대조적이란 얘기다. 수필을 두고 논란할 일은 아니고 또 기미가요 곡조보다는 애국가가 씩씩하다. 기미가요가 정작 논란되는 이유는 그 진취적 가사가 '천왕의 천년만년 치세'를 기원, 제국주의 악몽을 떠올리게 한다는 데 있다. 이 때문에 지난해 기미가요를 정식 국가로 격상시킨 것에 대해 안팎의 비판이 많았다. 사실 나름대로 소중한 역사와 전통이 담긴 국가를 두고 시비할 일은 아니다. 다만 과거 죄상을 뉘우치는 데 소홀한 국가적 행태가 논란을 부르는 것이다.

일본과 달리 철저한 과거청산과 도덕적 처신으로 거듭 난 독일은 아직 옛 국가를 마음대로 부르지 못한다. 19세기 프러시아 시절 하이든의 곡에 가사를 붙인 '독일인의 노래'는 1절이 '도이칠란트 최

"

고'란 구호로 시작한다. 원래는 통일국가를 이루지 못한 게르만 민족에게 국가관을 촉구한 것이다. 그런데 이게 나치 과거 등과 연결돼 오만한 민족주의를 상징하는 것으로 인식됐다. 이 때문에 전후 서독은 '단결·정의·자유'란 중립적 구호로 시작하는 3절만 부르는 관행을 고수하고 있다. 지난여름 어느 정치 지도자가 모교 행사에서 금기로 여기는 국가 1절을 부른 사건이 온 나라에 논란을 일으켰을 정도다.

이렇게 보면, 국가는 역시 상징이다. 내용보다 어떤 가치를 상징하느냐가 중요하다. 프랑스 국가 '라 마르세이에즈'는 '독재의 멱을 따고, 조국 땅을 더러운 피로 적시자'는 살벌한 전투적 구호로 일관한다. 그런데도 가사를 고치자는 제안이 에피소드에 그치는 것은 시민혁명 당시 시민군의 진군가였던 이 노래가 프랑스인의 자유의지를 상징하기 때문일 것이다.

본론은 러시아가 최근 옛 소련 국가를 복권시킨 것을 어떻게 볼 것인가다. 2차대전 중 제정된 소련 국가는 힘찬 곡주에 가사도 '저을 무찔러 나아가자'고 외치는 등, 군가나 마찬가지다. 소비에트 연방을 해체한 보리스 옐친 전 대통령은 이 국가가 레닌과 스탈린을 언급하는 등 공산체제를 상징한다는 이유로 망치와 낫이 그려진 국기와 함께 폐지했다. 대신 공산혁명 전 미하일 그링카가 작곡한 평화적 곡조의 애국가를 부활시키고, 국기도 옛 제정 러시아 시대의 삼색기를 도입했다. 소련의 유산은 모두 죄악시한 발상이다.

공산주의와 결별한 러시아가 소련 국가를 부활시킨 계기는 약간 엉뚱하다. 옐친이 도입한 애국가는 곡조가 유장한데다가, 우습게도 가사가 없다. 이 때문에 올림픽을 비롯한 국제 경기에서 선수와 관중의 사기를 북돋우는 국가 연주 때 함께 따라 부를 수 없다는 불만을 모스크바 스파르타크 축구팀 코치가 공론화했다. 그러자 블라디미르 푸틴 대통령이 기다렸다는 듯 입법안을 밀어붙여 며칠 전 의회에서 압도적 지지로 통과시켰다. 옐친과 우파세력은 이를 어두운 과거로의 회귀라고 신랄하게 성토한다. 외부세계의 시각도 호의적이지 않다. 그러나 푸틴과 의회가 다수 국민의 뜻과 어긋나게 무모한 복고를 지향한다고 볼 수는 없다.

푸틴이 물려받은 러시아의 가장 큰 고민은 정체성 상실이다. 러시아 국민은 옐친이 경험하지도 않은 옛 러시아적 가치와 서구식 민주주의와 시장경제를 외친 지난 10년간 혼돈과 추락을 거듭, 정신적 공황 상태에 이르렀다. 강한 러시아를 표방한 푸틴에게 긴요한 것은 상실한 정체성을 되찾는 것이다.

푸틴은 이 개혁과 재건작업의 정신적 지주를 국민이 한때 민족적 자존과 정체성을 느꼈던 옛 소련에서 찾고 있다는 분석이다. 그리고 나치 침략을 물리치고 강대국을 건설하는 데 국민의 의지를 북돋아주었던 소련 국가는 그 위대한 가치를 상징한다는 것이다. 이념과 무관하게, 국민에게는 함께 부르는 노래가 필요하다는 얘기다.

〈2000년 12월 13일〉

중동을 바로 보라

팔레스타인 사태는
이민족의 불법점령과 인권유린에 맞선 맨주먹 저항을
압도적 폭력을 지닌 점령자가 짓밟는 집단학살이다.

이스라엘 소녀의 장례식이 중동의 비극을 상징하던 시절이 있었다. 로미오와 줄리엣 같은 비련(悲戀) 얘기가 아니다. 아랍 테러의 잔혹성을 강조, 이스라엘을 야만에 포위된 문명의 고도(孤島)로 부각시킨 상징 조작이었다. 그 언저리에서 숱하게 학살된 팔레스타인 젊은이는 숫자로만 헤아린 비정한 모순을 언론학자들은 편향 왜곡 보도의 한 전형으로 꼽는다.

팔레스타인 주민의 저항운동은 이런 편파성을 많이 해소시켰다. 최근 위기 때는 이스라엘 군이 무고한 팔레스타인 소년을 사살하는 광경이 생생하게 전해져, 돌팔매와 새총뿐인 팔레스타인 소년들을 무장 헬기까지 앞세운 이스라엘 군이 얼마나 잔혹하게 살상하고 있는가를 세계는 새삼 깨달았다. 그러나 성난 군중의 손에 이스라엘 군인 2명이 희생되자 편파성은 이내 되살아났다. 클린턴 대통령까지 나서 '만행'을 비난한 반면, 소년 25명 등 팔레스타인 주민 100여명이 학살된 사실은 '폭력사태'란 손쉬운 규정에 묻혀 버린다. 이게 바로 팔레스타인 문제가 해결되지 않는 근본이유다.

팔레스타인 사태는 분쟁이나 폭력사태가 아니다. 이민족의 불법점령과 인권유린에 맞선 맨주먹 저항을 압도적 폭력을 지닌 점령자가 짓밟는 집단학살이다. 그게 국제법 원칙과 유엔 결의안에 충실한, 서유럽 언론의 평가다. 옛 남아공이나 코소보 등에 비겨볼 때, 이걸 부정하는 것은 무지이거나 위선이다.

팔레스타인은 52년째 민족이산을 겪고 있다. 서구세력을 업은 유대인들이 몇천년 전 연고를 내세워 이스라엘을 세운 때문이다. 수백만명이 내쫓긴 현대판 디아스포라 속에 고향에 남은 300만명도 1967년 중동전 이래 33년 동안 이민족의 무력통치를 받고 있다. 유엔은 이미 오래 전 이스라엘이 생존권을 인정받는 대가로 요르단강 서안과 가자지구 등 모든 점령지에서 철수하라고 못박았다. 1993년 오슬로 평화협정도 이 '땅 대신 평화' 원칙을 확인했다.

그러나 팔레스타인 민중은 지금껏 땅도 평화도 얻지 못했다. 오히려 통행제한으로 성지참배는커녕 생업조차 어렵고, 여름엔 물 공급도 제대로 받지 못한다. 이스라엘은 사법권까지 행사, 옛 남아공식 인종분리 정책을 펴고 있다.

지난 여름 캠프 데이비드 협상은 평화에 대한 기대를 높였다. 그러나 바라크 이스라엘 총리는 점령지의 유대인 정착촌을 2,000곳이나 늘리면서 유대교와 기독교, 이슬람의 성지인 동예루살렘 문제를 최대 장애로 부각시켜 협상을 결렬시켰다. 아라파트의 완고한 자세가 타결을 막은 듯하지만, 그는 이미 많은 것을 양보한 채 현상과 특혜에 안주해 민중의 지지를 상실한 것으로 지적된다.

이 지역에 오랜 연고가 있는 영국 등 서유럽 언론은 팔레스타인 민중의 분노와 좌절을 해소하지 않는 한 평화는 없다고 경고한다. 그 깊은 원한의 강을 메우는 길은 고대 이래 삶의 터전인 점령지를 되돌려주고, 일상의 생명선인 동예루살렘에 대한 법적 주권을 인정하는 것뿐이라는 지적이다. 서구는 과거 동예루살렘에는 성지 템플마운트만 있는 듯 묘사했으나, 이제 이슬람 성지를 자주 언급한다. 유대교 성지가 지하에 많고 이슬람 성지는 지상에 있는 것을 들어 주권을 지표 상하로 나누라는 제안까지 내놓는다.

팔레스타인과 중동평화 문제를 보는 국제 여론의 변화는 선량한 중재자가 아닌 미국은 손떼고, 유엔에 맡기라는 주장이 상징한다. 힘의 논리로는 결코 평화를 얻을 수 없다는 것이다. 이스라엘의 모든 불법을 비호한 미국은 자국함정에 대한 공격을 마치 민간선박 테러처럼 몰고 가지만, 아랍권의 분노를 국제 여론이 직시하지 못하게 하려는 신전이란 분석이다.

이걸 반미나 반이스라엘로 여기는 것은 낡은 생각이다. 이스라엘의 양식 있는 언론도 나라의 장기적 생존을 위해서는 국제법과 유엔이 정한 원칙과 정의를 따라야 한다고 외치고 있다. 현실정치의 향방이 진실과 정의를 바꿀 수는 없다.

〈2000년 10월 19일〉

뇌염모기가 뉴욕에 간 까닭

국제 문제를 굳이 뒤집어 보자는 얘기가 아니다.
눈을 크게 뜨고,
세상을 바로 보아야 한다.

무더위 속 나라 안팎 뉴스 가운데 모기(蚊) 얘기가 눈에 띈다. 몇 년 전부터 휴전선 부근 경기 북부지역에 크게 늘어난 말라리아 환자가 강원도에서도 격증했다고 한다. 또 미국 뉴욕 등 동북부 여러 주에 지난해 여름에 이어 뇌염모기 방역 비상이 걸렸다는 뉴스를 국내 언론이 크게 다루고 있다. 굵직한 정치·경제 뉴스에 비해 모기처럼 하찮은 기사로 치부할 수 있지만, 결코 가볍게 넘길 수 없는 문제점을 발견한다. 특히 뉴욕 뇌염모기 소동을 전한 국제 뉴스 보도에서 우리 언론의 병폐인 맹목적 추종자세가 두드러진다.

1980년대 초 사라졌던 말라리아가 다시 등장한 원인은 북한 농촌이 피폐해 피를 빨 가축이 줄어 뇌염 모기가 남하한 탓이라는 추정이다. 언뜻 그럴 듯하지만, 북한 모기의 영향은 크지 않고 잇단 홍수와 기후변화가 복합적으로 작용한다는 반론이 설득력이 높다. 유엔환경계획(UNEP) 등 국제적 연구기관들도 지구 온난화에 따라 말라리아와 같은 열대성 전염병이 북반구 전역에 확산되고 있다는 경고를 내놓고 있다. 북한이 말라리아를 퍼뜨린다는 주장이 없는 것은 다행이지만, 북한 요인만을 강조한 보도는 시각이 편협하다.

뉴욕의 뇌염모기 소동에 바이러스 테러 가능성 따위를 거론한 보도는 한 마디로 수준 이하다. 나라밖 뉴스를 더 넓은 안목으로 봐야 할 터인데, 사정은 오히려 거꾸로이다. 뉴욕의 소동을 국내 말라리아 확산보다 더 큰 뉴스로 다룬 것은 문명과 부(富)를 상징하는 도시에서 일찍이 없던 사태이니 그럴 만하다고 치자. 그러나 사태의 원인과 의미를 제대로 따지는 노력은 없이 황당무계한 이라크의 생물학 무기 테러설에나 관심 두는 것은 천박하다. 우물안 개구리 정도가 아니라, 제 돈과 정력을 들여 남의 장단에 놀아나는 꼴이다.

뇌염 바이러스 테러설은 사실 어처구니없다. 지난 해 미국 동부 4개 주에서 60여명이 발병해 7명이 숨진 뇌염의 원인 바이러스는 당초 치사율이 훨씬 높은 세인트 루이스 바이러스로 추정됐다. 그러나 이 바이러스에 안전한 까마귀와 왜가리 등 조류가 떼죽음한 원인을 분석한 결과, 아프리카와 중동·호주에서만 발견된 웨스트 나일 바이러스로 밝혀졌다. 이게 어떻게 뉴욕까지 전파됐는지 논란되는 상황에서 영국 데일리 미러와 주간 뉴요커 등 선정적 대중지가 테러 가능성을 보도했고, 이를 CIA 등 정부 관계자들이 뒷받침했다.

근거는 오로지 이라크가 생물학 무기를 개발하고 있다는 낡은 의혹뿐이다. 그러나 '나일강 서쪽'이란 바이러스 명칭이 주는 연상효과는 그럴 듯했다. 우리 언론도 여기에 덩달아 춤춘 것이다. 고작 7명을 숨지게 한 생물학 테러를 이라크가 무슨 목적과 재주로 감행했는지에 관한 당연한 의문은 무시됐다. 유엔환경계획과 하버드대 등의 전문가들은 뉴욕 뇌염도 지구 온난화에 따른 기상이변으로 폭우를 동반한 허리케인과 고온 건조한 날씨가 이어진 탓으로 보았다. 바이러스 전파 경로는 조류 이동과 잦은 해외여행 등 숱하다. 또 지구 온난화의 주범이 전세계 탄소 배출량의 25%를 내뿜는 미국을 비롯해 선진국의 화석연료 과소비란 사실을 지적한다. 뇌염 소동은 결국 자업자득이란 얘기다.

그러면 황당한 이라크 테러설은 왜 나왔을까. 뇌염모기 소동이 한창일 즈음, 크리스천 에이드 같은 단체들은 1인당 탄소 배출량이 후진국의 수십배인 선진국들이 가뭄과 홍수 등 기상이변에 따른 후진국의 피해를 보상해야 한다고 주장했다. 그 피해가 후진국 외채규모보다 훨씬 크다는 계산과 함께 외채탕감과 연결지었다. 외채문제를 논의할 IMF 총회를 앞둔 때였다. 테러설은 이런 논란의 초점을 흩뜨리려는 흑색선전 성격이 짙은 것이다.

국제 문제를 굳이 뒤집어 보자는 얘기가 아니다. 눈을 크게 뜨고, 세상을 바로 보아야 한다. 대통령까지 나선 반미논쟁도 편협한 인식을 벗어나 넓은 세상의 논의를 바탕 삼아야 할 것이다.

〈2000년 8월 9일〉

평화는 대가를 치러야 한다

중동평화협상은 이혼협상에 비유된다.
쌓인 원한과 원직론을 누르고,
냉정한 현실인식과 상식을 따르는 것이 관건이란 얘기다.

1995년 11월 4일 이츠하크 라빈 이스라엘총리는 텔
아비브 시청 테라스에서 연설하면서 쉬르 라 샬롬, '평화의 날은 온
다'는 글을 읽었다. 글을 적은 쪽지를 소중한 듯 접어 윗도리 안주머
니에 넣은 직후, 총성이 울렸다. 라빈의 가슴과 쪽지를 관통한 총알
은 2년 전 오슬로에서 팔레스타인과 합의한 평화계획도 함께 찢었
다. 타협에 불만을 가진 유대 정통주의 세력의 테러였다.

중동평화의 순교자는 아랍 쪽에도 있다. 1978년 캠프 데이비드
협정으로 이스라엘과 화친의 물꼬를 튼 사다트 이집트대통령은 3년
뒤 카이로 군사퍼레이드를 참관하던 중, 기관총탄 세례를 받고 살해
됐다. 이슬람 원리주의를 추종하는 장교들의 테러였고, 아랍권의 따
돌림을 감수하면서 화평을 선택한 대가였다.

두 지도자 모두 건국에 헌신한 군 출신이었으나, 진정한 승리는
평화를 얻는 것이란 신념을 좇은 용기 있는 인물들이다. 이들의 암

살은 외세개입이나 정치 음모 여부와 관계없이, 뿌리깊은 적대를 씻고 평화를 얻기 위해 얼마나 큰 대가를 치러야 하는가를 상징한다.

그 중동에 마침내 평화가 깃들이고 있다. 22년 만에 다시 캠프 데이비드에서 열린 이스라엘과 팔레스타인의 평화협상은 우여곡절에도 불구하고 중동의 평화정착을 향한 마지막 이정표가 될 것으로 보인다. 당장 협상결과가 어떻게 나오든 간에, 평화의 대세는 확고하다. 무엇보다 반세기를 넘어선 적대와 반목에 지칠 대로 지친 양쪽 모두 평화를 갈구하고 있기 때문이다.

그러나 협상과정의 진통은 평화의 날을 맞기까지 치러야 할 대가가 아직 많음을 일러준다. 그 핵심은 1948년 이스라엘 건국으로 역사 전면에 되살아난 민족간 적대를 떠받쳐온 신화와 이념에의 집착을 끊는 일이다. 평화를 위한 타협이 절실함을 잘 아는 바라크 이스라엘 총리와 아라파트 팔레스타인 수반이 버티기를 계속한 것도 종교·민족이념에 얽매인 내부 반발을 두려워한 탓이다.

양쪽은 대 타협 원칙에는 이미 오래 전 합의했다. 1967년 중동전으로 이스라엘이 장악한 지역을 팔레스타인과 요르단, 시리아 등에 되돌려주는 대가로 아랍권은 이스라엘의 생존권을 수용하는 것이다. 그러나 양쪽 모두 성지 동예루살렘 지배권만은 내줄 수 없는 것이 고민이다. 양쪽 지도자들은 어떤 형태의 무력점령도 안보와 평화를 보장하지 않는다는 것을 알고 있다. 반면 완고한 원칙주의 세력은 대타협이 임박할수록 전통적 명분과 구원(舊怨)을 되살리고 있다. 이 집착을 거스르는 지도자는 정치적 실각과 암살 위협에 놓일 처지다.

양쪽 사회 모두 외부위협이 감소하면서 사회통합이 약화하고 극단주의가 대두하고 있다. 종교·정치세력과 대중도 정체성을 지탱한 이념의 소멸을 두려워하고, 평화가 오는 것에 허탈해 하는 것이다. 양쪽 지도자의 진정한 과제도 적과의 합의보다, 바로 이런 내부 혼란을 수습하고 반발을 무마하는 것이다.

이런 배경에서 중동평화협상은 이혼협상에 비유된다. 쌓인 원한과 원칙론을 누르고, 냉정한 현실인식과 상식을 따르는 것이 관건이란 얘기다. 이를 위해 이스라엘 건국을 성경 속 영광의 재현으로 여기는 발상과, 이스라엘 타도를 회교 성전(聖戰)으로 추앙하는 사고를 함께 벗어나야 한다는 것이다.

평화를 위한 결별에 대가를 치러야 할 나라는 또 있다. 중동 석유자원을 노려 이스라엘을 세우고, 반세기에 걸친 적대를 지원한 미국 등 강대국이다. 이 지역의 전략적 매력이 떨어진 지금 미국은 평화 중재에 발벗고 나섰으나, 난민 이주와 이스라엘 안전보장에 몇백억 달러를 유럽·일본 등과 나눠 치러야 한다. 이스라엘 건국신화를 그린 선전영화 '영광의 탈출'과 '영광의 그 날까지' 등에 멋모르고 감동한 우리 사회는 북한과 평화를 위한 험난한 결혼협상을 해야 한다. 여기에도 어김없이 따를 대가를 어떻게 치를지를 고민하는 데 중동평화협상은 분명 교훈이 될 만하다.

〈200년 7월 26일〉

8

찜질방 헌법재판

도청 울화병

DJ의 와병은
도청 급류에 휩쓸려 아우성치며 떠내려가는 사회가
정신을 가다듬는 계기로 삼을 만하다.

김대중 전 대통령의 화병이 도청 급류타기를 즐기던 집권세력에 암초로 떠오른 모양이다. 그의 와병(臥病)에 호남 민심이 들끓자 DJ와 호남 유권자들의 노여움을 풀기 위해 부산하다고 한다. 이렇게 될 줄 정말 몰랐나 싶고, YS가 몸져 누우면 어찌할까 하는 엉뚱한 생각도 든다. YS야 도청 질문에 태연하게 딴전 피울 만치 원래 심신이 튼튼한 양반이니 공연한 걱정일 수 있다. 두 전직 대통령에 대한 국민정서가 크게 차이 나고, 도청 파문에 연루된 경위도 다르니 비교 자체가 부적절할 수도 있다.

그러나 음모론에 관심 두지 않더라도 집권세력의 행태는 볼썽사납다. 당초 국정원이 DJ 집권시절에도 도청이 자행됐다고 털어놓자 일제히 진상을 철저히 밝히라고 떠드는 것에서 염량세태를 새삼 느꼈다. 아무리 권력과 시류를 좇는 데 약삭빠르다지만, 그토록 떠받들던 DJ의 수모는 아랑곳 않는 모습이 오히려 진정성을 의심하게 했다. 그 시절 권력과 한 배를 탔던 이들이라면, 먼저 스스로 부끄럽고 민망하게 여겨야 마땅하다. 정권이 바뀌었다고 이걸 외면하는 것은 정치적으로나 인간적으로나 도리가 아니다.

이번 사태의 본질은 국가가 국민의 인권과 자유를 몰래 짓밟는 도청범죄를 자행한 것이다. 국가가 해야 할 일도 진상을 규명하고 재발 가능성을 없애는 것이다. 이는 누가 뭐라고 떠들어도 양보하거나 타협할 수 없는 원칙이다. 그렇다면 호남 민심과 친DJ 정서가 들끓는다고 갑자기 태도와 말을 바꿔 온갖 변명과 아첨을 할 일이 아니다. 경박한 언행으로 인권대통령의 신망과 명예를 손상시킨 것은 사죄해야 마땅하지만, 진상은 엄정하게 가리겠다고 다짐해야 옳을 것이다. DJ도 당연히 그것을 바랄 것으로 믿는다.

이렇게 보면, DJ의 와병은 도청 급류에 휩쓸려 아우성치며 떠내려가는 사회 전체가 정신을 가다듬는 계기로 삼을 만하다. 세월의 이끼 끼고 풍화한 DJ의 너른 바위 끝이나마 붙잡고, 과거를 오늘 어떻게 인식하고 정리하는 것이 지혜로운 선택인가를 차분하게 생각하기 바라는 것이다. 이번 사태를 둘러싼 강파른 논쟁은 DJ뿐 아니라 우리 사회 많은 이들에게 울화를 안겼다. 진정성도 지혜도 엿보이지 않는 정치세력의 여론 급류타기에 휩쓸려 화병을 자초하는 것은 어리석은 일이다. 각기 어떤 명분을 지지하든 간에, 사회가 함께 병드는 것은 스스로 경계해야 한다.

〈2005년 8월 13일〉

아내 강간죄

아내 강간을 처벌하는 가정폭력특례법을 추진하는 것은
판례와 학설과 사회적 통념을
단숨에 넘어서겠다는 의지다.

부부 강간, 일반적으로 아내 강간은 인권의식이 발달한 서구에서도 1980년대 초까지 국가가 간섭하지 않았다. 17세기에 정립된 면책 법리가 형법상 강간죄 적용에 불변의 기준이었다. 영국 법원이 "아내는 혼인계약에 따라 자신을 남편에게 내놓았고, 이 묵시적 동의는 철회할 수 없다"고 선언한 것이 만고의 진리처럼 통용됐다고 한다. 다만 별거와 함께 아내의 성(性) 제공 동의도 없어진다고 본 것은 그들답다. 이렇게 오랜 면책법리가 여권 신장에 따라 비판받다가 1984년 아내 강간을 인정하는 판례가 미국에서 나왔다.

뉴욕항소법원은 "혼인증명서가 면책특권을 갖고 아내를 강간하는 자격증일 수 없다. 기혼여성도 미혼여성과 마찬가지로 자신의 신체를 통제할 권리를 지닌다"고 판시했다. 이 판결의 바탕은 부부 한쪽이 일방적으로 혼인계약 파기를 요구할 수 있다면 성 관계 동의도 당연히 일방적으로 철회할 수 있다는 논리다. 또 부부 한쪽이 성 관계를 거부할 때 상대방이 취할 수 있는 조치는 강간이 아니라 이혼 법정으로 가는 것이어야 한다는 서구식 합리주의가 뒷받침한다.

영국도 1991년 면책법리를 폐기했다. 독일은 원래 혼인외 성행위만 강간죄 처벌대상으로 규정, 아내 강간은 처벌근거가 없었다. 1970년 형법개정 때 아내의 '성적 자기결정권'을 존중한다는 합의가 있었으나, 내밀한 부부관계에 국가가 개입하는 것은 바람직하지 않고 폭력과 강요 등을 입증하기도 어렵다는 이유로 면책규정을 유지했다. 그러나 1997년 형법을 개정, 아내 강간도 피해자 고소 없이 처벌한다. 일본에서는 형법상 아내 강간은 성립하지 않는 것으로 본다. 다만 혼인이 실질적으로 파탄 난 경우에 인정한 판례가 있다.

우리는 아내의 성적 자기결정권을 인정하면서도 아내 강간죄는 판례와 다수 학설이 모두 부정한다. 최근 하급법원이 강제추행치상죄를 인정했을 뿐이다. 이런 현실에서 열린우리당이 아내 강간을 처벌하는 가정폭력특례법을 추진하는 것은 판례와 학설과 사회적 통념을 단숨에 넘어서겠다는 의지다. 야당도 동의한다니 입법 가능성은 높을지 모르나, 실제 제대로 적용될지는 또 의문이다. '필사적 저항'도 소용없는 폭행 또는 협박이 있어야 강간죄가 성립한다는 판례와 통설을 부부관계에 비춰 볼 때, 일반 강간죄보다 훨씬 입증하기 어려울 듯해서다.

〈2004년 5월 6일〉

이정렬 판사의 정성

그저 튀는 판사가 아니라,
개인의 권리보호라는 법관의 가장 중요한 본분을 다하기 위해
남달리 정성을 기울인 것으로 볼 만한 것이다.

억대 내기골프를 도박죄로 처벌할 수 없다고 판결한 이정렬 판사가 여론과 언론의 뭇매를 맞았다. 법조계 반응도 그리 우호적이지 않다. 다만 법률가들도 여론을 의식하고 언론도 의견을 선별하는 것을 감안하며, 신선한 판결이란 일부 평가에 골프 핸디캡처럼 가중치를 부여해야 할 듯도 하다. 어쨌든 인터넷 여론조사에서 90%가 판결을 비판하고 온갖 인신공격이 난무하니 이미 게임은 끝난 것처럼 보인다. 갤러리의 어느 언론인은 'OB 판결'이라고 판정했다. 그러나 과연 그럴까. 아니, 그런 식으로 보는 것이 마냥 옳을까.

조금 에둘러 가자. 부장판사 출신인 이재훈 변호사는 '바지 벗은 판사'라는 자전적 에세이에서, 판사시절 도박죄 피고인을 법정에서 만나면 미안한 생각이 들어 관대하게 판결했다고 썼다. '고스톱이든 포커 도박이든, 판사들도 다 하는데…'라는 마음이었고, 이런 속내를 내비치면 피고인들도 뜻밖에 구세주를 만난 듯 안도하더라고 회

고했다. 도박죄의 법리와 법관의 고민을 심각하게 논하지 않았으나, 법과 현실 사이의 괴리를 법복의 위엄을 벗은 홀가분한 마음으로 지적한 셈이다. 그러나 담긴 뜻은 가볍지 않다.

이번 판결의 뜻도 이런 맥락에서 헤아릴 필요가 있다. 내기골프가 도박인가 아닌가를 넘어, 공익을 명분으로 도박 또는 비슷한 행위를 규제하더라도 기준이 분명해야 하고 현실과도 어울려야 한다는 것이다. 이 판사는 국가가 허용하는 카지노와 로또 또는 민간 골프대회 스킨스 게임 등은 괜찮고, 개인의 내기골프는 엄하게 처벌하는 것은 지나치게 이중적 잣대라고 지적했다. 이걸 두고 여론은 부유층의 일탈행위를 용인하는 망발이라고 성토한다. 그러나 빈부에 관계없이 개인의 행복추구권과 자기결정권 등을 국가가 어디까지 제한하는 것이 옳은가는 끊임없이 검증하고 토론할 문제임에 틀림없다.

이렇게 보면, 이 판사는 우리 사회가 더러 의문을 가지면서도 심각하게 논란하지 않은 문제를 공론의 장에 끌어냈다. 그저 튀는 판사가 아니라, 개인의 권리보호라는 법관의 가장 중요한 본분을 다하기 위해 남달리 정성을 기울인 것으로 볼 만한 것이다. 이를 두고 대뜸 골프와 상식과 법리에 모두 무지한 판결로 매도하는 것은 옳지 않다. 오히려 여론과 언론의 비판논리가 판결취지나 법원칙 등과 동떨어진 점이 많다. 자신들을 위해 정성을 쏟은 판사에게 욕설을 퍼붓는 아이러니마저 느낀다.

〈2005년 2월 23일〉

소크라테스 재판

소크라테스를 비롯한 지식인들은 민중재판에 비판적이었다.
배심원들이 법률지식이 없고
정실에 이끌린다는 이유였다.

아리스토텔레스는 '말 잘하는 학문' 수사학의 첫 번째 영역으로 재판 담화를 꼽았다. 법정에서 상대를 고발하거나 자신을 변호하는 밀을 일컫는다. 새판에서는 발을 살해야 한다는 통념은 빼어난 철학자의 식견과 통한다. 우리 사회에서 말 잘하는 사람을 변호사 같다고 하던 것도 법에 무지한 소리가 아닌 셈이다. 수사학이 기원전 5세기 그리스에서 등장한 것부터 민중을 지배하던 참주(僭主)들이 몰락하자 재산을 빼앗겼던 사람들이 되찾기 위한 소송을 잇따라 벌인 것이 배경이다. 당시 민중재판에서 대중을 설복시키려면 말을 잘해야 했던 것이다.

민중재판, 시민재판의 역사는 이렇게 오래다. 고대 그리스 직접민주주의의 가장 중요한 요소 가운데 하나가 민중의 재판 참여였다. 중대 국사범을 제외한 대부분 사건은 도시국가의 정규 구성원인 시민들이 주재하는 민중재판에 맡겼다. 시민 가운데 수천 내지 수백명을 추첨으로 뽑아 배심원단을 구성, 이들이 유무죄를 가리는 사실심 평결은 물론이고 법률심까지 맡았다. 소수 법률가의 재판은 부패하기 쉽고, 다수의 판단을 따르면 공평에 가까워진다는 사회적 믿음이 바탕이었다.

그러나 소크라테스를 비롯한 지식인들은 민중재판에 비판적이었다. 배심원들이 법률지식이 없고 정실에 이끌린다는 이유였다. 특히 소크라테스가 신에 대한 불경죄로 민중재판에서 유죄판결을 받아 사형당한 이래 플라톤 등 후학들은 그 폐해를 부각시켰다. 그러나 민중재판 전통은 널리 존속했다. 15세기 절대주의 시대 국가주의적 로마법이 지배하면서 직업재판관 중심의 사법체계가 확립된 가운데도, 민중재판 원리는 영국과 미국으로 이어졌다. 시민혁명 뒤 프랑스도 '민중 자유의 수호자'로 배심제를 도입했다.

우리와 같은 대륙법 체계인 독일도 참심제를 운영한다. 일본은 1923년 이른바 다이쇼(大正) 데모크라시 시대 배심제를 채택했다가 2차 대전 뒤 폐지했으나 최근 다시 참심제를 도입했다. 이런 역사적 배경 등에 비춰 우리 사회가 시민의 재판 참여를 시험하는 것은 뒤늦었다. 오랜 전통을 지닌 제도라고 해서, 소크라테스 재판 이래 지속된 시비와 논란을 건너뛰기는 어려울 것이다. 오히려 그들이 오랜 세월에 걸쳐 경험한 시행착오를 한꺼번에 겪기 십상이다. 이를 감당할 자세를 가져야 한다는 얘기다.

〈2004년 11월 4일〉

삼권 분립

보수언론의 선동적 논리를 찌라시라고 욕하면서,
스스로 삐리 수준의 글쓰기를
서슴지 않는 모습은 서글프다.

지금 미국 대통령은? 보기 1번 조지 워싱턴, 2번 조지 부시. 이렇게 싱거운 객관식 상식 퀴즈를 가끔 본다. 웃음이 나오지만, 진짜 상식을 테스트하려는 게 아니라 관심과 참여를 이끌어낼 목적이니 탓할 건 없다. 어쨌든 국회가 입법한 신행정수도 특별법을 헌법재판소가 위헌이라고 선언한 것은 삼권분립을 훼손한 잘못이라고 떠드는 이들에게 이런 퀴즈를 던지고 싶다. 삼권분립의 뜻은, 1번 국회가 만든 법을 사법부가 무효화할 수 없는 헌법원리, 2번 국회의 입법권 남용을 사법부가 견제하도록 하는 헌법원리, 이 가운데 어느 게 맞느냐고 묻고 싶은 것이다.

미국 대통령을 알아맞히는 퀴즈보다는 어려울지 모른다. 그러나 1번이 정답이라고 생각하는 이들은 백과사전을 찾아보는 게 좋겠다. 사전의 풀이는 이렇다. 국가권력을 입법·행정·사법으로 나누어 각기 독립기관에 맡겨 견제와 균형관계를 유지, 입법·행정 등 정치권력의 남용으로부터 국민의 기본권을 지키려는 헌법원리다. 이 정도는 초등 교과서에도 나오는 것이니 더 읽어보자. 삼권분립의 구체적 형태는 나라마다 다르지만 헌법재판소가 헌법의 최종적 해석권, 즉 위헌법률심사권과 탄핵심판권을 갖는 경우는 사법부를 입법 행정부보다 우월한 지위에 두는 권력분립 형태다.

사법부가 우위라는 대목이 생소할 수 있다. 헌법의 통치조직 형태를 그렇게 만든 것에 좋아라 하고서도, 헌법 인식은 과거에 머문 탓이다. 정치권력에 대한 사법적 통제 필요성이 날로 커진다면서도, 정작 헌재의 위상과 중요성은 소홀히 여긴 때문이다. 그러면서 삼권분립 정신을 떠드는 것은 스스로 무지를 광고하는 셈이다. 정답을 알면서도 그런다면 악의적 선동이다. 수도이전 명분이 훌륭하더라도, 헌법과 헌법기관을 논하면서 선동적 논리를 동원하는 것은 헌법질서를 어지럽히는 짓이다.

정치인들에게 헌법 상식을 일깨우는 글을 쓰기도 지겹다. 다만 그냥 보기 민망한 동업 언론의 글쓰기 행태를 지적한다. 대표적 진보 신문은 사설에서 국회 입법의 정당성을 헌재가 확인하는 것은 삼권분립을 훼손하고 의회 민주주의의 위기를 자초하는 일인 양 썼다. 특히 여야 합의로 만든 법을 헌재에 들고가 허락받는 꼴은 국회 권능을 부정하는 난센스라고 주장한다. 이게 오히려 몰상식하다. 보수 언론의 선동적 논리를 찌라시라고 욕하면서, 스스로 삐라 수준의 글쓰기를 서슴지 않는 모습은 서글프다. 찌라시와 삐라 같은 논리가 보혁다툼을 주도하는 풍토에서 글을 쓰는 의미가 있을까 하는 생각마저 든다.

〈2004년 10월 28일〉

판사가 나라를 살린다

문제는 정부와 국회 등 헌법기관에 속한 이들이
관습헌법 개념이 더러 생소한 것을 빌미로,
헌법이 규정한 헌재의 고유한 역할과 권한까지
무시하는 말을 함부로 내뱉는 데 있다.

판사가 나라를 살린다. 신행정수도 특별법은 위헌이라고 선언한 헌법재판소를 온갖 거친 말로 비방하는 것에 오래된 책 제목이 생각났다. 어느 헌법학자가 미국 연방대법원 비사(秘史)를 소개한 책에 붙인 제목이다. 법치국가에서 대법원은 나라의 균형을 잡는 막중한 역할을 한다는 점을 강조하기 위해 이렇게 제목 붙인다는 설명이었다. 미국 대법원과 같은 위헌심사 권한을 지닌 헌재 재판관들이 나라를 살렸다고 말하려는 건 아니다. 다만 해결책이 없을 듯하던 수도이전을 둘러싼 사회적 갈등과 혼란을 정리할 가닥이 잡힌 것은 다행이라고 생각한다. 헌재를 터무니없이 욕하는 이들도 사리를 제대로 살폈으면 한다.

나는 신행정수도 건설을 지지한다. 서울 집중의 폐해를 줄이고 지방을 살리려면 한층 대담한 정책도 필요하다고 생각한다. 주위의 반대의견에 왕따되다시피 할 때는 30년전 박정희 대통령이 강행하지 않은 것을 내심 아쉽게 여겼다. 그러나 정부가 지혜와 정력을 다 쏟아도 힘겨울 국민 설득에는 건성인 채, 사회지배세력 교체를 꾀한다는 속내까지 내보인 의도를 헤아리기 어려웠다. 여론이 바라는 국민투표로 승부를 가릴 요량이 아니면, 개혁 명분에 취한 오만으로 볼 수밖에 없었다.

이런 마당에 헌재가 내놓은 위헌결정은 비록 뜻밖이었지만 공감했다. 복잡한 법리에 앞서, 역사적 수도 서울을 옮기는 것은 국민의 결단이 필요한 헌법적 문제로 본다는 판단에 수긍하는 것이다. 따라서 국민의 동의 여부를 직접 묻지 않은 채 국회 입법만으로 추진하는 것은 국민의 기본권인 참정권을 침해한 것이어서 위헌이라는 결론에 찬동한다.

빈약한 헌법 지식에 기대 헌재 결정의 법리를 이리저리 풀이해 보았다. 소수의견처럼 단순히 국민투표를 거치지 않아 위헌이라고 선언했으면 일반국민은 훨씬 쉽게 납득했을 것이다. 그러나 헌법에 규정한 국가중요정책의 국민투표 회부권은 대통령을 위한 것이다. 국민에게도 국민투표 요구권이 있다고 하면 확대해석 논란이 훨씬 치열했을 것이다. 이 때문에 수도는 서울이라는 인식을 법적 확신으로 평가, 관습헌법 논리를 택한 게 아닌가 싶다. 이에 따라 수도이전에는 헌법개정이 필요하다는 결론에는 위헌결정을 반기는 이들도 고개를 갸우뚱하지만, 달리 국민의 뜻을 직접 확인하는 국민투표를 강제할 방법은 없으니 불가피한 선택이라고 할 수 있다.

법률가와 학자들이 법리적 타당성을 논란하는 것은 이상할 게 없다. 문제는 정부와 국회 등 헌법기관에 속한 이들이 관습헌법 개념이 더러 생소한 것을 빌미로, 헌법이 규정한 헌재의 고유한 역할과 권한까지 무시하는 말을 함부로 내뱉는 데 있다. 또 진보적 시민단체와 언론이 민주헌법질서의 여러 원칙에 대한 교과서적 상식과 국민 여론마저 비웃듯이 헌재 결정이 반민주적이라고 강변하는 것이다. 아무리 대의명분이 훌륭하더라도, 이런 식으로 헌재 결정과 헌재를 매도하는 것은 잘못이다.

헌재가 국회 입법권을 침해했느니, 헌법을 훼손했느니 떠드는 것은 몰상식하다. 사법독재를 우려한다는 말은 한층 우습다. 헌재 결정의 정당성은 어떤 논리로도 부정할 수 없다. 이건 수도이전에 대한 찬반 또는 정부 지지 여부와는 다른 차원의 문제다. 서로 다른 가치 기준으로 분별하는 자세가 절실한 것이다. 이를테면 유일하게 헌법소원 각하의견을 낸 헌재 재판관은 언뜻 개혁적이지만, 국회 및 정부 권력과 대립하는 국민의 기본권을 좁게 해석한 점에서는 보수적이다. 이런 사리를 헤아려야 한다.

미국 헌법을 기초한 알렉산더 해밀턴은 사법부의 가장 중요한 임무는 의회의 권한 남용을 감시, 헌법 원리에 어긋난 법률을 무효화하는 것이라고 말했다. 이를 통해 국민과 의회 사이를 중재하도록 사법부를 만들었다는 것이다. 여기에 비춰 보면, 우리 헌재도 사회적 갈등을 풀고 나라의 균형을 잡는 역할에 충실했다고 봐야 할 것이다.

〈2004년 10월 26일〉

범죄자와 로또

복권이란 게 애초 몰가치적인 요행을 파는 것인데,
당첨자의 도덕성을 시비하는 것은
도착적 심리라는 것이다.

존속살인을 저지른 30대 남자가 로또 복권 1등에 당첨돼 21억원을 받은 사실이 드러나 화제가 됐었다. 결국 이 복권은 거리공원에서 노숙하던 50대 남자의 주머니를 뒤져 훔친 것으로 밝혀져 당첨금은 원래 주인을 되찾게 됐다. 공분을 부를 만한 부당한 일을 경찰이 바로잡아 정의를 실현한 셈이다. 공교롭게도 이 복권 당첨일인 8월 첫 주말, 영국에서는 복역중인 상습강간범이 로또 1등 당첨의 행운을 잡아 700만 파운드(약 140억원)의 돈벼락을 맞은 일로 사회가 지금껏 떠들썩하다. 경우는 다르지만, 흉악범의 로또 당첨행운에 사회가 어떻게 반응하는가를 살펴보는 것도 재미있을 듯하다.

영국의 로또 행운아는 소싯적부터 강간 등 성범죄를 일삼아 감옥을 드나든 50대 죄수다. 그는 15년 전 60세 여성을 성추행한 죄로 종신형을 받았다. 범행 뒤 텔레비전 '퀴즈 쇼에 출연하기 위해 자신의 사진을 보냈다가 검거됐을 정도로 사행심이 많은 인물이다. 이번에도 주말 귀휴(歸休)를 받아 교도소 밖 호스텔에 머문 틈을 이용, 여기서는 구입이 허용되는 로또 복권을 샀다. 가석방 심사를 앞둔 그는 당첨 뒤 여생을 착실하게 살겠다고 말했다고 한다. 그러나 선정적 대중 언론이 흉악범이 엄청난 행운을 누리는 것을 용납해선 안 된다고 외치고 정부 각료들도 동조, 제법 치열한 논쟁이 벌어졌다.

교정행정을 관장하는 내무장관은 흉악범이 이런 행운을 차지하는 것은 바람직하지 않다며, 당첨금을 압수해 범죄피해자 지원기금으로 쓰겠다고 밝혔다. 범죄자의 부당이득을 환수해 운용하는 이 지원기금은 아직 입법 단계지만, 소급해서 적용하겠다는 것이다. 이와 함께 죄수를 처우가 엄중한 교도소로 옮겼다. 로또 담당 문화장관도 재소자의 로또 수혜를 금지하는 법을 만들겠다고 나섰다. 그러나 야당은 합법적으로 구입한 복권 당첨금을 빼앗는 것은 오히려 정의에 어긋난다고 반대한다. 민간 교정 전문가들도 대중의 정서에 영합한 과잉반응이라고 비판하고 있다.

논쟁의 향방은 분명치 않지만, '올해의 칼럼니스트' 데이빗 아로노비치의 논평은 명쾌하다. 복권이란 게 애초 몰가치적인 요행을 파는 것인데, 당첨자의 도덕성을 시비하는 것은 도착(倒錯)적 심리라는 것이다. 정의감을 내세우지만, 악인의 행운을 분하게 여기고 시기할 뿐이란 얘기다. 이쯤에서 우리 경찰이 살인범의 로또 행운에 의혹을 가진 동기도 궁금해진다. 복권 산 곳을 모르는 것을 의심했다지만, 패륜 흉악범의 로또 당첨 자체를 용납할 수 없는 마음은 아니었을까 싶은 것이다. 애써 정의를 실현한 공을 폄하할 뜻은 전혀 없다. 로또 행운에라도 기대려는 이들이 많은 때, 그 사회 심리적 단면을 잠시 살펴보았을 뿐이다. 〈2004년 9월 1일〉

찜질방 헌법재판

탄핵이나 행정수도에 관한 헌법적 논란은
정치싸움 성격이 짙지만,
찜질방 논란은 행복추구권 등 기본권과
훨씬 직접적으로 관련 있다고 볼 만하다.

사우나는 요즘 같은 한여름에도 땀 흘릴 일이 없을 정도로 한랭한 북유럽과 시베리아 등지에서 많이 즐긴다. 사우나란 말도 핀란드식 증기탕을 일컫는다. 이 때문에 발상지도 그 쪽인 줄 알지만, 중앙아시아 흑해 기슭에 살던 스키타이 족이 처음 고안했다고 한다. 지금의 러시아 남부와 독일까지 문명의 자취를 남긴 스키타이 민족은 아시아 인종이니, 사우나도 원래 동양적 문물인 셈이다. 뒤늦게 맛들인 우리가 내로라 할 사우나 문화를 자랑하는 것도 우연한 일은 아닌 성싶다. 물론 우리의 사우나 열기는 목욕조차 제 때 못하던 궁핍한 시절의 한(恨) 때문이란 그럴듯한 풀이도 있다.

실용적 관점에서 보면, 겨울은 한대처럼 춥고 건조하고 여름은 또 열대처럼 무더운 유별난 기후가 방방곡곡 운동장 같은 사우나 시설이 들어서게 했을 것이다. 온 가족이 함께 목욕하던 접촉형 문화 전통도 한몫 했다. 찜질방은 이 한국형 사우나의 결정판이다. 터키식 증기탕과 핀란드식 원적외선 사우나에 고유한 한증막 불가마를 접목시키고, 옥돌 황토방 등 온갖 기발한 발상을 하는 것은 추종을 불허한다. 목욕을 즐기는 일본인들이 한국 관광코스에서 사우나를 최고로 칠 정도다. 그러나 찜질방이 국민적 휴식공간이 된 결정적 계기는 역시 남녀 장벽을 허문 것이다.

외국 같은 혼욕은 아니지만, 남녀 구분 없이 가벼운 옷만 걸친 채 자유로이 드나들게 한 것이 접촉형 전통을 되살린 것으로 볼 수 있다. 뜨거운 바닥에 몸을 지지는 것을 좋아하는 부녀자들과 일이나 술에 지친 직장인은 물론, 시부모·며느리·손자까지 3대가 한나절 편하게 어울려 쉴 수 있는 가족 휴식공간이 된 것이다. 헬스장 사우나가 유행이지만, 서민들에게는 이곳만큼 부담 없이 오붓한 여유를 즐길 만한 곳이 별로 없다. 찜질방의 청소년 탈선 등이 문제돼 정부가 남녀 장벽을 다시 도입할 계획을 밝히자 여론의 반발이 뜻밖에 거센 것도 여기에 연유한다고 본다.

반대여론은 개념부터 낡은 풍기문란을 이유로 서민의 가족 휴식공간을 빼앗는 것은 시대착오적 횡포라고 흥분한다. 언뜻 이거야말로 헌법소원감이라는 생각이 든다. 탄핵이나 행정수도에 관한 헌법적 논란은 정치싸움 성격이 짙지만, 찜질방 논란은 행복추구권 등 기본권과 훨씬 직접적으로 관련 있다고 볼 만하다. 헌법재판소도 이런 순수한 과제를 반길 듯하다. 뒷날 대통령을 지낸 로만 헤어초크 전 독일 연방헌법재판소장은 여야가 다투던 정치적 사안이 거듭 넘어오자, "정치가 해결할 문제를 떠넘기지 말라"고 꾸짖은 적이 있다. 우리 헌법재판소도 한말씀 하실 때가 됐다.

〈2004년 7월 16일〉

민주와 법치 존엄성 일깨웠다

헌재의 권위를 폄훼하고 위협하는
지각없는 여론까지를 의연하게 무릅쓰고
헌법수호의 최후보루로서 책임을 다한 것을 높이 평가한다.

헌법재판소의 대통령 탄핵 기각결정은 민주주의와 법치가 누구도 침범할 수 없는 헌법질서의 최고 가치이자 원칙임을 모두에게 일깨웠다. 헌재가 대통령의 위헌 또는 위법 사실을 가차없이 지적하고, 그럼에도 불구하고 탄핵으로 파면할 만한 중대사유는 아니라고 결론 내린 것은 헌법정신과 국민의 뜻에 모두 충실한 결정이라고 본다. 헌정사 최초의 탄핵사태에 따른 갈등과 혼란, 헌재의 권위를 폄훼하고 위협하는 지각없는 여론까지를 의연하게 무릅쓰고 헌법수호의 최후보루로서 책임을 다한 것을 높이 평가한다.

역사적인 헌재결정의 의미를 어디에 비중을 두고 음미할 것인가는 탄핵에 대한 입장에 따라 엇갈릴 것이다. 우리는 무리한 탄핵소추가 이미 국민여론과 총선결과를 통해 부당하다고 심판되고 헌재가 이를 확인한 점에 비춰, 대통령이 잘못했다고 판단한 부분부터 살피고자 한다. 그것이 헌재가 이례적으로 대통령의 위법행위부터 조목조목 적시한 뜻을 옳게 헤아리는 것이라고 믿는다.

가장 논란이 됐던 선거중립의무와 관련해 국회의원과 지방의원을 제외한 모든 행정·사법 공무원이 여기에 해당되고, 행정부 수반인 대통령은 당연히 포함된다고 판시한 것은 애매한 법규에 분명한 해석을 내놓았다고 본다. 이는 특정정당 지지발언을 반복한 것이 선거에 부당한 영향을 미쳤다고 지적한 것과 함께 일반의 인식과 어긋나지 않는다. 능동적이고 계획적인 선거운동과 단순한 정치적 의견표시를 구별한 것도 추가 논쟁의 여지는 적다고 본다.

오히려 한층 주목할 것은 중앙선관위 경고에 대한 거부반응과 재신임 국민투표 제안을 모두 위헌적이라고 규정한 사실이다. 헌재는 대통령이 법치의 상징인 선관위 결정에 유감을 표명하고, 선거법을 낡은 유물로 폄하한 것은 헌법과 법률준수 의무를 어기고 다른 공직자와 국민에게 부정적 영향을 준다고 지적했다. 또 위헌적인 재신임 국민투표를 제안한 것 자체가 헌법수호의무 위반이라고 못 박았다. 이 두 가지가 헌법과 법치에 대한 대통령의 기본인식 또는 자세와 관련해 많은 국민에게 심각한 회의를 안긴 점을 상기하면, 대통령의 헌법 존중 및 수호 책임을 단호하게 일깨웠다고 봐야 할 것이다.

측근비리에 대해 취임 전 사건이어서 판단대상이 아니거나, 지시와 방조 또는 관여한 증거가 없다고 판단한 것도 계속 논란할 실익은 별로 없을 것이다. 경제를 비롯한 국정혼란 책임을 묻는 부분에 대해 탄핵소추와 심판 대상이 아니라고 밝힌 것은 보편적 인식과 법리를 확인한 데 뜻이 있다.

이런 여러 쟁점에 대한 판단이 법치 원칙을 확인한 것이라면, 탄핵기각 결정은 국민주권이란 민주주의 원리를 거듭 천명한 것이다.

헌재는 대통령의 위헌·위법이 헌법과 자유민주주의 질서를 거스를 정도로 중대하지 않다며, 이를 이유로 국민이 뽑은 대통령을 탄핵 파면하는 것은 국민의 신임과 민주적 정당성을 박탈하는 것이라고 선언했다. 국론분열과 국정혼란 우려 등을 덧붙였으나, 이미 나타난 민의를 헌법적으로 확인한 것이다.

이렇게 볼 때, 헌재 결정은 특정한 이해를 모두 넘어서서 대한민국의 존립을 지탱하는 최고 규범인 헌법과 헌법질서의 존엄성을 거듭 천명하고 그 중요성을 모두에게 일깨우고 있다. 그 교훈을 올바로 인식하고 실천하는 과제는 대통령을 비롯한 모든 정치세력과 국민이 함께 짊어져야 한다. 그것이 나라와 국민 모두에게 상처와 고통을 준 불행한 탄핵사태를 딛고 민주와 법치를 발전시키는 지혜일 것이다.

〈2004년 5월 15일〉

못 건드리는 것들

한국 조폭은 대중의 우상이라는 전제는 엉뚱하지만,
조폭과 정치인과 법 집행자들의 뒷거래가
이들을 못 건드리는 존재로 만들었다는 지적은 현실에 접근했다.

미국 할리우드가 마피아 보스를 인간적 면모를 지닌 인물로 부각시킨 것은 영화 '대부'(The Godfather)가 대표적이다. 조직을 위해 형제까지 잔혹하게 살해하는 범죄성을 인간적 고뇌로 그럴 듯하게 가공, 극적 흥미를 높이는 것이다. '옛날에 미국에'(Once upon a time in America) 등 다른 마피아 영화들도 이를테면 돈을 위해 친구를 희생시키는 배덕(背德)을 인생 무상으로 교묘하게 포장한다. 엔리코 모리코네의 페이소스 짙은 음악까지 배경에 흘려 보내 관객을 현혹한다.

'대부'의 감독 프랜시스 포드 코폴라 이전 정통 마피아 영화는 달랐다. 1920년대 금주령 시대 마피아의 상징 알 카포네를 등장시킨 영화에서 그는 흉포한 악인일 뿐이다. 이 시절을 다룬 영화나 텔레비전 시리즈물의 스타는 돈 콜레오네 등 범죄 집단 두목이 아니라, 마피아조직과 이들에 매수된 경찰과 정치인 등을 단호하게 척결하는 FBI 수사관과 검사다. 유명한 '못 건드리는 범죄자'(The Untouchables)의 수사관 엘리어트 네스가 대표적이다.

우리의 조폭 영화와 TV 드라마는 헐리우드 마피아 영화와 일본 야쿠자 영화를 적당히 버무린 아류로 볼 수 있다. 알맹이는 조폭의 범죄성을 야망과 의리, 용기, 카리스마 등으로 포장해 평범하고 왜소한 관객들에게 상상력과 대리 만족감을 안겨 준다. 그러나 결말은 대개 주인공들이 사법적 단죄로 최후를 맞는 것으로 그리는 점이 한국적이다. 잔혹한 범죄 행로에 대한 최후의 심판을 인간적 고뇌와 참회에 맡기는 할리우드와는 다르다

이런 조폭 영화 붐이 갖가지 신드롬과 논란을 부른 데 이어 미국 시사주간지 타임에까지 소개됐다. 마피아 신화가 대부분의 나라에서 사라진 데 비해 한국 조폭은 여전히 대중의 우상이라는 전제는 엉뚱하지만, 조폭과 정치인과 법 집행자들의 뒷거래가 이들을 못 건드리는 존재로 만들었다는 지적은 현실에 접근했다. 그러나 더 깊숙이 안다면, 법이 못 건드리는 것은 조폭이 아니라 이들과 좋은 관계를 맺고 있다는 정치인들이라고 썼을 법하다.

〈2002년 1월 10일〉

사람이 문제다

워터게이트 상황을 초래하고 극복한 것은
모두 제도가 아닌 사람이며,
새 제도가 인간을 바꿀 수 없다는 판단이었다.

헌정사상 첫 특별검사제 실험이 끝났지만 특검 상설화 논란은 지루하게 이어질 전망이다. 못 믿을 검찰을 대신할 특효약인지, 부작용 심한 극약처방인지 평가가 엇갈리는 가운데 검찰의 병세도 오르락내리락해 선뜻 찬반대열에 줄서기가 어렵다. 국내엔 축적된 연구가 없으니 결국 미국이 상설 독립검사제를 도입하고 폐지하기까지 논의과정을 다시 살필 수밖에 없다. 그 논의의 중심에 서 있는 워터게이트 사건의 주요 흐름을 되짚어본다.

당시 닉슨 대통령 참모들은 검찰수뇌부에 진상을 털어놓고, 성역 없는 수사 모양새를 위해 검찰총장을 겸하는 법무장관 대신 야당 민주당원인 법무 차관보에게 수사지휘를 맡겼다. 이 각본이 효과가 없자 닉슨은 중립적 인물을 새 장관에 기용하고, 전통적인 검찰직속 특검을 임명하기로 의회와 타협했다. 그 특검 수사가 주변까지 조여 오자 닉슨은 특검 해임을 지시했다. 그러나 리처드슨 법무장관은 이를 거부, 차관과 함께 사임해 버렸다.

　닉슨은 장관 직무대행을 시켜 특검을 해임했다. 그러나 항의전보 공세를 편 여론과 의회의 압력을 견디지 못하고 다시 특검을 임명했고, 결국 의회가 탄핵절차를 시작하자 사임할 수밖에 없었다. 이어 미국 의회는 무려 5년간 35개 법안을 논란한 끝에 독립검사제를 도입했다. 워터게이트 사건 때처럼 검찰제도가 권력과의 유착이나 압력 때문에 제대로 기능하지 않는 상황을 막아야 한다는 강박감이 무성한 반대논리를 눌렀다.

　그러나 그 뒤 독립검사가 검찰 신뢰회복을 가로막는 등 폐해만 많다는 비판이 쌓였다. 또 워터게이트 사건 때도 제도가 흔들렸으나 스스로 복원력을 되찾았다는 평가를 토대로 독립검사제를 폐지했다. 워터게이트 상황을 초래하고 극복한 것은 모두 제도가 아닌 사람이며, 새 제도가 인간을 바꿀 수 없다는 판단이었다. 미국의 경험을 옷 로비 사건의 우여곡절, 특히 검사 이종왕의 소신사표와 함께 음미해 보는 것은 우리의 특검제 논의에도 도움될 것이다.

〈1999년 12월 23일〉

9

개 공화국

군복 입은 시민

"군인이 사람이냐"라는 천박한 우스개 말이 있다. 엄한 규제와 각박한 대우를 감내해야 하는 처지를 자조할 때도 쓴다. 요즘은 그런 일이 없겠지만 예전에는 훈련소에 입소해 군복으로 갈아입자마자 훈련조교가 "이 시각부터 여러분은 사람이 아니다"고 위협적으로 선언하기도 했다. 불과 몇 시간 전 훈련소 문 앞에서 사랑하는 이들과 아쉽게 작별한 서운함을 비롯해 착잡한 감정과 생각을 모두 잊게 하려는 엄포다. 그러나 가뜩이나 불안한 훈련병들은 갑자기 사회와 격리된 외딴 세상에 내던져진 듯한 두려움과 외로움을 느끼게 마련이다.

전방초소 총기사건의 충격을 접한 사회 곳곳에서 갖가지 진단과 처방을 내놓고 있다. 나름대로 다 옳은 말이지만 늘 듣던 소리이고, 그래서 어떻게 할 것인가 하는 물음에 신통하게 들리는 답은 없다. 군은 물론이고 사회 전체가 뾰족한 대책 없는 딜레마에 처한 형국이다. 그걸 깨닫는다면 그야말로 근본적인 발상의 전환을 해야만 해법이 보일 듯하다. 그리고 이런 노력은 “군인이 사람이냐”는 우스개처럼 군인을 일반 시민과 전혀 다른 존재로 여기는 사회적 인식을 바꾸는 데서 출발해야 한다고 본다.

분단과 동서 대치상황 등이 비슷했던 독일의 경험을 참고할 만하다. 프러시아 제국군대의 전통과 나치 과거를 지닌 독일은 1950년대 초 민주적 군을 창설하면서 군인을 ‘군복 입은 시민’이라고 선언했다. 군인을 명령복종체계의 일원인 동시에 헌법이 규정한 권리와 자유를 누리는 시민으로 규정한 것이다. 그저 상징적인 선언이 아니라, 군인의 지위에 관한 법률 등 여러 제도적 장치를 마련했다. 이를테면 아무리 거친 훈련 때도 모욕적 처우를 금지하고 이를 어기면 처벌하는 등 상급자의 지휘통솔권도 병사 개인의 존엄성을 존중하도록 실질적인 보호장치를 두었다.

이런 제도가 제대로 작동하도록 감시하는 옴부즈맨을 둔 것은 한층 눈에 띈다. ‘군 커미셔너’라는 이름의 옴부즈맨은 의회가 선출하는 의회 보조기관으로, 군내 부당처우와 복지 · 지휘방식 · 훈련 · 징계 인사 등 군인들이 갖는 모든 불만사항에 대한 소원을 받아 처리한다. 군에 조사를 요구하거나 직접 방문 조사하는 권한을 지닌다. 군 커미셔너는 평소에도 모든 군부대를 사전 예고 없이 방문해 실정을 파악할 수 있다. 독일은 이런 노력을 통해 군 조직에 있게 마련인 긴장과 갈등을 완화, 민주적 명령복종체계를 이루는 데 성공한 것으로 평가된다. 무엇보다 군과 사회, 군인과 시민을 통합하는 데 성공했다. 우리 군과 사회가 딜레마를 벗어나는 데 모범으로 삼을 만하다.

〈2005년 6월 22일〉

개 공화국

독일에서 '개조심' 팻말은
냉연 피해를 성고하는 것이 아니라
애완견을 다치지 않도록
조심하라고 일깨우는 것이다.

개가 인간의 가장 가까운 반려(伴侶) 동물이라는 것은 새삼 이를 나위가 없다. 오죽하면 이런 유머까지 있을까. 창세기 첫날 하느님께서는 개를 만드셨고, 이튿날 개를 돌볼 인간을 빚었다. 셋째 날 개 먹이 감으로 온갖 생물을 만들고, 다음 날 이걸 장만하는 일을 인간에게 가르쳤다. 이어 다섯째 날 개 운동과 놀이용 테니스 공을 만들고, 여섯째 날은 개의 무병장수를 위한 약을 개발했다. 그리고 일곱째날, 하느님은 성경과 달리 안식을 누리지 못했다. 개와 산책을 나가야 했던 것이다. 유럽의 개 친화적 호텔체인 Bello Welcome 인터넷 사이트에 실린 유머다. Bello는 독일어로 멍멍 짖는 것을 뜻한다.

독일의 조사에 의하면, 국민의 40%가 개나 고양이를 기르며, 휴가여행에 동반할 애완견만 통계상 한해 수백만 마리에 이른다니, 개 친화적 호텔이 성업할 만하다. 독일을 앞세운 것은 동물의 권리와 보호의무를 헌법에 규정할 만큼 애정이 각별한 때문이다. 개도 부양가족으로 간주해 사육비용을 자녀 양육비처럼 세금공제 항목에 포함시키고, 애완견을 승용차 안에 잊고 방치해 숨지게 한 주인에게 벌금형을 선고할 정도다. 유머 한 가지를 더 소개하면, 독일에서 '개 조심' 팻말은 맹견 피해를 경고하는 것이 아니라 애완견을 다치지 않도록 조심하라고 일깨우는 것이다.

이에 따라 애완동물 관련산업도 우리는 아직 비교할 수 없을 정도로 번성하고 있다. 개 먹이나 의료, 미용 등 사육에 직접 필요한 것은 말할 것도 없고, 애완동물 캐릭터 상품과 관련 인터넷 사이트 등 인간에게 있는 것은 모두 나오고 있다. 유럽연합(EU)은 회원국마다 다른 애완동물 인식표를 전자칩 방식으로 통일, EU 역내 여행 때 지니고 다니도록 의무화하는 개 여권 제도를 지난 7월 도입했다.

그러나 애완동물 사랑에는 적잖은 불편과 부담이 따르게 마련이다. 시민의식이 앞선 선진국 공원에서 자칫 개 배설물을 밟을 위험은 우리보다 훨씬 크다. 그만큼 그들도 애완동물 관리에 골치를 앓고 있고, 사회적 비용이 과도한 것을 개탄하는 목소리도 높다. 독일에서는 자녀(Kind) 양육부담은 기피하는 저출산 사회가 개(Hund)는 유난히 좋아하는 세태를 연방공화국(Bundesrepublic) 명칭과 연결, 독일이 제대로 되려면 개 공화국(Hundesrepublic) 아닌 어린이 공화국(Kindesrepublic)이 돼야 한다는 경고가 흔히 나온다. 우리의 새 동물보호법에 대한 엇갈린 반응에서 그 뜻 깊은 경고를 떠올리게 된다.

〈2004년 10월 8일〉

자살의 메시지

인류 사상 가장 유명한 자살자는 예수라는 얘기가 있다. 인류에 숭고한 메시지를 전하기 위해 스스로 죽음으로 나아갔다는 뜻에서다. 그러나 동서고금의 모든 사회는 자살을 애도하고 동정하면서도, 조물주나 조상에게 죄를 짓는 사악한 행위로 여기는 종교적 인식을 함께 갖고 있다. 영국 같은 나라는 1950년대까지 자살 미수를 처벌했다. 그만큼 자살은 시대와 사회와 개인의 종교적·문화적·정치적 신념이 복잡하게 얽힌 틀 속에서 다양한 평가와 메시지를 남긴다. 그래서 자살에 대한 반응은 아주 개인적인 동시에, 때로 대단히 정치적이다.

자살에 대한 반응 가운데 흔한 편견은 그것이 비겁하다는 것이다. 그러나 어떤 본능보다 원초적인 생존 본능을 누르고 죽음의 공포와 마주 서는 것을 비겁하다고 탓하는 것은 살아 있는 자들의 도덕률을 지키려는 이기심의 표현으로 지적된다. 지극히 복잡하고 모순되고 역설적인 동기가 중첩된 개인적 행위를 선과 악, 옳고 그름의 사회적 잣대로 평가하는 것은 무모하다는 얘기다. 범죄혐의자가 자살하는 경우에도 사법적 단죄, 정의의 심판을 감당하기를 회피하려는 심리로 보는 시각이 있지만, 죽음을 단순한 도피로 보는 것은 자살자의 내면 세계를 자의적으로 단순화하는 것이다.

정신의학자들은 자살이 겉보기에 자기 파괴지만, 자기 정체성 또는 자아를 지키려는 궁극적 의지의 표현으로 본다. 자기 인격이 말살될 것이란 두려움으로 심리적 공황에 직면한 사람의 절박한 방어 행동이라는 설명이다. 달리 정신적 말살을 피할 길이 없다는 좌절감에서 스스로 정신보다 육체의 죽음을 택하는 것이다. 이런 좌절감은 흔히 분노와 보복심리를 수반한다. 자신에게 부당한 짓을 했다고 여기는 사람이나 사회에 일부라도 복수하려는 심리가 자살 행동에 담겨 있다. 이럴 때 자살자는 자신의 생명을 끊으며 상징적으로 다른 사람이나 사회 제도를 죽이는 것으로 분석된다.

이처럼 자살에 대한 사회적 인식은 대체로 실체와 동떨어진다. 그런데도 산 자들이 자의적 평가를 되풀이하는 것은 죽음의 의미나 진실보다 자신의 존재와 인식을 소중하게 여기는 탓이다. 자살은 인간과 사회 자체보다 훨씬 복잡하고 난해한 것이다. 안상영 부산시장의 자살에 대해서도 우리 사회는 저마다 제 좋은 대로 떠들며 소란스럽지만, "추워서 견딜 수가 없다"는 말을 남긴 그의 죽음에서 인간과 사회와 정치를 진지하게 성찰하는 자세가 아쉽다. 모든 죽음은 우리 자신의 왜소함을 일깨우기에, 누구나 그 앞에 겸허해야 한다고 했다.

〈2004년 2월 9일〉

엘리트 교육

우리 시각에서는 지극히 바람직한
엘리트 양성이 논란되는 또 다른 이유는
엘리트 교육 자체가 국가 경쟁력 제고에
유리하지만은 않다는 지적 때문이다.

독일의 사민당 정부가 엘리트 대학 10여곳을 육성
하겠다는 계획을 밝혔다. 전국 280개 대학이 거의 평준화된데다 대
학입학자격시험, 아비투어(Abitur)만 통과하면 누구나 대학에 들어
가는 지금 체제로는 21세기 국제사회에서 경쟁할 수 있는 인재를 양
성하기 어렵다는 판단에서다. 이에 따라 알리안츠 등의 민간기업 주
도로 베를린에 설치한 미국형 비즈니스 스쿨인 유럽경영기술대학
(ESMT)과 같은 엘리트 대학들이 잇달아 생길 전망이다. 그러나 교육
에도 평등의 이념을 고수해온 사회에서 대중교육과 엘리트교육을
어떻게 조화시킬 것인지 논란이 많다.

영미와 프랑스 등에서 일반화한 엘리트교육이 독일에서 논란되는
것은 엘리트교육을 받을 인재를 선별하는 것부터가 헌법정신에 어
긋날 수 있기 때문이다. 독일에서는 대부분 국립인 개별대학이 학생
을 선발하는 것부터 금지하고 있다. 개개인이 원하는 분야의 대학교

육을 받을 기회를 봉쇄하는 것은 결과적으로 계층간 이동을 막아 사회적 불평등을 조장한다는 정신에서다. 이에 따라 의과대학 등 실험시설이 특히 필요한 몇몇 분야를 제외하고는 모든 대학 지망생의 아비투어 성적과 지망분야 등을 도르트문트의 대학배정기관 컴퓨터에 집어넣어 제비뽑기 식으로 대학을 정해준다.

이 때문에 독일은 대학생의 천국으로 불린다. 정원 제한 없이 누구나 원하는 학과에 들어가는데다가 학비도 없어 10년 가까이 대학에 적을 두는 만년대학생이 수두룩하다. 대학생 숫자도 1950년대 20만 명에서 10배 이상 늘어 대학마다 시설부족이 심각해 '만성 대학병'이란 용어가 생겼을 정도다. 이런 문제를 타개하기 위해 대학 교육 유료화가 거론됐지만, 정치권부터 국가의 기본이념이 무너진다며 반대해 실현되지 않았다. 이런 사회에서 좌파 사민당이 엘리트 교육을 들고 나온 것은 그만큼 개혁이 절박하다고 인식한 결과다.

우리 시각에서는 지극히 바람직한 엘리트 양성이 논란되는 또 다른 이유는 엘리트 교육 자체가 국가 경쟁력 제고에 유리하지만은 않다는 지적 때문이다. 그 증거로 이웃 프랑스의 경험이 거론된다. 프랑스는 전통적으로 국립행정학교 등에서 인재를 집중 양성, 시라크 대통령을 비롯한 고위 정치인과 관료가 대부분 이 학교 출신이다. 그러나 이런 엘리트위주 교육이 사회의 역동성을 저해하고, 21세기에 필요한 다양한 인재 양성에 실패하고 있다는 반성이 높은 것을 타산지석으로 삼아야 한다는 것이다. 멀리 유럽의 교육논란에서 배울 것은 없는지 궁금하다.

〈2004년 1월 8일〉

사이코 사회

사회적 약자를 보호,
공동체의 평화와 정의를 이루는 것은
국가의 적극적 역할뿐이다.

중학생 소년이 병으로 숨진 어머니 곁에서 몇 달을 홀로 지내다 발견된 사건은 많은 이들을 혼란스럽게 했다. 어떻게 저런 일이 있을 수 있을까, 저마다 놀라고 괴이하게 여긴 사건의 원인과 책임 등을 또렷하게 분별하기 어려운 것에 당혹해 하는 모습이다. 가정적 불행과 소외에서 비롯된 소년의 이상심리를 나름대로 헤아리다가 이웃과 사회의 무관심을 탓하고 자책하지만, 소년과 사회가 함께 앓는 병의 정체는 여전히 어렴풋한 것이다. 소년의 처지가 못내 안타까워 도움을 주려는 이들이 많은 사회에서, 소년 자신과 담임교사 등을 나무라는 소리가 들리는 것도 아득한 혼돈의 단면이다.

소년의 사연을 듣는 순간 서스펜스 영화의 거장 알프레드 히치콕의 스릴러 고전 '사이코'를 떠올렸다. 가난과 소외 등의 각박한 현실에 비춰 봐도 엽기적인 이상행동은 어머니와 아들 사이의 도착(倒錯)적 애증과 집착으로 짜인 영화의 설정과 닮았다는 느낌이었다.

물론 영화의 범죄적 요소나 주인공의 분열적 이중인격과는 거리가 멀지만, "어머니의 모습을 남에게 보이기 싫었다"는 소년의 말은 영화 속보다 훨씬 절실하고 눈물겨운 토로로 들렸다. 그래서인지 소년을 향한 온갖 관심과 배려 가운데, 정신치료를 해줘야 한다는 얘기가 무엇보다 가슴 아프면서도 반가웠다.

그러나 이 사회는 소년의 상처를 치유하기보다 당장 살 곳과 먹을 것을 배려하는 대증요법에 매달려 한동안 분주하다 말 것이다. 소년에 대한 연민과 동정과 후원 자체를 폄하할 생각은 없지만, 그의 일상적 복지를 돌보는 것만으로 우리 사회 곳곳에 잠재한 비극의 근원을 치유할 수는 없다는 생각이다. 모든 것을 불운한 개인과 각박한 세태 탓으로 돌리면서 너그러운 사회적 온정을 모으는 관행은 오히려 개인과 사회의 병을 깊고 넓게 하는 측면마저 있다. 개인과 사회의 실패에서 비롯된 비극적 현상을 다시 개인과 사회의 선의에 의존해 막겠다는 것은 문제의 근본을 외면한 무지이거나 위선이다.

이 사건에서 발견하는 유일한 희망은 사회의 온정이 아니다. 국가와 학교 등 공적 제도가 그나마 소년의 생존을 지탱하고 관심을 기울인 사실이다. 정글과 같은 자본주의 사회에서 사회적 약자를 보호, 공동체의 평화와 정의를 이루는 것은 국가의 적극적 역할뿐이라는 상식을 확인하는 것이다. 이를 오래 전 구현한 서구사회라면 소년과 같은 참담한 비극은 없었을 것이다. 이런 이치에도 불구하고, 이웃돕기 성금모금에 앞장서면서도 국가가 제 역할을 하기 위한 세금을 올린다면 가로막고 나서는 무리가 횡행하는 사회는 정상이 아니다. 그런 의식과 심리가 사이코다.

〈2003년 12월 10일〉

햄 앤 에그

어떤 체제, 어느 나라도
소수 사학에 교육의 장래를 걸지는 않는다.
선진국 사례를 떠들지만 대개 거짓말이다.

닭과 돼지를 키우는 이가 식당업을 새로 구상했다. 재료를 자체 조달하니 경쟁력이 있을 듯했다. 문제는 메뉴였다. 머리가 좋은 닭에게 물었다. "주인님, 서양 식단의 기본은 뭐니 뭐니 해도 햄 앤 에그(ham and egg)지요?" 돼지는 어차피 죽을 목숨이지만, 자신은 달걀만 낳으면 잘 살 수 있으리란 요량이다. 자립형 사립고 논란에 떠올린 우화다. 원래 쓰임새는 다른 비유이지만, 자립형 사립고 옹호론에서 그 못지않은 역리(逆理)를 발견한다.

무엇보다 자립형 사립고가 학교간 경쟁을 자극해 전체 교육의 질을 높일 것이란 논리에 수긍할 수 없다. 붕괴 위기의 공교육 환경을 그냥 둔 채 경쟁 여건이 월등한 소수 사학을 새로 만들면 공교육 전체가 되살아날 것이라니, 그렇게 절묘한 해법을 왜 지금껏 묻어 두었나 싶다. 효과가 신통하다는 약일수록 흔히 사람을 잡는 법이다. 우화 속 동물의 세계라면 모를까, 분별력 있는 국민 앞에 얄팍한 기만적 논리를 펴서는 안 된다.

교육 소비자의 선택권과 경쟁을 보장한다면서, 일부 사학에만 유리한 경쟁 여건을 만드는 것이 시장 원리에 맞는지도 의문이다. 또 획일성을 벗어나 창의적 인재를 양성한다지만 등록금은 많이 받으면서 학부모가 원하는 입시 교육에 매달리지 않는다고 믿기 어렵다. 우수한 학생을 넉넉한 자원으로 교육해 좋은 대학에 보내는 명문고를 만들겠다면, 왜 사립고인가도 궁금하다. 평준화로 없앤 전국의 입시 명문고는 모두 공립이었다.

공허하고 위선적인 허울을 벗기면 알맹이는 단순하다. 공교육 개선에 세금과 노력을 쏟는 대신에 세금 내기는 아까워도 공교육에 불만이 많은 능력 있는 소수의 욕구를 손쉽게 채우는 방안이다. 다양성과 경쟁력 확대를 내세우지만 일부 계층의 민심 얻기가 목적이란 의심마저 든다. 여기에 교육 이념 따위를 논란하는 것은 우습다. 어떤 체제, 어느 나라도 소수 사학에 교육의 장래를 걸지는 않는다. 선진국 사례를 떠들지만 대개 거짓말이다. 돼지의 운명은 아랑곳없는 닭의 교언(巧言)일 뿐이다.

〈2001년 8월 16일〉

기부와 민주주의

건전한 자본주의와 민주주의에 긴요한 그 교훈을 외면한 채,
졸부까지 끼어들 대가성 기여입학 제도에
대학의 장래를 거는 것은 수치스러운 일이다.

영국은 서구에서도 유일하게 유혈혁명 없이 계층간 타협을 통한 민주적 변혁을 이뤘다. 그 역사적 증거 가운데 하나가 지금은 공공 소유인 옛 영주와 귀족들의 광대한 영지와 성이다.

왕권까지 견제했던 그들이 말을 타고 사냥개를 몰아 여우 사냥을 즐기던 장원은 야생공원으로, 권위를 상징하던 성은 대학 세미나 시설로 바뀌었다.

영국 지배층은 봉건질서가 도전받던 전환기에 여러 특권을 포기하고 막대한 세습 재산을 사회에 기부했다. 대신 시민 사회는 다른 나라와 달리 귀족 제도를 용인했다. 이 대타협으로 고상한 신분을 유지한 귀족들은 세속의 돈벌이와 부의 축적을 삼간 채 기부와 봉사에 힘 쏟는다. 또 예외 없이 국방 의무를 다하고, 공직에도 오직 봉사하기 위해 나간다.

우리가 늘 부러워하는 이 노블리스 오블리제 전통은 그저 생긴 게

아니다. 시민의 의회는 귀족들의 세습 재산에 가혹한 세금을 부과, 명예로운 타협을 압박했다. 이기적 자본주의 사회의 평화와 민주주의가 부자들의 도덕심에만 기초할 순 없는 것이다. 시민혁명을 경험한 유럽 국가들이 사회주의적 평등이념에 바탕한 조세제도를 갖춘 것도 이런 맥락이다.

봉건적 굴레 없이 처음부터 시민이 주도한 미국의 전통은 다르다. 그들도 독립과 함께 재산 상속세를 도입했고, 이것이 활발한 사회적 기부행위의 유인으로 작용한다. 그러나 조세 제도를 통한 부의 재분배는 유럽에 비해 미약하고, 따라서 부의 불균형이 심하다. 그나마 상속세도 시대에 따라 세율이 크게 변동했고, 폐지한 적도 3차례나 있다. 한때 77%에 이른 상속세율은 현재 최고 55%다.

부자들의 자본주의를 추구한다고 비난받는 부시 행정부는 다시 상속세 폐지에 나섰다. 지난달 의회를 통과한 감세 법안은 상속세율을 최고 45%로 낮추고 면세점을 점차 높여, 2010년에는 아예 폐지한다는 계획이다. 상속세 폐지는 갑부들이 죽기 전 성경 가르침보다 세금을 고려해 재산을 사회에 환원하는 유인을 없앨 것이란 비판이 거세다.

미국에서 대학 등 비영리 단체에 대한 기부금은 한 해 2,000억 달러가 넘는다. 그런데 기부 금액은 부자들이 많지만, 소득에 따른 기부율은 저소득층이 더 높다. 연 소득 100만 달러가 넘는 부자들은 기부 여력의 고작 10% 정도를 내고 있어 부를 계속 축적하고 있다. 이런 상황에서 상속세마저 없애면, 갑부의 자녀들만 살찌는 귀족 사회가 될 것이란 우려가 높은 것이다.

선진 사회의 기부 전통과 조세 제도를 언급한 이유는 우리의 대학

기여 입학제 발상이 사회적 기부의 본질을 왜곡하고 있다는 느낌 때문이다. 우리 사회는 부자들에게 가혹할 정도의 조세 징수를 통해 대학 교육까지 무상으로 베푸는 유럽 대륙 방식은 꿈도 못 꾸고, 미국처럼 가진 자의 선의에 의존하기엔 기부 문화 자체가 척박하다. 그러나 수십억을 내고 입학 특전을 사는 것은 사회에서 얻은 것을 되돌려 건강한 자본주의 사회를 이루려는 서구의 기부 전통과는 근본이 다르다. 돈으로 다시 사회적 이익을 얻는 천민 자본주의적 측면이 두드러지는 것이다.

기여 입학제는 미국 대학을 선례로 내세우지만, 그들은 여러 대에 걸친 기여자의 후손에게 특혜를 준다. 돈과 자녀 입학을 맞바꾸지는 않는 것이다. 전통과 명예를 자랑하는 대학이 설립자와 석학 등 헌신적 유공자와 20억 단발 기부자를 동급으로 예우하려는 것은 아연할 노릇이다. 달리 대안이 없는 듯한 현실을 탓할지 모른다. 그러나 서구와 미국의 경험에서 찾을 수 있는 올바른 대안은 분명 있다고 본다.

그 대안 찾기는 사회와 국가의 장래가 걸린 대학 교육은 사회 전체가 부담한다는 전제에서 출발해야 한다. 유럽이 대학 교육을 무상으로 하는 것은 계층간 불균형이 세습되는 것을 막기 위해서다. 건전한 자본주의와 민주주의에 긴요한 그 교훈을 외면한 채, 졸부까지 끼어들 대가성 기여입학 제도에 대학의 장래를 거는 것은 수치스러운 일이다.

〈2001년 6월 7일〉

말 같지 않은 소리

북한을 욕하느라
유럽사회를 향해 말 같지 않은 소리를 떠든 것은
언론사에 기록될 수치임을 알아야 한다.

지난 주 유럽연합(EU)이 북한에 쇠고기를 원조하기로 결정한 소식을 국내언론 일부가 짤막하게 전했다. 독일을 비롯한 유럽국가들이 쇠고기 원조를 검토한다고 하자 북한동포의 위험은 아랑곳없는 북한당국과 유럽국가를 일제히 비난한 것과는 대조적이다. "광우병 위험 때문에 도살하는 쇠고기를 소비할 길이 없어, 북한에 보내 유해 여부를 시험하려 한다"고 숫제 사설로 소설을 쓴 보수언론은 왜 다시 목청을 돋우지 않는지 궁금하다.

우리 언론은 '광우병 파동' 때문에 소를 도살하는 것부터 '광우병 우려' 때문이라고 왜곡했다. 유럽연합이 200만 마리를 수매, 도살하기로 하고 도살량 할당을 놓고 실랑이를 한 것이 쇠고기 가격 안정을 위해서라는 사실은 언급조차 하지 않았다. 광우병 우려가 있는 소를 몇십만 마리씩 무 자르듯 가려낼 수 없다는 점도 무시했다. 광우병 잠복기가 평균 5~10년인 터에, 북한 주민을 상대로 유해 여부를 시험한다는 것은 만평에서나 할 소리였다.

북한이 주민을 돌보지 않는다고 욕한 것도 사실 말이 안 된다. 그렇다면 굳이 쇠고기를 구걸할 리 없고, 지배층만 나눠먹을 심산이라면 집단자살을 작정한 셈이 된다. 유럽사회가 오직 가격안정을 위해 인간의 동료 피조물인 소를 살육하는 반윤리성을 논란한 것까지 멋대로 왜곡했다. 식품안전이나 후진국 지원은 물론이고 분단 동포를 돕는 도덕성에서도 견줄 수 없을 독일사회를 북한동포를 걱정하는 체 매도한 것은 거꾸로 비웃음을 살 일이다.

베를린 주재 북한관리가 광우병 소라도 받으려 하느냐는 질문을 '말 같지 않은 소리'로 일축했다고 전한 용기 있는 기자도 있다. 그러나 대부분 왜곡된 북한 비난에 집착한 이유는 무엇일까. 보수언론의 냉전적 왜곡보도를 탐구한 미국학자 마이클 파렌티는 저서 '현실조작'(Inventing Reality)에서 이를 체제우위를 끊임없이 확인하려는 자기도취적 강박심리로 보았다. 북한을 욕하느라 유럽사회를 향해 말 같지 않은 소리를 떠든 것은 언론사에 기록될 수치임을 알아야 한다.

〈2001년 3월 5일〉

교육도 카지노 식

대학까지 무료 공교육 중심이고,
더러 대학입학마저 자유로운 서유럽 국가들은
자유와 경쟁원칙에 무지해서가 아니다.

있는 집 자녀들이 명문대를 휩쓰는 교육의 계층간 불평등이 심화하는 현실이 통계로 확인됐다. 사회발전의 바탕이었던 계층이동의 역동성이 사라진다는 등 걱정이 많다. 통계 자체는 분명 눈길이 가지만, 원론적 걱정이나 대책 요구는 새삼스럽다. 교육에서도 자유경쟁을 금과옥조인양 외치면서, 그 정글의 법칙이 초래한 결과를 걱정하는 것은 느닷없다. 낙오하는 약자에 대한 값싼 동정 또는 노골적 위선으로 느껴진다.

이런 교육 불평등 현상은 이 사회가 일관되게 추구한 이상이 구현된 셈이다. 경쟁기회의 균등, 교육의 수월성 확보, 국가 경쟁력 강화 등을 모두가 한 목소리로 떠들어 왔다. 또 국가 간섭 배제, 자율 확대, 수익자 부담원칙 등을 양보할 수 없는 미덕으로 쳐들었다. 그게 곧 자유 민주주의와 자본주의의 신성 불가침한 원리라고 설파한 전문가는 또 얼마나 많은가. 그러니 불평등은 당연한 결과인 것이다.

비약하자면 이런 불평등은 헌법재판소도 과외금지 위헌판결로 공인했다. 헌재는 과외규제가 부모의 교육권과 자녀의 교육받을 권리, 과외교사의 직업 선택권까지 침해한다고 선언했다. 과외 합법화가 사회경제적 불평등을 고착화, 세습시킨다는 소수의견은 자유민주주의 원리에 비춰 독단적 견해라고 배척했다. 잠시 공교육 붕괴를 걱정하는 척했을 뿐, 치열한 회의 없이 자유경쟁에 매진하는 사회가 계층격차 따위를 걱정하는 것은 우습다.

그러나 교육까지 돈으로 승부하는 카지노 자본주의가 지배하는 사회는 갈등과 분열이 필연적이다. 대학까지 무료 공교육 중심이고, 더러 대학입학마저 자유로운 서유럽 국가들은 자유와 경쟁원칙에 무지해서가 아니다. 교육받을 권리를 실질적으로 보장해야 사회통합과 안정된 발전을 이룰 수 있다고 믿는 것이다. 독일 헌법재판소는 대입 정원마저 직업 선택권을 침해하는 위헌으로 보았다. 교육기회의 평등은 공동체의 생존양식을 가르는 이념적 문제라는 인식이다.

〈2000년 11월 17일〉

의료가 상품인 사회

의술은 인술이란 전통적 가치를 논하면서
실제로는 의료를 팔고 사는
상품으로 만든 것이 잘못이다.

의료계 폐업사태 속에 인터넷 토론마당에서도 치열한 공방이 벌어지고 있다. 네티즌들의 격한 비난에 맞선 의사들의 항변 가운데 "의사도 일한 만큼 벌어야 한다"는 주장들이 유난히 눈에 띈다. 다른 직업보다 힘든 과정을 거쳐 의사가 되고, 또 개업한 뒤 제대로 쉴 틈도 없이 진료하는만큼 그만한 경제적 보상을 받아야 마땅하다는 얘기다. 당연한 논리인 듯하지만, 의료대란의 근본원인을 여기서 찾아야 하지 않을까 생각한다.

어제 아침 한국일보 '한국시론'에서 의료사회학자 조병희 교수는 국민복지에 긴요한 의료를 민간 의료기관에 의존하는 구조적 모순이 근본원인이라고 진단한다. 국민 건강이 걸린 의료를 이윤추구가 최우선 가치인 시장에 내맡긴 사회 전체에 잘못이 있다는 얘기다. 이런 구조 아래 의사들이 저마다 일찍 개업하고, 또 일한 만큼 버는 것을 보장하지 않는 국가정책에 정면도전하고 나서는 것이 그들 나름으론 불가피한 선택일 수 있는 것이다.

정리하자면, 의술은 인술이란 전통적 가치를 논하면서 실제로는 의료를 팔고 사는 상품으로 만든 것이 잘못이다. 또 그게 자본주의에 당연한 것으로 여기는 인식이 그릇됐다. 프랑스 학자 미셀 알베르는 의사와 변호사 등 시장 바깥에 머물러야 할 자유 직업군이 상품으로 거래되는 미국이 서유럽보다 사회전체 의료 및 법률비용 지출은 훨씬 큰 데 비해, 그 서비스 수준은 뒤지는 현실을 잘 지적한 바 있다. 이는 그제 나온 세계보건기구의 평가에서 확인됐다.

그 서유럽 의료제도는 국공립 병원과 폭넓은 의료보험 등이 중심을 이룬다. 특히 우리와 비교해 의사가 특별히 돈 많이 버는 직업이 아닌 것이 특징이다. 그래도 그들은 심야 왕진을 다니고, 환자에게 직접 사례를 받지 않는 명예로운 전통을 지킨다. 물론 국가 의료예산과 세금부담이 크지만, 미국보다는 크게 낮다. 의약분업만 놓고 다툴 게 아니라 의사와 약사의 사회적 역할과 적정 소득, 의료예산 규모 등 총체적 틀을 고민하고 다시 마련할 때가 왔다고 본다.

〈2000년 6월 23일〉

시민 혁명

필리핀과는 국민수준이 다르다지만,
우리의 거듭된 시민혁명도
진정한 정치혁명에는 되풀이 실패했다.

시민단체들의 부적격 정치인 낙천 낙선운동이 단숨에 시민 혁명 반열에 올랐다. 혁명의 사전적 풀이에는 '관습이나 제도, 방식 따위를 단숨에 깨뜨리고 질적으로 새로운 것을 급격하게 세우는 일'(국립국어연구원 표준국어대사전)도 있으니, 지나친 비약이라 할 것만은 아니다. 법치위반이니 헌정질서 파괴니 하는 비난이 있지만, 어차피 정치권이 시민단체의 요구를 상당부분 수용한 마당에 법리논쟁도 별 쓸모없어 보인다.

오히려 문제는 국민의 큰 기대를 모은 이 운동이 말 그대로 질적으로 새로운 선거와 정치풍토를 세우는 진정한 혁명을 이루느냐에 있다. 선거운동 제한 등 장벽을 허무는 차원을 넘어, 대통령과 몇몇 정치보스들이 좌우하는 밀실공천과 금권 타락선거 등 비민주적 정치관행을 혁파하는 데 이를 것인지 여부다. 공천반대명단에 오른 정치인들의 치부도 유권자들이 몰랐던 게 아니고 보면, 명단 발표의 소용돌이에 혁명의 전조를 본 듯 환호하는 것은 성급하다.

프랑스 혁명기에는 시민이란 말만으로 시민을 들뜨게 했다. 최근에는 동유럽 시민사회의 저항운동이 공산독재를 무너뜨린 뒤 시민사회와 시민운동이 새로운 시대정신으로 되살아났다. 숱한 학자와 정치인, 대통령들이 시민사회의 역할과 힘을 찬양한다. 그러나 그게 전부는 아니다. 인터넷 혁명과 결합한 시민운동이 전통적 권력관계를 바꿀 것이란 예측과 나란히 "인터넷 주식처럼 시민사회 찬양에도 거품이 많다"는 지적이 나오고 있다.

거품론은 음모론과는 다르다. 시민사회의 적극적 정치개입이 민주발전에 도움되지만, 정당과 선거가 근간인 기성정치의 취약함을 조장할 위험 또한 크다는 것이다. 시민의 힘을 상징한 86년 필리핀 민중혁명도 실제 정치사회 변혁과는 거리가 멀었고 대중주의 정치만 유행시킨 것으로 평가된다. 필리핀과는 국민수준이 다르다지만, 우리의 서듭된 시민혁명도 진정한 정치혁명에는 되풀이 실패했다. 시민사회의 냉철한 전략이 필요한 이유다.

〈2000년 1월 29일〉

상류층은 없다

먼저 할 일은 상류층이란 말을
우리의 국어사전에서 지우는 것이다.
진정한 상류층은 없다는 사실에 동의하는 것이다.

재벌과 장관 부인들이 무더기로 얽힌 옷 로비 사건을 지켜보면서 우리가 상류층이나 상류사회란 말을 함부로 쓴다고 생각했다. 분명한 기준이나 가치판단 없이 그렇게 써온 것이 관행이지만 여전히 생경한 느낌이다. 돈이나 권력을 잣대로 한다면 크게 잘못된 계층구분은 아닐지 모른다. 그러나 굳이 공자 말씀 같은 도덕성 기준을 들이대지 않더라도 돈과 권력만으로 상류로 치부하는 데 거부감을 갖는 국민이 많다.

런던 정경대학(LSE) 학장을 지낸 독일의 석학 다렌도르프는 저서 '영국론'(On Britain)에서 진정한 의미의 상류층은 영국에만 남은 제도라고 말했다. 소득이나 부의 규모로 가르는 상류층은 어느 사회에나 있지만, 국민적 동의를 받은 사회제도로서는 영국에만 존재한다는 얘기다. 미국 같은 이민국가는 애초 상류층이 없다. 또 우리처럼 봉건사회 몰락과 식민통치 전쟁 등으로 급속한 해체를 거친 사회는 계층도 함께 사라진 평등사회로 분류된다.

그러나 현실적으로는 우리처럼 계층이동이 활발한 사회도 드물다. 전통사회가 무너진 바탕에 개발연대와 잦은 권력교체를 거치면서 모두가 난무하는 돈과 권력을 좇는 폭주경쟁을 벌여 왔다. 그 결과 누구나 신분도약을 노리면서, 누구도 남의 신분상승을 심정으로 수용하지 않는 사회가 됐다. 이런 사회가 유독 고위공직자나 부인들에게 절제와 금도(襟度)를 요구하는 것도 우습다. 노블레스 오블리지를 떠들지만 노블레스 자체가 없는 사회가 아닌가.

그러면 이대로 갈 것인가. 먼저 할 일은 상류층이란 말을 우리의 국어사전에서 지우는 것이다. 다렌도르프의 말처럼 진정한 상류층은 없다는 사실에 동의하는 것이다. 그가 지적한 영국 상류층의 특성과 덕목은 이런 것들이다. 권력이나 권위를 세습했지만 행사하지 않는다, 부를 사회에 되돌리고 새로운 축적에 신경 쓰지 않는다, 공직에는 봉사하기 위해 나간다, 자선과 자원봉사에 앞장선다, 그리고 튀는 행동을 하지 않는다.

〈1999년 6월 1일〉

브란트와 오자와

이런 인물이 백범과 의사들의 묘소에서
진정 사죄하는 모습을 보일지,
백범과 의사들이 노하시지 않을지, 지켜볼 일이다.

외국을 방문한 정치지도자들이 그 나라의 국립묘지를 참배하는 것은 의례적 행사다. 그러나 침략과 적대의 불행한 역사를 공유한 이웃나라 국민의 원한을 씻고 진정한 화해를 가져온 사례도 있다. 주인공은 브란트 전 서독총리. 1970년 12월, 2차대전 패전으로 강요된 국경선을 추인하는 등 전후청산을 위한 조약을 맺기 위해 폴란드 바르샤바를 방문해 무명용사 묘지를 찾았을 때였다. 브란트는 나치 희생자 추모비에 조화를 놓은 뒤 갑자기 무릎을 꺾고 주저앉은 채 눈을 감았다.

브란트의 돌출행동에 당황해 하던 수행원들의 눈에도 이내 눈물이 고였다. 이 감동적 장면에 폴란드인들은 다만 숙연한 침묵을 지켰다. 그러나 다음날 폴란드 총리는 브란트와 작별하면서 "아내가 어젯밤 친구들과 당신얘기를 하면서 오랫동안 울었다"고 귀띔했다. 나치 침략으로 모진 고통을 겪은 폴란드인들에게 극적인 카타르시스를 안겨준 브란트는 후일 회고록에서 "독일이 저지른 죄과 앞에 달리 사죄할 말이 없어 무릎꿇었다"고 밝혔다.

'바르샤바의 무릎꿇기'로 역사에 기록된 브란트의 사죄는 통일의 길을 열기 위해 동구권과 화해를 추구한 그의 동방정책을 동구인들이 심정적으로 수용하는 계기가 된 것으로 역사는 평가한다. 동구인들은 특히 나치 죄악에 책임이 없는 브란트가 사죄할 뜻이나 용기가 없는 독일인들을 대신해 무릎을 꿇은 데 마음이 움직였다. 브란트는 청년시절 히틀러가 집권하자 노르웨이를 거쳐 스웨덴으로 망명, 반나치 지하투쟁에 몸을 던진 인물이다.

16일 방한한 오자와 이치로(小澤 一郎) 일본 자유당 당수가 18일 효창공원의 백범 김구선생과 윤봉길 · 이봉창 의사묘소 등에 참배한다. 항일선열의 묘소를 일본 정치지도자가 찾는 것은 처음이다. 오자와는 일본의 군사대국화를 외치는 대표적 극우파로, 과거사 사죄 문제에 "노상 엎드려 사죄할 필요가 있나"라고 극언한 적도 있다. 이런 인물이 백범과 의사들의 묘소에서 진정 사죄하는 모습을 보일지, 백범과 의사들이 노하시지 않을지, 지켜볼 일이다.

〈1999년 4월 17일〉